VOL SANS RETOUR

Patricia MOYES

VOL SANS RETOUR

(Johnny Underground)

LES EDITIONS MONDIALES
2, rue des Italiens — PARIS-9ᵉ

ISBN N° 2-7074-1397-6

CHAPITRE PREMIER

L'Inspecteur-chef Tibbett prit un second toast.

— Bien entendu, il faut y aller, chérie, dit-il... Quand est-ce ?

Emmy regarda la page des « Annonces » du *Times*.

— Le 15 septembre, dit-elle. Tiens, c'est l'anniversaire de la Bataille d'Angleterre...

— Dymfield était une base de chasseurs ?

— Quand j'y suis arrivée, en 1943, dit Emmy, il n'y avait que des Typhoon. Les pilotes avaient été...

— Désolé d'interrompre le récit de tes services de guerre, dit Henry, mais il faut que je parte.

— Excuse-moi. Tu t'attends à une journée très chargée ?

— Les assassins ont la mauvaise habitude d'oublier de nous prévenir du moment où ils comptent opérer !

Tout en s'alignant sagement au bout de la file, il réfléchissait à la nouvelle apportée par le journal du matin et se disait que cela ferait du bien à Emmy de retrouver quelques-uns de ses camarades. Les fonctions qu'Henry occupait à la direction de la police criminelle étaient très astreignantes. Emmy ne se plaignait pas mais il avait remarqué sa nervosité inhabituelle, ces derniers temps. Elle parlait de se chercher un emploi à temps partiel. C'eût été bien différent, évidemment, si elle avait pu avoir des enfants, pensait Henry. La pauvre Emmy... Le bus arriva. Henry grimpa sur la plate-forme et ne pensa plus qu'au travail qui l'attendait.

Quand la porte d'entrée se fut refermée sur son mari, Emmy reprit le journal et relut l'annonce :

« *BASE R.A.F. DE DYMFIELD. — Une réunion des officiers de la R.A.F. et des W.A.A.F.* ([1]) *qui ont servi à Dymfield en 1943 est organisée à l'Hôtel Suffolk, à 6 heures de l'après-midi, le 15 septembre. Faites connaître votre participation en écrivant à A. Price, 27 Oakwood Avenue, Edgware.* »

Cher vieil Arthur Price ! C'était le responsable de l'Intendance et de l'Equipement de la base. Emmy se rappelait un petit homme jovial, tout rond, qui, en 1943 déjà, était trop âgé pour le service actif. Price était bien le type à organiser une réunion de ce genre. Qui d'autre pourrait-il y avoir, se demanda Emmy ? Annie Day, peut-être ? Quelle joie ce serait de revoir cette vieille Annie ! Emmy et elle avaient été particulièrement amies, durant leur service dans l'aviation. Elles continuaient à échanger des cartes de Noël, mais elles ne s'étaient plus revues depuis vingt ans. Et puis, il y avait Sam Smith, un ancien pilote qui était le boute-en-train de la base. Et Jo Parker, ce grand garçon blond, toujours le nez dans un bouquin ; tout le monde lui prédisait un bel avenir dans la littérature. Le petit Jim Baggot, aussi : l'officier radio, dont les poches débordaient toujours de tournevis et de tortillons de fils électriques... Un par un, des visages à demi oubliés revenaient à la mémoire d'Emmy. Et, avec eux, un autre visage qu'elle n'avait jamais oublié.

Emmy s'approcha à pas lents de son bureau et ouvrit le tiroir du bas. Elle s'était juré qu'elle ne regarderait jamais plus cette photo. Elle aurait dû la jeter depuis longtemps...

« Tout de même, Doucette, dit-elle, tu es assez vieille maintenant pour te risquer à regarder une photo sans t'effondrer ? »

Elle fourragea dans le tiroir et trouva, au fond, une enveloppe jaunie et poussiéreuse qu'elle déposa précau-

_____

(1) W.A.A.F. : Auxiliaires féminines de l'armée de lair en Angleterre.

tionneusement sur le bureau. Puis elle l'ouvrit et en tira une photo. La photo était celle d'un groupe de deux jeunes hommes et de deux jeunes femmes, en uniformes de l'aviation, qui posaient de façon assez empruntée : les filles assises sur des chaises, les hommes, debout derrière elles, étaient grands, l'un brun, l'autre blond. Le brun regardait l'objectif bien en face, mais son sourire était un peu grimaçant. Même sur cette petite photo, on voyait que ce visage, qui avait dû être beau, était déformé par les séquelles d'opérations chirurgicales. Sur sa vareuse, les ailes du pilote surmontaient une rangée impressionnante de décorations, et l'on voyait sur ses manches les galons de commandant.

La jeune fille assise devant lui portait l'uniforme de sous-lieutenant des W.A.A.F. Elle était fine, avec des cheveux courts, bruns, bouclés, un visage lisse, sans rides.

« Il y a plus de vingt ans, soupira Emmy. J'avais juste dix-neuf ans. Ben devait avoir à peu près vingt-cinq ans. Je le trouvais terriblement âgé ! Maintenant, il me fait l'effet d'un gosse... »

Elle retourna la photo. Au verso, elle reconnut l'écriture qu'elle avait dans sa jeunesse : « Base R.A.F. de Dymfield, équipe de tennis, 1943 ». En dessous, trois signatures : « Annie Day », « Jo Parker ». Et, en bas, un griffonnage hardi : « Avec toute mon affection, Ben ».

Malgré elle, ses larmes débordèrent. Furieuse, elle se tamponna les yeux. Elle se souvenait que, pourtant, sur le moment, elle n'avait absolument pas pleuré.

« Je vieillis, pensa-t-elle. Quelle vieille bique larmoyante je fais, ma parole ! Si j'allais à cette réunion, je risquerais de me mettre à pleurer dans mon verre ! Affreux ! Non, je n'irai pas. »

« Lâche ! » dit une petite voix, au fond d'elle-même. Elle prit du papier, un stylo, et écrivit :

Cher monsieur Price,
Je me demande si vous vous souviendrez de moi ? Je m'appelais Emmy Doucette, à l'époque. J'ai lu votre annonce dans le Times. *Comme je me suis trouvée à*

*Dymfield pendant toute l'année 1943, je pense répondre
aux conditions exigées pour être admise à cette réunion.
Je joins à ma lettre un mandat postal de 5 shillings. Je
me réjouis de vous revoir prochainement.*

   Sincèrement vôtre,

EMMY TIBBETT.

Trois jours plus tard, la réponse arriva :

Ma chère Emmy,

   *Quelle joie de recevoir de vos nouvelles ! Je me fais
un plaisir de joindre votre reçu à ma lettre. Je suis très
heureux de l'écho que ma petite annonce a trouvé. Annie
Day (ou, plutôt, celle qui s'appelait alors Annie Day)
n'a pas hésité à faire le voyage d'Ecosse à Londres. Jo
Parker sera des nôtres, ainsi que Jim Baggot ; saviez-
vous que ce dernier est devenu un des gros pontes de la
télévision ?*

   *J'ai été surpris et heureux de recevoir aussi une lettre
de Victor Prendergast, qui m'a demandé un billet d'entrée. Je suppose que vous savez qu'il a épousé Barbara
Guest, la veuve de Ben. J'espère qu'elle pourra venir, elle
aussi. En principe, je n'ai pas invité les maris ou les
épouses de nos camarades, mais j'estime que Barbara
faisait vraiment partie de la base de Dymfield, et je
pense que vous serez de mon avis. Assez curieusement,
les Prendergast habitent près de Dymfield.*

   A bientôt, ma chère Emmy,

PRICE.

   P.S. — *Malheureusement, Sam Smith ne pourra pas
être des nôtres. Il m'a dit qu'il devait se rendre à l'étranger pour affaires. Je ne sais pas très bien ce qu'il fait
maintenant. Je crois qu'il s'occupe de voitures. En tout
cas, il semble prospère. Il a paru vraiment content de me
revoir.*

Emmy lut cette lettre à la table du petit déjeuner.
   — Du courrier intéressant ? demanda Henry.
   — Mon billet d'entrée pour la réunion des anciens

de Dymfield, simplement. Mais je ne suis pas encore certaine d'y aller.

— Tu aurais dépensé cinq shillings pour rien ? Ne sois pas stupide ! Cela t'amusera.

Comme le taxi s'arrêtait, coincé dans les embouteillages de Trafalgar Square à l'heure de pointe, Emmy profita de cette pause pour tirer son poudrier de son sac et examiner son visage. Elle arracha un cheveu blanc et en repéra deux autres. « Et je suis grosse ! Ils ne risquent plus de m'appeler leur petite Doucette ! » Elle ne put s'empêcher de rire, à cette évocation. Cela faisait si longtemps que personne ne l'avait plus appelée par ce nom de jeune fille qu'elle trouvait un peu ridicule et qu'elle avait abandonné avec joie quinze ans plus tôt, quand elle avait épousé Henry Tibbett !

Au moment de monter le perron de l'hôtel Suffolk, Emmy faillit être prise de panique. Elle demanda à l'employé de la réception où se tenait la réunion des anciens de Dymfield et on la dirigea vers un couloir latéral. En approchant du salon de réception, elle entendit un murmure croissant de voix ; comme une vague de bavardages, et elle fut prise d'une envie folle de faire demi-tour et de s'enfuir ; mais, un instant plus tard, elle poussait la porte du salon et une voix chaude, dont elle se souvenait parfaitement, l'accueillait :

— Emmy Doucette ! Entrez, ma chère ! Entrez et venez boire quelque chose !

Son vieil ami, l'officier d'intendance, avait toujours le même visage rondouillard, les mêmes yeux pétillants, son sourire et ses cheveux grisonnants qui étaient exactement comme Emmy se les rappelait. Price à soixante-cinq ans ressemblait vraiment beaucoup au Price de quarante-cinq ans qu'elle avait connu.

— Vous n'avez pas changé du tout, ma chère Doucette !

— Vous non plus, Price, dit Emmy, soulagée.

Elle prit le verre qu'il lui tendait et regarda autour

d'elle. La première chose qui la frappa et qui confirma son soulagement fut que personne ne paraissait vraiment très âgé. Bien sûr, on avait tendance à oublier facilement que tous ces gens avaient été terriblement jeunes, en 1943.

Et puis elle aperçut Annie. En 1943, Annie était grande, dégingandée. Maintenant, elle avait des airs de Junon. Elle portait un tailleur de tweed sans aucune concession à la dernière mode, mais bien coupé et elle était vraiment magnifique. Son visage au teint crémeux était pratiquement sans rides. Ses cheveux couleur de blé luisaient avec autant d'éclat que jadis. Certes, elle avait pris du poids, mais on ne pouvait pas dire qu'elle avait engraissé. Selon la bonne expression, elle s'était étoffée. Elle aperçut Emmy et s'écria aussitôt :

— Doucette ! Cela fait combien d'années ? Je sens que je vais fondre en larmes !

Comme on pouvait s'y attendre, Annie était au centre d'un groupe. Parmi eux, Emmy eut quelques difficulté à reconnaître Jim Baggot. Le petit officier radio débraillé portait maintenant un complet de coupe parfaite, avec un œillet à la boutonnière, et toute sa personne criait sa réussite. Pourtant, en dépit de son élégance ostentatoire, on retrouvait quelque chose du Jim d'autrefois, dans cette mèche rebelle de cheveux bruns et gris qui continuait à affirmer son indépendance sur son front.

— Oui, bien entendu, nous sommes jusqu'au cou dans la T.V. couleur, maintenant, disait-il. Mais ce n'est là qu'un des nouveaux secteurs de notre activité. Mais je ne peux pas vous parler des dernières recherches. Tout cela est très secret !

— Et nous ne sommes pas des gens devant qui on puisse parler en toute sécurité, dit, légèrement, une voix ironique.

Celui qui avait parlé était grand, blond, vêtu d'un complet plutôt minable. Si Baggot incarnait le succès, Jo Parker était l'image du raté. Il avait un air usé, affamé même.

— C'est drôle, n'est-ce pas ? ajouta-t-il. On nous confiait les avions les plus secrets, pendant la guerre, et voici que Baggot vient nous dire qu'il ne peut pas nous parler de ses malheureuses petites inventions en matière de télévision.

— Ce n'est pas une question de sécurité nationale, dit Baggot, qui avait un peu rougi.

— Vraiment ? C'est une question de quoi, alors ?

— Eh bien..., de sécurité commerciale, si vous voulez. Nous ne tenons pas à ce que nos concurrents sachent exactement ce que nous faisons.

— Exactement comme nous ne tenions pas à ce que les Allemands sachent où nous en étions.

— Ne montez donc pas sur vos grands chevaux, mon vieux ! dit Baggot, agacé. Prenez la vie comme elle est !

— Vous me paraissez vous-même avoir su la prendre assez bien, Baggot ? dit Parker.

Il y eut un silence gêné.

— Baggot, dit Annie, vous vous rappelez Emmy Doucette, n'est-ce pas ?

— La petite Doucette ! Notre première contrôleuse W.A.A.F., si je me souviens bien... Qu'est-ce que vous fabriquez, maintenant ?

— Ce n'est plus des avions, qu'elle contrôle, dit Annie. C'est Scotland Yard.

— Scotland Yard ?

C'était la voix d'Arthur Price. Il avait rejoint le groupe et il avait pris un air alarmé en entendant la réflexion d'Annie.

— Pas vraiment, dit Emmy, en riant. J'ai épousé un membre de Scotland Yard, simplement.

— Henry Tibbett, reprit fièrement Annie. Le célèbre Inspecteur-chef Tibbett, celui qui résout toutes les énigmes policières.

Cela déclencha une recrudescence d'intérêt et Emmy se trouva un moment au centre de l'attention générale. La porte se rouvrit. Arthur Price s'excusa et s'empressa d'aller accueillir les nouveaux arrivants. Et, brusquement, Emmy eut l'impression qu'un grand silence s'était fait.

Les deux nouveaux venus serraient la main de Price. L'homme était grand, maigre, et ses cheveux bruns

étaient fortement mêlés de gris. En dépit de son complet
sombre, on aurait dit une caricature de gentleman-farmer.
Il suffisait de jeter un regard sur ce gaillard pour deviner
qu'il s'esclaffait bruyamment, que son vocabulaire était
réduit, qu'il détestait toutes les formes de socialisme et
qu'il avait beaucoup d'argent. La femme était de taille
moyenne, avec la silhouette émaciée d'un mannequin.
Mais son cou était profondément ridé et la main sque-
lettique qu'elle tendit à Arthur Price ressemblait un peu
à une serre d'oiseau. Elle était maquillée de façon experte
et il fallait l'observer de très près pour voir que ses cheveux dorés étaient teints. Elle portait un tailleur de soie
blanche d'une élégance époustouflante. Elle faisait largement dix ans de plus qu'Emmy ou Annie.

— Voilà donc ce qu'est devenue Barbara...

Emmy entendit, à son oreille, le chuchotement d'Annie. Elle voulut répondre quelque chose, n'y parvint pas.
Puis elle sentit que les doigts solides d'Annie lui prenaient la main.

— Ressaisissez-vous, Doucette, dit Annie. Vous êtes
une grande fille, voyons !

Le geste de soutien instinctif, la formule rituelle d'autrefois étaient merveilleusement réconfortants.

— Allez-y ! souffla Annie. Allez dire bonjour. Ce
n'est qu'un mauvais moment à passer. Je serai juste derrière vous.

— Oui, Annie, dit Emmy.

Elle prit sa respiration, et traversa la salle. D'une
voix dont elle espérait qu'elle sonnait légère et normale,
elle salua la nouvelle venue.

— Barbara ! Quel plaisir de vous revoir !

Barbara se retourna, esquissant un sourire vague.

— Excusez-moi, dit-elle. Il y a tant de gens... Je ne
vois pas bien...

— Je suis Emmy Doucette, dit Emmy.

— Doucette... Emmy Doucette... Oh, oui, une des
petites amies de Ben. Je me souviens, maintenant.

Elle se retourna vers son mari

— Vic, mon chou, c'est Emmy Doucette.

— Mais oui, pardieu ! s'exclama l'homme joviale-

ment. Cela me fait rudement plaisir de vous revoir, Doucette. Comment allez-vous ? Tout va bien ?

Il serra énergiquement la main d'Emmy.

— Mais oui, Vic, je vous remercie, dit Emmy.

— J'ai un peu l'impression d'être un intrus, ici, vous
savez, continua Vic. Il me semble qu'il y a plus de gens
du Central Ops que de volants... Merci, Price, mon
vieux ; je prendrai un whisky... Nous savions bien que
vous aviez un solide esprit de clan !

— Ne dites donc pas de bêtises, Vic ! répliqua Emmy,
qui commençait à se sentir mieux. Les seuls qui
comptaient, à la base, c'étaient les pilotes. J'ai toujours
soutenu que, nous autres rampants, nous n'étions pas
dignes de cirer vos chaussures.

Elle s'interrompit, surprise de la chaleur de son émotion retrouvée.

— Jusque-là, ajouta-t-elle, je n'avais guère eu affaire
qu'à ceux que j'appelais les pingouins. Vous savez, ils
battent des ailes, mais ils sont incapables de voler. Ce
n'est que lorsque j'ai été affectée à Dymfield et que j'ai
commencé à travailler directement avec les pilotes de
chasse que j'ai compris...

Mais Vic n'écoutait plus.

— En fait, dit-il, c'est Barbara qui a insisté pour
venir, aujourd'hui.

Il jeta un coup d'œil du côté de sa femme, qui s'était
écartée pour s'entretenir avec Jim Baggot.

— A cause de Ben, vous comprenez. A mon avis,
c'est une erreur. Une réunion ennuyeuse, forcément... Je
ne parle pas pour ceux qui sont avec nous en ce moment,
bien sûr. Qu'est-ce qu'il en sortira, pour Barbara ? Elle
va remuer de vieux souvenirs, réveiller des émotions
désagréables au sujet de... Enfin, vous savez quoi.

— Je comprends qu'elle ait voulu venir, dit Emmy.
Il vaut toujours mieux affronter les choses.

— Ce n'est pas comme s'il avait été descendu au
combat, dit Barbara Prendergast. Je sais qu'il ne faut
jamais dire du mal des défunts. Mais, tout de même, un
suicide... Ça n'est pas joli, joli. Surtout quand le gars
s'offre de démolir un coucou sophistiqué, en plus !

La voix de Victor se perdit dans un silence gêné. Emmy eut beau chercher, elle ne trouva aucune réponse convenable à faire. Elle fut bien soulagée de voir Annie s'approcher.

Pendant ce temps, Barbara avait acculé Arthur Price dans un coin et le haranguait fermement, d'une voix qui semblait se faire tour à tour charmeuse et menaçante. Emmy repéra Jo Parker qui buvait, tout seul dans son coin. Elle s'approcha de lui.

— Qu'est-ce que vous faites, en ce moment, Jo ? demanda-t-elle.

— Vous voyez, je bois, dit sèchement Jo.

— Je veux dire, qu'est-ce que vous faites dans la vie ?

Emmy se maudissait d'avoir manqué de tact au point d'engager une conversation si dangereuse avec un garçon qui, visiblement, n'avait guère réussi dans la vie.

— Je suis ce que les braves gens appellent un bon-à-tout-propre-à-rien, dit-il. Un raté, en tout cas ! J'ai été acteur de complément. J'ai posé pour des photos de mode. J'ai travaillé comme lecteur à temps partiel pour un éditeur. J'ai été démarcheur d'encyclopédies. Je crois que la seule chose à peu près que je n'ai pas faite, c'est animateur dans un camp de vacances. J'ai publié un petit volume de vers dont j'ai vendu cinquante exemplaires, et deux nouvelles. Si je n'avais pas un petit revenu qui me vient de mon père, j'aurais eu plusieurs fois le temps de mourir de faim. Voilà ce qu'est devenu celui que certains considéraient comme le génie de Dymfield. Pour le moment, je gagne ma vie en allant embêter les gens pour des enquêtes de marché. Vous vous demandez sans doute pourquoi je suis ici ce soir ? reprit Jo. Eh bien, je vais vous le dire. Vous me traiterez sans doute d'imbécile, mais je n'ai pas abandonné complètement tout espoir de devenir un écrivain. Je savais que le grand Jim Baggot, de la télévision, serait présent. Mais, me croirez-vous, dès que j'ai jeté les yeux sur lui, je me suis dit : « Espèce d'épateur, tu n'es que ce petit minable de Jim Baggot, après tout ! « Si bien que je n'ai pas pu m'empêcher de me montrer désagréable avec lui. Je suis bien la dernière personne à qui il accepterait de procurer un emploi.

De façon assez inattendue, il sourit.

— Je vous comprends un peu, dit-elle. Il est devenu assez insupportable.

— Ce qui est encore plus triste, remarqua Jo, c'est de voir Barbara Guest — pardon, madame Prendergast. Avez-vous déjà vu une ruine pareille ?

— Elle est toujours très belle, dit Emmy. Et elle a gardé sa taille fine. Ce n'est pas comme moi.

— Ma chère Doucette, on lui donnerait cent ans, voyons ! Quant au pauvre vieux Vic... Je sais bien qu'il n'a jamais été très brillant, mais je ne crois pas connaître de cas plus net d'interruption de développement. Je crois que sa vie s'est arrêtée au moment où il est descendu pour la dernière fois d'un Typhoon. Cela doit faire une vingtaine d'années.

Il prit un autre verre.

— Cette maudite réunion est une erreur regrettable, reprit-il. Mais le vieux Price ne s'en doute même pas. Je vous parie dix livres contre un sou qu'il va proposer de recommencer cela chaque année. Il ne se rend pas compte qu'il va au-devant d'ennuis, en obligeant ainsi les gens à revenir sur leur passé.

— Jo, dit Emmy, vous êtes ivre !

Jo baissa les yeux sur elle, avec un grand sourire.

— Voilà qui me rajeunit vraiment, dit-il. Je crois réentendre notre petite Doucette bien élevée et prude : « Ben, vous êtes ivre. » Je me souviens qu'un soir, au moment d'entrer au Central, je vous ai entendue dire cela, de cette voix jeune, claire, innocente que vous aviez alors. « Ivre... » Je crois que vous ne saviez même pas ce que ce mot signifiait, que vous ne le savez probablement toujours pas. Sur le moment, je me suis dit : « C'est tout de même une drôle de façon pour cette blanc-bec de contrôleuse de parler au contrôleur-chef. » Bien entendu, je ne me rendais pas compte à ce moment-là...

— Jo, je vous en prie !

— Ça devait être peu de temps avant le moment où il s'est envoyé en l'air.

— Jo, dit doucement Emmy, si vous ne vous taisez pas, je vais vous jeter mon verre à la figure !

— Il n'y a rien à faire, avec vous. Vous avez toujours été désespérément sentimentale.

Derrière Emmy, une voix perçante se mit à proclamer :

— Jo ! Jo est exactement la personne que je cherchais. La personne idéale !

C'était Barbara, qui remorquait Arthur Price.

— Expliquez-lui l'idée, Price !

Price rayonnait d'enthousiasme.

— Barbara a avancé une idée très séduisante, dit-il. Elle pense qu'il faudrait écrire une histoire de Dymfield, le tableau d'une base de chasseurs en temps de guerre.

— On nous a abreuvés de récits épiques sur les bateaux, les régiments, les escadrilles, reprit Barbara. Mais on a totalement oublié l'organisation qui soutenait tout cela.

— Sans doute parce que c'était moins intéressant que les bateaux, les régiments, les escadrilles, dit Jo.

— Sottises ! reprit Barbara. Ce serait passionnant et je suis convaincue que c'est le bon moment... et vous êtes exactement la personne idoine, mon cher Jo.

— Ma chère Barbara, dit Jo, si vous croyez que je peux me permettre de perdre mon temps à écrire un bouquin qu'aucun éditeur de bon sens ne publiera...

Barbara avait pris un air un peu embarrassé.

— Je... j'aimerais financer le projet. Pour moi, ce serait une sorte de mémorial, vous comprenez ? Un hommage à Ben.

— Vous avez pas mal attendu, non, pour lui rendre hommage ? dit Jo.

Malgré la brutalité de sa réflexion, une note d'intérêt perçait dans sa voix. Barbara ne s'y trompa pas.

— Je savais bien que vous accepteriez ! dit-elle avec un sourire enchanteur.

— Attendez un peu ! Je n'ai encore rien accepté.

— Vous êtes si brillant, roucoula Barbara. Vous vous en tirerez magnifiquement. Cela ne devrait pas vous prendre bien longtemps, vous savez ?

— Ce n'est pas la question du temps qu'il faudra pour l'écrire, dit Jo, mais les recherches. J'ai mon travail !

— Je paierai toutes vos dépenses.

— Là n'est pas la question, Barbara. Si j'abandonne mon emploi, je n'ai aucune garantie de le retrouver ensuite.

— Il doit bien y avoir un moyen, dit-elle.

— Il y en a un, dit Jo. Doucette pourrait procéder aux recherches, et je rédigerais le bouquin d'après les renseignements qu'elle me donnerait.

Emmy, surprise, avait vu Jo se tourner vers elle. Avant qu'elle ait pu dire un mot, Barbara s'écriait, enthousiaste :

— Magnifique ! Parfait ! Vous êtes vraiment génial, Jo !

Emmy esquissa une faible protestation. Jo lui cloua le bec.

— Vous m'avez dit que vous n'aviez pas d'enfants, que votre mari était très occupé et que vous pensiez à vous chercher un emploi. Voilà une activité toute trouvée. A moins, naturellement que notre petite Doucette ne soit trop sentimentale et délicate pour accepter de fouiller dans les cendres du passé ?

Emmy s'aperçut, fort gênée, que tout le monde la regardait : Jo avec un sourire sardonique, digne d'un faune malicieux ; Barbara d'un air soupçonneux, un peu dur ; et Arthur Price avec l'épanouissement béat d'un bon oncle sur le point de distribuer des cadeaux. Derrière Price, Victor Prendergast et Jim Baggot avaient interrompu leur conversation pour les regarder.

Emmy eut l'impression que son instant d'hésitation avait été aussi explicite qu'une confession publique, un aveu non seulement des sentiments qu'elle avait éprouvés pour Ben en 1943, mais du fait que ces sentiments n'étaient pas morts, qu'en vingt ans, Doucette n'avait apparemment pas réussi à devenir adulte. Flancher eut été une trahison intolérable. Tenir bon, c'était sa dernière chance de préserver sa dignité et de garder sa foi.

— Je ne vois pas qu'il y ait matière à sentimentalité,

là-dedans, dit-elle. Je crois que ce serait un travail très intéressant.

Elle regarda Barbara bien en face.

— Je pourrai commencer quand vous voudrez, ajouta-t-elle.

C'est ainsi qu'Emmy Tibbett se jeta, tête baissée, dans un piège qu'elle avait largement contribué à préparer et qu'elle se coupa elle-même toute retraite.

CHAPITRE II

— Je ne sais trop qu'en penser, déclara Henry, ce même soir. Cela pourrait avoir un certain succès auprès du public, mais...

— Il n'y a pas la moindre chance que cela ait du succès, coupa Emmy.

— Qu'est-ce qui te donne cette certitude ?

— Il est bien évident que Barbara ne s'intéresse pas vraiment à l'histoire de Dymfield. Tout ce qu'elle désire, c'est construire un mémorial, comme elle l'a dit elle-même, en hommage à son premier mari. Elle est prise de remords tardifs, sans doute. Sa conscience coupable se réveille, vingt ans après.

— Sa conscience coupable ? Pourquoi dis-tu cela ? Ce n'est pas sa faute si son mari a été tué au combat ?

— Il n'a pas été tué au combat, dit sèchement Emmy. Il s'est suicidé. Ben était... un des héros de la Bataille d'Angleterre. Il était dans les « Spitfire ». Maintenant que j'y pense, je crois que je n'ai jamais su quel était son véritable prénom. Il avait vingt-deux ans en 1940.

Henry jeta un coup d'œil rapide à sa femme, qui semblait curieusement repliée sur elle-même.

— Je ne sais plus combien d'avions allemands il a abattus, continua-t-elle. C'est vraiment un miracle qu'il s'en soit sorti vivant. Il est devenu en quelque sorte légendaire. C'est pour cela que ce qui lui est arrivé a paru si affreux.

— Qu'est-ce qui lui est arrivé ?

— Il a eu un accident. La bataille d'Angleterre était terminée et l'escadrille de Ben avait été envoyée au repos. Un jour qu'il était en patrouille de routine, il a perdu le contrôle de son Spitfire qui s'est écrasé en mer. Ben a eu la chance d'être recueilli vivant. Enfin, quand je dis la chance... Les chirurgiens esthéticiens ont été obligés de se servir d'une ancienne photo pour lui remodeler le visage.

— Pauvre diable ! dit Henry.

— Il en riait. Il racontait qu'on n'avait pas trouvé de très bonne photo de lui si bien que, quand il est sorti de l'hôpital, il ressemblait à un portrait raté. Les médecins avaient fait de leur mieux, mais son visage était resté tout couturé. Par chance, ses yeux, ses dents et ses os n'avaient pas été endommagés. Assez curieusement, je crois qu'il en a d'autant plus souffert quand on lui a dit qu'il ne pourrait plus jamais piloter.

— Pourquoi n'aurait-il pas pu ? demanda Henry. Puisque les médecins avaient si bien travaillé sur lui ?

— Il avait perdu le sens de l'équilibre, expliqua Emmy. Il n'en souffrait pas constamment. Il lui arrivait assez souvent d'être pris d'étourdissements. Il n'en parlait jamais et je ne l'aurais pas su si, un jour, je ne l'avais pas accusé d'être ivre. C'est alors qu'il m'a expliqué son état. En tout cas, on a fait de lui un rampant et on l'a envoyé terminer sa carrière comme contrôleur-chef d'une base de chasseurs ! Il y avait à Dymfield un Central d'opérations de secteur. C'était là que je travaillais. Nous contrôlions les chasseurs...

— Vous « contrôliez » ? Comment cela ?

— Eh bien, nous les contrôlions, nous étions en communication radio avec les pilotes. Nous nous entretenions en clair avec eux. Nous repérions et suivions les bombardiers ennemis et nos propres chasseurs, et nous dirigions nos pilotes jusqu'au moment où ils arrivaient en vue de l'ennemi. Nous recevions nos informations des bases radar, naturellement, et les itinéraires suivis par les avions étaient plottés sur la table du Central Ops.

— « Plottés » ?

— Oui. On porte les différentes positions successives sur une grande table lumineuse, où les différents itinéraires s'inscrivent en clair.

Emmy s'interrompit un moment.

— Ce qui rendait les choses encore plus pénibles pour Ben, c'est que, lorsqu'il est arrivé à Dymfield, il a retrouvé parmi nos pilotes un de ses anciens, un rival amical, si tu veux, du temps de la Bataille d'Angleterre. Une caricature d'officier de la R.A.F., la moustache en guidon de bicyclette, et tout, et qui portait le nom incroyable d'Hildegard Vic Prendergast. Vic avait survécu sans une blessure à la Bataille d'Angleterre et il était pour Ben un rappel constant du passé, et de ce qu'il aurait pu devenir. Enfin, tu imagines la situation, et le calvaire de Ben.

Emmy s'interrompit à nouveau, pour allumer une cigarette.

— Il y avait autre chose, reprit-elle. En 1940, Vic et Ben n'étaient pas seulement rivaux pour ce qui était du nombre d'avions ennemis abattus. Ils s'étaient toqués tous les deux de la même fille. Une certaine Barbara Brent. C'était une actrice, très jolie, dans le genre... enfin, dans le genre actrice. Elle l'est toujours.

— J'ai cru comprendre que c'était cette même Barbara qui commanditait le livre ? dit Henry.

— Oui, soupira Emmy. En 1940, elle avait repoussé Vic et épousé Ben. Dieu seul sait pourquoi ! Enfin, Barbara et Ben s'étaient mariés et semblaient très heureux. Elle avait abandonné le théâtre pour suivre son mari dans ses diverses affectations. Et puis, il eut cet accident et ils sont arrivés à Dymfield. Barbara s'est logée au village. Ben était obligé d'habiter le cantonnement, mais il passait tout son temps libre avec elle et elle-même venait souvent à la base. Une des premières personnes que rencontra Barbara à Dymfield fut son ancien amoureux, Victor Prendergast. Ben n'était à Dymfield que depuis quelques semaines que la base bourdonnait déjà de rumeurs au sujet de Barbara. Des bruits qui associaient son nom avec ceux de tous les hommes en vue de la base : Victor, Jo, Sam Smith, le petit Baggot lui-même.

On racontait qu'elle s'était toujours peu souciée de Ben
et que, maintenant qu'il avait été grièvement brûlé, qu'on
avait fait de lui un rampant, elle en avait plus qu'assez
de lui. Je ne pourrais absolument pas dire s'il y avait la
moindre part de vérité dans ces rumeurs. Tout ce que je
sais, c'est qu'elles ont fini par revenir aux oreilles de Ben
et qu'il en a été bouleversé. Tu comprends, il aimait
vraiment Barbara.

« Telle était donc la situation en 1943, quand Dymfield reçut ses premiers « Typhoon », des chasseurs très
sophistiqués.

« L'incident qui mit le feu aux poudres se produisit
pendant une soirée au carré des officiers. Tout le monde
était là : Ben et Barbara, Sam Smith, Annie, Jo, Arthur
Price, Jim Baggot et Vic, naturellement. Je ne sais pas
comment la discussion a commencé. La première chose
que j'ai entendue, c'est Vic qui disait à Ben, très tranquillement, que personne ne pouvait piloter un Typhoon sans
un entraînement spécial. Ben répliqua qu'il était capable
de piloter n'importe quel appareil. Barbara excitait encore
son mari et il lança un défi à son vieux copain : il piloterait un Typhoon, et d'une seule main, encore...

« Vic lui conseilla de ne pas faire l'idiot, mais Ben
semblait, brusquement, devenu parfaitement lucide. Il
déclara qu'il prendrait la place de Vic pour sa prochaine
patrouille de routine et qu'il piloterait lui-même l'appareil — décollage, atterrissage, acrobaties et tout.

« Vic lui déclara qu'il était fou, ou ivre, mais Barbara embrassa son mari, en lui disant qu'il était mer-
veilleux, brave, intelligent, etc. Vic lui fit des remontran-
ces véhémentes mais Barbara le traita de rabat-joie.

« Le jour fatal arriva, le vendredi suivant. Vic devait
partir en patrouille au crépuscule. J'étais de service, ce
soir-là. Nous savions tous que « Flocon 32 » — c'était
l'indicatif radio de l'avion de Vic — serait en réalité
piloté par Ben et nous formions des vœux pour que tout
se passe bien. Il décolla sans histoire et j'établis le
contact radio avec lui. Je l'appelai : « Allô. Flocon 32 ?
Redwing vous appelle » — Redwing était l'indicatif de
Dymfield — « Me recevez-vous bien ? A vous ! » Une

voix crépitante me répondit, par le haut-parleur de la salle : « Allo, Redwing ? Ici Flocon 32. Je vous reçois fort et net. Terminé. » Cela, c'était bizarre. « Terminé », c'est ce que disaient les pilotes quand ils coupaient définitivement la communication, par exemple au moment d'atterrir, et il semble bien que ce soit ce que Ben ait fait. Il a dû couper sa radio car, à partir de ce moment, j'ai eu beau l'appeler, je n'ai obtenu aucune réponse. Bien entendu, nous suivions l'appareil. Il traversa la côte, décrivit un grand cercle au-dessus de la mer, puis repassa la côte, tout cela à une altitude régulière, assez basse. Et puis, soudain, une voix arriva dans le haut-parleur. Un mot, simplement : « Taïaut ! »... Excuse-moi...

La voix d'Emmy s'était brisée, de façon suspecte.

— Tu sais, reprit-elle, que c'était le signal codé pour dire que l'ennemi était en vue ? Or, il n'y avait pas d'appareils ennemis dans le secteur, ce soir-là. En tout cas, Flocon 32 mit le cap droit sur la mer et disparut, simplement. Il perdit rapidement de la hauteur et il échappa à nos stations radar. Il a dû piquer du nez et s'engloutir dans la mer du Nord. On n'a plus jamais revu l'appareil, on n'a plus jamais entendu parler de Ben.

— Les autorités ont d'abord dû croire Vic tué ?

— Oui. Pauvre Vic ! Cela a été affreux. Il avait suivi ce que Ben et lui avaient appelé le plan « A » : s'il n'avait pas de nouvelles de Ben avant cinq heures, il devait faire le mort chez lui et laisser le champ libre à Ben. C'est ce qu'il fit. Ben et Vic étaient à peu près de la même taille, et il est difficile de distinguer un pilote d'un autre quand ils sont en tenue de vol, avec le casque et tout. Le personnel au sol prit Ben pour Vic. Tu imagines le remue-ménage quand Vic est arrivé sur le terrain le lendemain et a constaté que tout le monde le croyait mort. Bien entendu, il fallut avouer toute l'histoire et Vic eut pas mal d'ennuis.

— Pauvre diable ! dit Henry. Je suppose que Ben Guest a été pris d'un de ces étourdissements dont tu parlais ?

— Ce fut l'explication officielle, dit Emmy. Mais

aucun de nous n'y a cru. Pourquoi n'a-t-il pas appelé au secours ?

Elle s'interrompit, soupira.

— Nous avons tous deviné ce qui s'était passé, en réalité, dit-elle. Bien évidemment, Ben s'est suicidé.

Un long silence suivit.

— Pourquoi ? demanda enfin Henry.

— Tu veux dire, pourquoi cela nous a-t-il paru évident ?

— Non. Pourquoi s'est-il suicidé ?

— Qui peut savoir ? On a raconté que, ce même jour, Barbara lui avait déclaré qu'elle allait le quitter pour Vic qu'elle épousa d'ailleurs par la suite. Moi, je pense que si Ben s'est suicidé, c'est pour une raison différente.

— Laquelle ? demanda Henry.

— Je crois qu'il s'est rendu compte qu'il n'était pas maître de son appareil, simplement. Souviens-toi qu'il avait déjà eu un accident grave. Même s'il s'était posé sans dommage, il aurait perdu une bonne partie de son prestige. Sam Smith ne se cachait pas pour rire tout haut de la piètre performance de Ben.

Emmy s'interrompit un moment, réfléchit.

— Je crois, conclut-elle, que Ben a préféré se suicider plutôt que d'avoir à reparaître, en faisant figure de raté, devant Barbara, Vic et tous les autres.

— Et toi ?

— Moi ? Que veux-tu dire ?

— Tu ne t'es pas citée parmi les personnes qu'il n'aurait plus voulu affronter...

— Non, naturellement. Il savait que, moi... Je ne comptais pas pour lui. Je le connaissais à peine.

Henry faillit dire à sa femme qu'elle était une bien piètre menteuse, mais il préféra se taire.

— Finalement, reprit Emmy, on couvrit toute cette histoire d'un voile pudique. L'image héroïque de Ben Guest fut sauvegardée. Il fut porté « disparu, présumé mort », dans un vol d'entraînement. Bien entendu, le bruit d'un suicide chevaleresque transpira et ternit un peu la belle image du héros. Ou je me trompe fort, ou Barbara souffre de remords depuis vingt ans. Elle sait que

Ben ne se serait jamais lancé dans cette folle aventure si elle ne l'en avait pas défié et elle sait parfaitement aussi qu'il s'est suicidé plutôt que de l'affronter après un échec.

— Tu n'aimes pas beaucoup la jolie Barbara, il me semble ? remarqua Henry.

— Je m'efforce de ne pas être injuste avec elle, mais je ne peux pas m'empêcher de la juger sévèrement. Et puis, maintenant, cette histoire de livre... Elle va nous payer grassement, Jo et moi, avec l'argent de Vic, pour fabriquer de toutes pièces un beau mémorial en l'honneur de Ben. De Ben et de Barbara elle-même. C'est une idée révoltante.

— Alors, pourquoi le faire ?

— On m'a lancé un défi, dit Emmy, qui ajouta, avec un sourire triste : je suis un peu comme Ben, vois-tu. Mais j'espère survivre à l'aventure !

*
* *

Le lendemain, Barbara téléphona à Emmy et lui dit qu'elle aimerait la rencontrer le plus tôt possible pour discuter de leur projet. Elle avait réussi à persuader Jo de venir passer le prochain week-end chez elle. Elle espérait qu'Emmy et son mari pourraient venir, eux aussi.

« — Je ne sais pas si votre Henry est très amateur de chasse, ajouta-t-elle. Dans ce cas, Vic sera ravi. Ils pourront s'amuser ensemble à chasser ou à pêcher pendant que nous bavarderons. »

Emmy répondit que, malheureusement, Henry n'était pas très porté sur ce genre de sport.

« — Il n'a déjà que trop à faire avec les morts violentes pendant ses heures de travail, » expliqua-t-elle.

« — Je vois, dit Barbara. Il pourra toujours aller observer les oiseaux, ou herboriser... Dites que vous viendrez ! »

Vic vint les prendre à la gare. Il avait l'air plus à sa place dans ce décor campagnard qu'en ville. Il installa Henry, Emmy et leurs bagages dans sa Bentley bleu foncé, et la puissante voiture partit. La campagne était souriante, il y avait un beau soleil de septembre et l'air était vif.

— Barbara me dit que vous êtes une sorte de détective, dit Vic à Henry, comme l'auto s'engageait sans bruit dans une allée feuillue.

— C'est exact.

Emmy reconnut la nuance d'amusement qu'elle sentait toujours dans la voix de son mari quand il faisait la connaissance d'un personnage pittoresque.

— J'aimerais assez votre métier, dit Vic, qui semblait songeur, derrière son énorme moustache.

— Cela paraît très romanesque, vu sous ce jour, dit Henry. Malheureusement, cela ne correspond guère à la réalité. Le criminel agit peut-être en solitaire ; mais nous sommes une grande organisation, assez efficace.

— Vous voulez dire que le type du pilote de chasse est susceptible d'être plutôt du côté du criminel ; c'est bien ça ?

— Je n'avais certainement pas voulu suggérer une idée pareille ! se récria Henry.

— Ah, mon bon Sherlock, dit Vic, on laisse quelquefois échapper le fond de sa pensée sans s'en apercevoir ! Vous aimez la chasse ? Et la pêche ?

— Non, malheureusement, dit Henry.

— Que diable aimez-vous donc ? demanda Vic.

— La voile et le ski.

— Hum ! dit Vic. Je vois... Dans ce cas, je ne pense pas que nous puissions vous être bien utiles, ici.

— J'aime aussi marcher, dit Henry, faire des promenades à pied.

— Seigneur ! soupira Vic, qui s'enferma dans un silence lugubre.

Quelques minutes plus tard, la voiture s'engagea dans l'allée qui menait à la maison où Barbara et Jo les attendaient sur la terrasse. On échangea des politesses, on prit des rafraîchissements et le petit groupe s'assit pour une conversation détendue d'avant déjeuner.

Barbara, décharnée mais fort élégante, se mit en frais pour Henry.

— Chéri, dit-elle à Vic sur un ton de reproche, tu

ne t'étais pas rendu compte que notre invité est le célèbre
Henry Tibbett ? Le grand détective, le sorcier du Yard...

— Je vous en prie ! dit Henry. Inutile d'exagérer !

— Mais je n'exagère pas ! protesta Barbara, écar-
quillant ses yeux cernés. J'entends continuellement parler de l'Inspecteur-chef Henry Tibbett.

Henry, tout à fait conscient de son physique quelconque, de son manque d'élégance et de sa conversation
peu brillante, se dit qu'il serait plus sot de protester que
de se taire. Mais il se demandait ce que Barbara mani-
gançait. En écoutant Emmy, il s'était fait d'elle l'idée
d'une femme tout à fait stupide. Il n'en était plus aussi
sûr.

Vic et Emmy évoquaient des souvenirs de guerre.

A un moment, Emmy s'exclama :

— Quelle mémoire vous avez, Jo ! J'avais complètement oublié cette formule. Elle me rajeunit de vingt
berges.

— Ma pauvre amie, intervint Henry, je ne connais
rien à l'argot des pilotes, mais je peux te dire que le tien
est singulièrement démodé.

Une conversation générale sur l'argot s'ensuivit. Le
moment de gêne était oublié. Plus tard, dans l'intimité
de leur chambre, Henry demanda à Emmy pourquoi Vic
avait paru si furieux.

— Tu ne te rappelles pas ? dit Emmy. « Mon père
connaissait Lloyd George... »

— Vrai, il le connaissait ?

— Idiot ! Tu sais bien ce que je veux dire. Tu te
souviens qu'autrefois les gens se mettaient à fredonner
« mon père connaissait Lloyd George... » pour faire baisser le ton à ceux qui se vantent à tout propos de leurs
belles relations. Dans la R.A.F., lorsqu'un pilote se laissait aller à se vanter, les autres entonnaient ce refrain, à
l'unisson : « Et j'étais là, moi, la tête en bas, manche au
nombril... »

— ... « piquant à mort », dit Henry terminant la
phrase pour elle. Situation intéressante ! Je dois donc
comprendre que ton ami Jo cherchait à faire baisser le
ton à ton ami Vic ?

— Bien entendu ! dit Emmy.

— Vois-tu, Emmy, dit Henry, c'est ton affaire, bien sûr. Mais je commence à me demander si tu ne serais pas bien avisée en évitant de remuer le passé.

— J'ai dit que je le ferais, dit Emmy.

— Voyons, chérie, dit Henry, n'est-ce pas une réaction un peu enfantine ? Si tu veux te dégager, tu n'as qu'à le dire.

— C'est un peu plus compliqué que cela, dit-elle. J'ai l'impression qu'il faut que j'aille jusqu'au bout.

— A cause de Ben Guest ? dit Henry.

Elle jeta un regard assez dur à son mari.

— Oui, voyons, Henry ! Tu ne peux pas réellement être jaloux d'un homme qui est mort depuis vingt ans et qui n'a jamais...

— Je trouve assez naturel d'être jaloux du premier homme que tu as aimé, dit-il en souriant.

— Tu es bête ! dit Emmy.

Elle se détourna. Henry remarqua qu'elle n'avait pas nié.

⁂

Après le déjeuner, Barbara passa immédiatement aux affaires sérieuses. Elle expédia Vic et Henry faire une promenade du côté de la ferme.

— J'espère, mon vieux, dit Vic à Henry, que je ne vous contrarierai pas trop si je prends un fusil ?

— Faites ! Cela ne me contrariera pas du tout ! assura Henry.

Les deux hommes se mirent en route et Barbara, sur la terrasse, leur fit au revoir de la main, puis rentra dans la salle de séjour où Emmy et Jo bavardaient.

— Bon, dit Barbara. Maintenant, nous pouvons commencer !

Jo tira de sa poche un cahier d'écolier et un stylo-bille.

— Avez-vous de quoi écrire, vous ? demanda-t-il à Emmy.

— Mais il n'y a besoin de rien écrire pour le moment, dit vivement Barbara, qui paraissait fort animée. Avant tout, je voudrais proposer un léger changement de programme.

— Sapristi, Barbara ! se récria Jo. Vous n'allez pas nous raconter que vous nous avez traînés chez vous pour nous apprendre que vous avez changé d'idée et que nous devons tout abandonner ?

— Bien sûr que non ! protesta vivement Barbara. Il n'est pas question d'abandonner !

De façon assez surprenante, cette contre-attaque de Barbara sembla plaire à Jo, qui éclata de rire.

— Bravo ! je vous reconnais bien là. Vous n'avez pas changé du tout !

Emmy fut tout aussi surprise de constater que Barbara ne prenait pas mal cette réplique.

— Vous n'avez pas changé, vous non plus, Jo, dit-elle. Toujours aussi rustre, décidément ! Mais non, le projet n'est pas annulé. Seulement, j'ai réfléchi. L'histoire d'une base de chasseurs est un sujet un peu aride, n'est-ce pas ? Les lecteurs veulent en général qu'on leur propose des personnages, des personnalités, des gens auxquels ils puissent s'intéresser, une matière humaine, en somme.

— Où voulez-vous en venir ? Vous voulez peut-être que je peuple Dymfield de personnages imaginaires et que j'invente pour eux une intrigue de sang, d'amour et de luxure, dans le style en vogue ?

— Je ne pensais pas à des personnages imaginaires, dit tranquillement Barbara.

— Attendez un peu ! dit Jo, qui paraissait vraiment déconcerté. Vous avez peut-être entendu parler des lois sur la diffamation ? Vous ne pouvez pas me demander de raconter des choses scandaleuses sur des gens qui sont encore vivants et fort capables de réagir !

— Ce n'est pas exactement ce que je voulais dire non plus, fit Barbara.

— Je comprends où Barbara veut en venir, dit Emmy. Ce n'est pas l'histoire de Dymfield, qu'elle veut, mais une biographie de Ben. Et telle a bien été votre intention, dès le début, n'est-ce pas ? ajouta-t-elle en regardant Barbara bien en face.

— Non, dit-elle, nerveuse. Non, ce n'est pas vrai !

J'ai d'abord eu l'idée d'un livre sur Dymfield. Mais, plus j'y songeais... Voici comment je vois la chose. On ne compte plus le nombre de bouquins qui retracent les exploits des as de la Bataille d'Angleterre. Mais mon idée serait de mettre l'accent sur le travail que Ben a fait à Dymfield, après sa sortie de l'hôpital, quand il a commencé une seconde carrière.

— N'exagérez pas ! dit sèchement Jo. Vous savez bien que ce n'est pas vrai.

— En tout cas, aussi essentiel. Ne voyez-vous pas qu'en partant de ce principe, nous pourrons brosser le tableau de Dymfield à son époque la plus intéressante, mais centré autour d'un personnage qui donnera tout l'intérêt humain à notre histoire ?

— Vous êtes rudement astucieuse, Barbara, dit enfin Jo. Je crois qu'Emmy a raison et que vous aviez cela en tête depuis longtemps. Mais il se trouve que votre raisonnement est tout à fait juste.

Barbara parut contente.

— Vous vous rendez compte, naturellement, reprit Jo, qu'il faudra raconter la mort de Ben, avec tous les détails ?

— Je ne vois pas pourquoi ! protesta-t-elle.

— Demandez au premier venu s'il sait qui est Ben Guest, dit-il froidement. Il y a bien des chances pour qu'il vous réponde qu'il n'en a jamais entendu parler. Mais si, par impossible, le nom de Ben Guest rappelle quelque chose à votre homme, il vous dira : « C'est le pilote de chasse qui s'est suicidé, n'est-ce pas ? »

— Les gens sont vraiment répugnants, dit Barbara.

— Ils sont comme ils sont, dit Jo. Des hommes, simplement. Vous désirez intéresser le grand public à ce bouquin, mais il ne s'intéresse ni aux bases aériennes, ni aux contrôles aériens. En revanche, il pourrait s'intéresser à la reconstitution d'un drame humain vieux de vingt ans, dans le cadre d'un drame national, à l'heure la plus glorieuse de toute l'histoire de la Grande-Bretagne...

Presque malgré lui, Jo se leva et se mit à marcher de long en large.

— Pour la première fois, dit-il, j'entrevois des possibilités commerciales. Ce livre pourrait même devenir un best-seller.

Jo ne fit plus attention à Barbara et s'adressa à Emmy.

— Votre premier travail, dit-il, sera de réunir des renseignements sur le passé de Ben. Etudes, famille, etc. Dates de son entrée à la R.A.F., de ses affectations successives, de son mariage. Enfin, tout ce qui lui est arrivé jusqu'au moment de son accident. Barbara, vous allez déjà pouvoir nous donner quelques renseignements et quelques dates.

— Je ne sais pas au juste ce que vous désirez ? dit Barbara, un peu hésitante.

— Dites-nous simplement ce que vous avez envie de nous raconter, répliqua Jo.

Emmy eut un moment l'impression étrange d'une sorte de complicité entre ces deux êtres, comme s'ils partageaient la connaissance commune d'un secret qui lui échappait.

— Commençons par la date de naissance, si vous vous la rappelez, dit Jo.

Emmy avait sorti son carnet de notes. Sur un signe de tête de Jo, elle consigna les renseignements que donnait Barbara.

— Ben était né un 19 janvier, dit Barbara. Voyons, ce devait être... le 19 janvier 1919. Son père était un pasteur de campagne, le Révérend Sidney Guest. Je crois que sa mère était très belle. Elle est tombée assez gravement malade alors que Ben était encore enfant et elle a dû se rendre à l'étranger pour se faire soigner. Ben a donc été élevé par son père dont les idées étaient peut-être un peu démodées. Il aurait voulu que Ben préparât une carrière juridique, ou comptable, enfin, quelque chose de classique. Il n'a pas été très content de voir Ben s'engager en 1938 dans l'aviation. Mais, bien entendu, une fois la Bataille d'Angleterre commencée, il a été extrêmement fier de son fils.

» J'ai fait la connaissance de Ben au printemps de 1940. A ce moment, je jouais un petit rôle dans *Le songe*

2

d'une nuit d'été. Nous nous sommes mariés en août, au plus fort de la bataille.

— Nous pourrons broder là-dessus, dit Jo. J'imagine que vous ne tenez pas à ce qu'on parle de Victor à ce stade ?

— Pourquoi pas ? fit-elle. Vous pouvez dire que Vic était le meilleur ami de Ben, dans l'escadrille. Vous savez le reste. Il a abattu seize avions allemands. Il a été décoré trois fois. Et puis, il a eu son accident en 1942.

— Votre premier travail, dit Jo à Emmy, sera d'aller demander des renseignements plus détaillés sur les états de service de Ben aux archives du Ministère de l'air. Ensuite, il faudra bavarder avec les gens qui ont servi avec lui. Vic, d'abord. Je crois aussi que Sam Smith l'avait connu, au cours de cette première période.

— Smith avait été en service à la même base que Ben quand celui-ci a eu son accident, précisa Barbara.

— Tiens ? Je n'en savais rien, dit Jo. Il ne m'en a jamais parlé quand nous nous sommes trouvés ensemble à Dymfield.

— Bien sûr que non, dit Barbara. Ce Smith n'avait guère d'éducation, mais il avait tout de même suffisamment de tact pour ne pas rappeler des moments aussi pénibles à Ben.

— A propos, pourquoi Sam, ancien pilote, avait-il lui-même été affecté à un service à terre ?

— A cause de son âge, je suppose, dit Emmy. Il approchait de la quarantaine.

— Vous voulez dire qu'à l'époque cela nous paraissait vieux, rectifia Jo.

— Mon Dieu ! soupira Barbara, qui préférait en rire. Vous croyez-vous obligé de nous rappeler constamment notre âge ?

— La jeunesse dorée n'a qu'un temps, dit Jo. Les amants les plus beaux vieillissent et prennent des rides. Sauf Ben Guest, bien entendu.

— Jo Parker, dit Barbara vivement, si vous persistez dans cette attitude, j'annule tout !

— Cette attitude ? répéta Jo.

— Vous êtes un rude menteur ! bougonna-t-elle.

Maintenant, écoutez-moi. Je vous paie bien pour faire un travail. Vous le ferez de la façon que je veux ; sinon, le marché ne tient plus. Est-ce clair ?

— Parfaitement, Barbara, dit Jo, souriant. Je croyais que vous aviez fini par vous rendre compte que je considère vos désirs les plus fous comme des ordres. Si je me suis montré un peu provocant, c'est simplement que je voulais vous pousser dans vos retranchements, pour que nous sachions bien tous où nous en sommes.

Emmy, mal à son aise, se rendit compte qu'elle avait dû regarder tour à tour les deux antagonistes en ouvrant de grands yeux.

— Ne vous cassez pas la tête, petite Doucette dit Jo. Vous comprendrez quand vous serez plus grande. Vous aurez beau vieillir, vous aurez toujours dix-neuf ans d'âge mental. C'est ce qui fait votre charme.

Sans laisser à Emmy le temps de trouver une riposte appropriée, il enchaîna :

— Nous en étions arrivés au moment où Ben démolit son Spitfire. Suit un chapitre saisissant, poignant, sur ses aventures à l'hôpital. De très belles pages qui feront pleurer dans les chaumières.

Barbara s'assit sur le divan.

— L'accident est arrivé un vendredi après-midi, dit-elle. J'étais sortie faire des courses, si bien qu'on n'a pas pu me joindre tout de suite. Il était six heures quand j'ai été prévenue, par téléphone. On m'a dit simplement que Ben avait eu un accident et on m'a demandé de me rendre à l'hôpital, aussi vite que je pourrais...

Jo lui versa à boire et elle reprit son récit :

— Je me suis rendue à l'hôpital aussi vite que je le pouvais, dit Barbara. Pauvre Ben ! Il avait l'air d'une momie égyptienne, tout enveloppé dans ses bandelettes. On ne voyait plus que ses yeux. Il a fallu que je leur donne des photos pour qu'ils puissent lui refaire un visage. Ben a été magnifiquement courageux. Il était si gai qu'il m'a redonné courage. Il a fallu dix-huit mois avant qu'il en ait terminé avec la dernière intervention chirurgicale et que je puisse l'emmener en convalescence.

— Tout cela est excellent, Barbara, dit Jo, qui pre-

nait hâtivement des notes. Nous devons pouvoir écrire
là-dessus un chapitre passionnant. Bon, continuons. Où
l'avez-vous emmené ?

Barbara hésita.

— Nous ne pouvions pas aller chez le père de Ben,
dit-elle. Cela l'aurait trop bouleversé. Vic a été très gentil.
Il nous a prêté un de ses cottages. Le temps était horrible,
je me souviens. Mais j'avais de nouveau Ben avec moi, et
son état s'améliorait de jour en jour. Cela seul comptait.
C'était comme une seconde lune de miel...

— ... comme une seconde lune de miel, disait Barbara. Et puis, quand Ben a été assez bien rétabli, il a été
affecté à Dymfield. Nous étions très intéressés, lui et moi,
par ce nouveau poste. A partir de là, vous en savez autant
que moi.

Barbara adressa un sourire engageant à ses deux audi-
teurs.

— Naturellement, dit-elle, Ben n'était pas très facile
à vivre. Il était vraiment désolé que les médecins ne lui
permettent plus de voler.

— Je suis certain que vous lui avez été d'un grand
secours, dit Jo.

— J'ai fait de mon mieux, murmura Barbara.

Henry et Vic revinrent vers cinq heures, après avoir
couvert une douzaine de kilomètres à pied. Henry était
fourbu, sale, grognon. Vic était frais comme l'œil, et de
la meilleure humeur du monde. Il rapportait deux pigeons
et un lièvre dans son carnier.

Ils trouvèrent Barbara, Emmy et Jo engagés dans
une grande discussion devant la cheminée. Barbara parlait, Emmy et Jo prenaient des notes. Mais le retour des
chasseurs interrompit le débat. Les invités remontèrent
dans leurs chambres respectives pour se changer. Barbara
invita tout le monde à se retrouver au salon à six heures,
pour l'apéritif.

Pendant qu'Henry prenait une douche, Emmy lui
décrivit succinctement ce qui s'était passé durant l'après-
midi.

— C'était assez déplaisant, Henry.

— Sûrement moins déplaisant que de patauger dans la boue ! répliqua-t-il.

— Je veux dire... Enfin, je ne peux pas t'expliquer. Mais je regrette de m'être lancée dans cette histoire.

— Ma chère enfant, dit Henry, ne t'avais-je pas mise en garde ?

— Oui, dit Emmy. Je sais, tu m'as prévenue. Vois-tu, peut-être que je me monte la tête, mais j'ai l'impression qu'il se passe des tas de choses qui m'échappent.

— Et c'est cela qui te rend utile, dit Henry. L'innocence est une qualité rare et que certains ont tendance à exploiter.

Au moment de descendre, Henry fut surpris d'être accroché au passage par Vic, qui lui saisit le bras et l'invita à venir dans son bureau « boire un petit coup en vitesse ». Henry, considérablement intrigué, suivit son hôte dans une petite pièce tapissée de livres. Vic coupa court aux préliminaires.

— Nous avons bavardé, Barbara et moi, mon vieux, dit-il. Je pense que, de votre côté, vous avez dû faire la même chose avec votre femme ? Vous devez savoir les dernières nouvelles ?

— Vous voulez dire, que le livre sera plutôt une biographie de Ben Guest que...

— Exactement, coupa Vic. Oui, c'est exactement ce que je veux dire. Cher vieux limier, il faut arrêter cela !

— Cela me paraissait pourtant une assez bonne idée, dit Henry. Commercialement parlant, en tout cas. Bien meilleure que le récit de ce qui se passe dans un Central Opérations.

Victor paraissait mal à son aise.

— Le pauvre vieux Ben est mort, n'est-ce pas ? dit-il. Mort et enterré, comme tant d'autres ! Pourquoi Barbara ne peut-elle pas en rester là ?

— Emmy a l'impression, dit Henry, que Barbara désire en quelque sorte ériger un mémorial en hommage à son premier mari.

— Si elle veut absolument dépenser son argent, elle ferait mieux de lui acheter une pierre tombale, grommela Vic.

— Sur quoi la ferait-elle poser ? demanda Henry. Il n'y a pas de tombe, pas de cadavre, pas de cercueil, n'est-ce pas ? Rien que la mention « disparu, présumé mort ».

— Que savez-vous au juste de cette histoire ? demanda-t-il.

— Ce qu'Emmy m'en a dit, simplement.

— Ecoutez, mon bon Sherlock... c'est difficile à expliquer, il faut absolument arrêter ça ! répéta-t-il. Votre femme a une certaine influence sur Jo Parker. S'il se retirait de l'affaire, Barbara laisserait tout tomber.

En fait, Henry avait bel et bien projeté d'insister auprès d'Emmy pour obtenir qu'elle renonce au projet. Mais, en suivant Vic au salon, il ressentit ce picotement qui était la manifestation la plus caractéristique de ce que d'autres appelaient « son flair ».

De petites choses qu'on lui avait dites, qu'il avait enregistrées au passage, commençaient à s'additionner dans sa tête. Rien de précis. L'impression que la réalité n'était pas conforme aux apparences.

Soudain, il éprouvait une grande répugnance à laisser tomber l'affaire sans l'avoir mieux étudiée. Toutes réflexions faites, il ne dit rien à Emmy.

CHAPITRE III

Jo Parker commença la journée du lendemain en mettant carrément les pieds dans le plat, avec Vic. Les invités et leurs hôtes étaient réunis dans le salon, pour un vrai petit déjeuner anglais.

C'était une journée magnifique. Vic proposa une promenade dans le parc et fit remarquer que le soleil avait dû sécher le plus gros de la boue, donc que la marche ne devrait pas poser de problèmes. Henry et Emmy acceptèrent sa proposition, d'enthousiasme.

Ce fut à ce moment que Jo se manifesta.

— Mon cher Vic, déclara-t-il, nous ne sommes pas venus ici pour folâtrer dans les bois ! Nous avons du travail.

— A votre place, mon vieux, je ne me casserais pas trop la tête, dit Vic, un peu gêné.

— Hier, nous avons dégrossi une première ébauche. C'est aujourd'hui que nous commençons le travail détaillé.

Vic, qui mastiquait un morceau de bacon, s'arrêta net, puis avala de travers, et s'étouffa. Jo, qui était assis à côté de lui, lui tapa dans le dos d'un geste machinal. Vic retrouva son souffle et jeta un regard furieux autour de la table en déclarant :

— Je n'ai jamais caché que je désapprouvais cette entreprise.

— Vous n'avez pas soulevé d'objections, pendant la réunion des anciens de Dymfield, fit remarquer Jo.

— Je ne veux certainement rien avoir à faire avec tout cela, répéta Vic.

— Mais, mon vieux, dit Jo, Ben et vous, étiez pratiquement inséparables ! De plus, vous êtes probablement une des dernières personnes à l'avoir vu vivant.

— C'est tout à fait inexact ! protesta Vic, qui semblait vraiment ému. Je ne l'ai pas vu de toute la soirée de... de sa mort. Vous le savez aussi bien que moi ! J'ai attendu jusqu'à cinq heures. Puis je suis allé dans ma chambre, me mettre en tenue de vol. Quand je suis arrivé au hangar, Ben avait déjà sorti le coucou, sans rien me demander.

— Vous ne pourrez pas vous en tirer comme cela ! Il faudra tout avouer, dit Jo. Tout le monde sait que vous aviez accepté de faire le mort pour que Ben puisse accomplir la patrouille à votre place. Après tout, qu'est-ce que cela peut vous faire de dire la vérité, maintenant ? Vous ne risquez plus la cour martiale.

— Je m'en tiens à l'histoire telle que je l'ai racontée à la Commission d'enquête, dit Vic, têtu. Je refuse de laisser salir ma réputation. Ben m'a filé entre les pattes. Il s'est présenté au hangar sous mon nom et a décollé à ma place. Je suppose que je ne peux pas vous empêcher d'avancer vos théories personnelles, Jo. Quand je me suis aperçu que Ben avait déjà décollé, j'ai filé de la base, à bicyclette, et je me suis enfermé dans un bistrot à plusieurs kilomètres de là.

Il se tourna vers Henry et ajouta, comme s'il sentait le besoin de mieux expliquer la chose à un profane :

— Je ne pouvais pas me permettre de rester au carré, pendant que j'étais censé être en vol.

— Mais était-il nécessaire de rester absent toute la nuit ? demanda Henry.

Vic se tourna vers lui, pris d'une colère subite.

— Où diable voulez-vous en venir ?

— Absolument nulle part. Je me demandais simplement...

— Vous autres civils, il faut qu'on vous fasse un dessin, pour tout ! grommela Vic. J'aurais dû être dans ce Typhoon, et c'était Ben qui avait pris ma place. Si tout

avait marché comme il l'avait projeté, il aurait terminé
la patrouille, atterri, se serait débarrassé de sa tenue de
vol dans ma chambre et serait retourné au cantonnement. Moi, j'avais dit au carré qu'après la patrouille, je
quitterais la base pour aller dormir. Je n'osais plus montrer mon nez, naturellement.

— Pourquoi dites-vous « naturellement » ? demanda
Henry. J'aurais pensé...

— Je ne sais pas si vous vous rendez bien compte,
dit Vic, que nous étions une base dotée d'un Central
d'opérations de secteur ?

— Ce que Vic veut dire, intervint Emmy, c'est que
tous les appareils de la base étaient suivis continuellement au Central Ops et que les pilotes qui n'étaient pas
de service y faisaient un tour, pour voir ce qui se passait. Si Vic était revenu au carré, il se serait probablement trouvé en face de plusieurs camarades qui auraient
suivi sa patrouille — ou, plutôt, celle de Ben — Il eût
été fâcheux qu'ils soient mieux renseignés que lui sur ce
qu'il était censé avoir fait.

— Merci, Doucette, dit Vic. Parfaitement expliqué.

— Vous avez dû provoquer une drôle de sensation
quand vous vous êtes présenté le lendemain, frais et rose ?
dit Henry.

— Je ne tiens pas à parler de cela ! grogna Vic.

Il sortit à grands pas rageurs. Jo regarda Emmy et
lui fit une grimace.

— Qu'est-ce qui le dérange ? demanda-t-il.

— Ne faites donc pas attention à Vic ! dit vivement
Barbara. Il est très sensibilisé à toute cette histoire. Ben
était son meilleur ami. Je crois qu'il se sent responsable
dans un certain sens.

— Barbara, c'est vous le patron. J'attends vos instructions, dit Jo. Quelle théorie devons-nous faire nôtre,
au sujet de la mort de Ben ? Je suppose que nous sommes carrément pour la thèse du suicide ?

— Certainement pas ! dit Barbara. Son sens de l'équilibre était compromis. Il a eu un étorudissement et il a
perdu le contrôle de son appareil.

— Ma chère Barbara, dit Jo, ne faites pas l'enfant.

Chacun sait qu'il s'est suicidé. Si c'est pour nous en tenir simplement à la thèse officielle, mieux vaut abandonner l'affaire, car c'est le suicide de Ben qui est la partie vraiment intéressante de l'histoire. La seule question est celle du mobile de ce suicide. Je suggère quelque chose de noble, mais pas trop voyant.

— Que voulez-vous dire par là ? dit Barbara.

— Possibilité numéro un ! annonça Jo. Ben Guest, le pilote qui n'a jamais vécu que pour son métier, comprend qu'il ne pourra plus jamais voler. Il préfère mourir aux commandes d'un avion. Possibilité numéro deux : Ben Guest, héros de la Bataille d'Angleterre, n'est plus qu'un pauvre rampant mutilé, affecté à un poste sans gloire. Il veut éviter une humiliation à sa très jolie femme, lui épargner la honte de se sentir liée à une « épave ».

Sans que rien n'ait pu laisser prévoir sa réaction, Barbara se leva et gifla violemment Jo.

Jo se frotta la joue et sourit, imperturbable.

— Excusez-moi, dit-il, de vous avoir provoquée à cette manifestation, surtout devant Henry et Emmy. Mais il le fallait. Je l'ai fait délibérément.

Barbara était tellement en colère qu'Henry eut l'impression de voir de la vapeur s'échapper de sa boîte crânienne. Mais Jo ne s'énervait pas.

— Il fallait bien que quelqu'un vous oblige à regarder la réalité en face, dit-il. Ne voyez-vous pas, chère petite idiote, que, si nous ne leur fournissons pas une théorie suffisamment solide pour expliquer la mort de Ben, les gens se feront une idée personnelle ? S'ils sont charitables, ils chercheront du côté de l'une ou de l'autre de mes deux hypothèses. S'ils ne le sont pas, cela risque d'être pire. Il me semble que vous feriez mieux d'abandonner complètement votre idée.

— Je ne veux pas l'abandonner, dit Barbara.

— Il y a toujours la possibilité numéro trois, qui me paraît assez séduisante, dit Jo. Sans vraiment nous engager, nous pouvons insinuer que Ben était en mission spéciale, si secrète que les autorités n'ont jamais voulu le reconnaître...

— Tout le monde sait qu'il n'était pas en mission spéciale, voyons !

— Pourquoi ? Comment tout le monde le saurait-il ? se récria Jo. Comment pouvez-vous en être certaine ? Supposez que cette discussion entre Ben et Vic, lors de la soirée de Dymfield, n'ait été qu'une couverture ? Je vais encore attirer votre attention sur quelques petits faits qui pourront vous donner à réfléchir. D'abord, il y a eu une alerte aux parachutistes allemands, ce soir-là.

— Je l'ignorais.

— Naturellement, en tant que civile, vous ne pouviez pas le savoir. Mais il se peut que Doucette s'en souvienne, elle ?

— En effet, dit Emmy. C'est exact. Un poste d'observation avait donné l'alerte. Mais nous avions sans cesse des alertes « bidon » comme celle-là.

Jo sourit et dit :

— Cela pourrait joliment amorcer la curiosité des lecteurs et les lancer sur une fausse piste. Et puis, pourquoi est-il arrivé sur le terrain à quatre heures, alors qu'il n'a décollé qu'à six heures ?

Henry fut surpris de constater qu'Emmy paraissait soudain très émue, presque effrayée.

— Comment savez-vous à quelle heure il est arrivé ? demanda-t-elle.

— Parce que je l'ai vu. Je m'en retournais au Central Ops, pour y prendre mon service. Ben se trouvait dans le poste de garde, quand je suis entré. Il téléphonait. Pourquoi Ben a-t-il claironné « Taïaut » dans sa radio de bord, alors qu'il n'y avait pas un appareil à des dizaines de miles à la ronde ? Et pourquoi le bon Vic se montre-t-il maintenant aussi chatouilleux ?

— Il ne veut pas que l'on écrive qu'il a raconté des mensonges à la commission d'enquête, il y a vingt ans, suggéra Emmy.

— Peut-être, dit Jo. Mais on pourrait aussi interpréter son attitude comme confirmant une théorie plus excitante. J'ai déjà prouvé que Vic devait avoir été dans la confidence dès le début. Supposez qu'il y ait eu dans cette affaire des secrets, qu'on ne peut pas révéler, même

vingt ans plus tard ? Supposez que Vic ait peur que nous
ne trouvions par hasard la vérité sur la mission de Ben ?
Qu'en dites-vous, Barbara ?

— C'est dégoûtant ! dit-elle, très fâchée. Je vous
interdis absolument de faire la moindre allusion à quoi
que ce soit de ce genre. Cela ne peut pas être vrai.

— Qu'est-ce qui ne peut pas être vrai ? demanda une
voix forte, derrière eux.

Ils se retournèrent tous les quatre comme des conspirateurs surpris la main dans le sac. Vic était sur le seuil
du salon. Il avait enfilé des bottes de caoutchouc et portait un fusil sous le bras.

— Rien, rien, chéri, dit vivement Barbara.

— Une théorie que j'avais avancée au sujet de la
mort de Ben, simplement, dit Jo, avec une sorte d'impu-
dence.

— Quelle théorie ?

— Qu'il se pourrait que ce ne soit pas un suicide !

— Cette histoire est allée assez loin ! gronda Vic,
qui avançait, poings serrés, si formidable qu'Henry lui-
même en fut impressionné. Vous trouvez peut-être cela
amusant, Parker. Moi pas, et Barbara non plus. Je ne
cherche pas souvent à faire prévaloir ma volonté, mais
cette fois, c'est le cas. Cette insanité doit cesser.

— Cher vieux Vic ! dit Jo, qui riait. Mais vous ne
pouvez pas m'arrêter ! Et Barbara non plus !

— Je le pourrais certainement, si je le voulais, dit
Barbara.

— Mais non, vous ne pourriez pas, chère idiote !
Vous pouvez me retirer votre soutien financier, mais je
m'intéresse à cette histoire et j'ai bien l'intention de
continuer jusqu'à ce que j'aie découvert la vérité. Et
Doucette est comme moi, n'est-ce pas ?

— Je... je ne sais pas, Jo.

Vic semblait faire de très grands efforts pour maîtriser sa colère.

— Eh bien, Tibbett ? aboya-t-il. Vous venez ?

— Certainement, dit Henry qui se leva.

— Vous venez, Doucette ?

— Merci, oui, Vic. Je vais changer de chaussures.

Quelques minutes après, Henry remarqua que Barbara et Jo étaient restés assis devant la table du déjeuner.

La promenade dans le parc mouillé se passa sans incidents. Ils parlaient de choses et d'autres, avec de longs silences, qui plaisaient à Henry.

En fait, Henry, quand il y réfléchissait, commençait à penser à cette affaire en termes d'enquête criminelle...

⁛

Tout était paisible à Whitchurch Manor quand ils revinrent de leur promenade. Barbara arrangeait des chrysanthèmes dans des vases. Jo, vautré dans une chaise longue, sur la terrasse, buvait son second gin. Quoi qu'aient pu se dire Barbara et Jo pendant qu'ils étaient seuls, ils s'efforçaient de présenter un front uni et innocent.

Le meilleur train pour rentrer à Londres quittait Colchester à quatre heures, si bien qu'après le repas les invités montèrent immédiatement faire leurs valises. A trois heures et quart, Vic amena la voiture devant le perron. Seuls, des regards très brefs échangés entre Barbara et Jo trahissaient — du moins pour Henry — qu'une entente avait été scellée entre eux, sur des projets bien établis.

Le train avait à peine quitté la gare que Jo Parker partit d'un grand rire.

— Qu'y a-t-il de si drôle ? demanda Emmy.

— C'est plus beau que tout ce que j'avais pu espérer ! Quel spectacle ! Et encore, ça n'est que l'acte un !

— Ecoutez, Jo, dit Emmy, j'ai réfléchi. Je ne tiens vraiment pas à continuer...

— Vous battez en retraite ?

— Pas exactement, mais...

— Alors, votre prochaine mission, quand vous aurez recueilli les dates et des renseignements auprès du Ministère de l'air... consistera en une série de visites. Ne croyez pas que je sois resté à me tourner les pouces, depuis une semaine. J'ai recueilli toutes les adresses.

— Quelles adresses ?

— Je les ai recopiées à votre intention, dit Jo, tirant un papier de son portefeuille. Vous feriez bien de commencer par Annie, pendant qu'elle est encore à Londres, ou aux environs, vous trouverez aussi Sam Smith, Jim Baggot et Arthur Price. Le père de Ben, le Révérend Sidney Guest, habite non loin de Dymfield. Cette visite devrait être particulièrement intéressante... A propos, ne dites pas à Barbara que vous allez voir le vieux Guest.

— Que devrai-je dire à tous ces gens, Jo ?

— Parlez-leur simplement de Ben et de Dymfield. Ouvrez bien vos yeux et vos oreilles, et prenez des notes détaillées, ensuite. J'ai préparé un questionnaire que j'ai fait ronéotyper. Le but de votre visite, celui que vous allèguerez, sera d'en remettre un exemplaire à chacun d'eux et de les persuader d'y répondre. J'imagine que la plupart d'entre eux s'empresseront de le déchiffrer, mais cela n'a pas d'importance, encore que les renseignements qu'ils pourraient donner nous seraient utiles. En ce qui concerne Sam, je m'intéresse surtout à la période pendant laquelle il se trouvait avec Ben quand il a eu son accident. Pour les autres, je veux bien vous avouer Doucette, que je m'intéresse davantage à la mort de Ben qu'à sa vie.

— Ce n'est sûrement pas ce que désire Barbara ?

— Ce que désire Barbara et ce que je lui donnerai, cela fait deux, grommela Jo. Ce livre sera mon livre, et je n'ai l'intention d'en faire ni un tableau de Dymfield, ni une biographie de Ben Guest.

— Peut-on demander ce que vous projetez, alors ? demanda Henry.

— Certainement, dit Jo. Une histoire à suspense. Le récit et l'explication d'un mystère vieux de vingt ans. Vous me suivez, Inspecteur ?

— Je vois ce que vous voulez dire, oui, dit prudemment Henry.

— Si je ne me trompe pas, dit Jo, cela va en inquiéter plus d'un. Quel pavé dans la mare aux grenouilles, mes aïeux !

⁂

Emmy composa le numéro de téléphone de Finchley. Une voix féminine jeune, languissante, lui répondit.

« — Ici, madame Smith. Monsieur Smith ? Eh bien, il travaille, naturellement. Que voulez-vous qu'il fasse d'autre, à cette heure-ci ? C'est de la part de qui ? »

« — Vous ne me connaissez pas, madame Smith. Je m'appelle Emmy Tibbett et je suis une ancienne camarade de votre mari, quand il était dans l'aviation, pendant la guerre. Je voudrais prendre contact avec lui au sujet de... »

« — Seigneur, cela ne va pas recommencer ! Déjà que cet affreux monsieur Price a tarabusté Sam... »

« — Pour la réunion des anciens de Dymfield, vous voulez dire ? »

« — Tout cela est si bête, dit Mme Smith. A quoi ça rime-t-il, je vous demande un peu ? Pourquoi voulait-il obliger Sam à aller à cette réunion ? La façon dont ce monsieur Price a insisté... »

« — Je puis vous assurer que je ne viens pas solliciter votre mari pour des réunions, dit Emmy. Je rassemble des renseignements pour un livre. »

« — Un livre ? dit Mme Smith. Vous voulez dire que vous allez faire figurer Sam dans un livre ? »

« — Dans un sens, oui, dit Emmy. Le livre doit être une biographie de Ben Guest... Un des héros de la Bataille d'Angleterre. Votre mari était un de ses camarades. »

« — La Bataille d'Angleterre ? Ça fait longtemps, dites donc... »

« — Nous espérions que votre mari pourrait nous aider... »

« — Oh, oui ! Enfin, je suis sûre qu'il acceptera. Du moment qu'il s'agit d'un livre... Je veux dire, ça fait de la bonne publicité, pas vrai ? Vous mentionnerez vraiment le nom de Sam ? »

« — Presque certainement. Du moins, ajouta astucieusement Emmy, s'il peut nous fournir des renseignements. S'il est trop occupé, je pourrai probablement les obtenir ailleurs. »

« — Je suis sûre qu'il ne demandera qu'à vous aider.

Pourquoi ne passez-vous pas le voir à son magasin si vous êtes à Londres ? »

« — Je suis dans Whitehall. Je sors à l'instant du ministère de l'air. »

« — Le magasin de Sam s'appelle « Supercharged Motors », et cela se trouve à Euston Place. Allez donc le voir, madame... Excusez-moi, je n'ai pas bien compris votre nom. »

« — Tibbett, dit Emmy. Merci beaucoup. C'est ce que je vais faire, immédiatement. »

« Supercharged Motors » était un grand hall d'exposition vitré. Emmy vit dans la vitrine une douzaine de voitures dûment astiquées et laquées, toutes d'un âge respectable et conçues pour la course. Emmy poussa la porte et entra.

Presque immédiatement, un jeune homme aux épaules impressionnantes sortit d'un bureau.

— Bonjour, madame, dit-il. Je vois que vous admirez notre Panther Special ? Beau travail, n'est-ce pas ? Elle date de 1928. Je puis vous affirmer qu'elle est la seule de son espèce à Londres...

— Je suis venue pour voir monsieur Smith, coupa Emmy.

— Ah ? dit le jeune homme, arrêté dans son bel élan. Vous êtes sûre que je ne peux pas...

— C'est personnel, dit Emmy.

— Très bien. Je vais voir s'il est là.

Il retourna dans le bureau et Emmy l'entendit appeler : « Sam, on vous demande ! » Il y eut une pause. « Une femme... Non, non, plus âgée... Elle prétend que c'est personnel.. »

Il revint dans la salle d'exposition.

— Monsieur Smith est très occupé pour le moment. Si vous vouliez bien m'indiquer votre nom et le motif de votre visite ?

— Dites-lui que c'est Emmy Doucette, de Dymfield, dit-elle.

Un peu plus tard, Sam Smith apparut et regarda Emmy un moment, perplexe, ne parvenant pas à la situer. Puis, tout d'un coup, son visage s'ouvrit dans un large sourire.

— Doucette ! s'écria-t-il. Emmy Doucette ! Qu'est-ce qui vous amène dans ce coupe-gorge ?

Il n'avait pas changé du tout, depuis vingt ans. Quand il portait l'uniforme, il donnait déjà l'impression d'un gaillard jovial, d'humeur égale, bien en chair, soigné. Ses yeux noisette pétillaient aussi malicieusement que jadis. Son élégant complet brun dissimulait adroitement un léger arrondissement de son tour de taille.

— Décidément, reprit-il, on entend beaucoup parler de Dymfield, ces temps-ci ! Arthur Price a insisté, il y a quelques semaines, pour que j'aille à je ne sais plus quelle réunion. Je n'ai pas pu m'y rendre malheureusement. Vous y êtes allée, vous ?

— Oui.

— Comment était-ce ? Qui était là ?

— Presque tout le monde. Jo. Jim Baggot, Annie...

— Cette brave vieille Annie ! Qu'est-ce qu'elle fabrique, maintenant ?

— Elle est épatante, dit Emmy. Elle a épousé un agriculteur. Elle a quatre grands enfants et elle est encore plus jolie qu'il y a vingt ans.

— Ça fait mal ! Vingt ans, est-ce possible ? N'allez pas le dire devant mes clients, surtout ! Certains prétendent que la vie commence à quarante ans. C'est à cet âge-là que j'ai décidé d'arrêter la mienne. J'ai quarante ans depuis pas mal d'années ! Que pensez-vous de notre salon d'exposition ?

— C'est tout à fait impressionnant, dit Emmy.

— Mon œuvre personnelle ! dit fièrement Sam. C'est un métier rudement dur, et je reconnais volontiers que les débuts n'ont pas été faciles. Je crois pouvoir dire que le vieux Sam Smith s'est pas mal débrouillé.

— Vos autos sont superbes ! dit Emmy.

— Je les appelle mes petites chéries. Naturellement, ce sont des voitures pour véritables connaisseurs. Avec ce genre de marchandise, je ne peux pas espérer un roulement très rapide. Mais nous avons un bon noyau de clients sérieux. Des enthousiastes. Malgré tout, je me sens le cœur brisé quand je suis obligé de me séparer d'une de mes petites chéries !

Le jeune homme aux larges épaules passa la tête par la porte du bureau.

— Monsieur Trimble au bigophone, Sam ! cria-t-il. C'est au sujet de... cette petite affaire. Il dit qu'ils n'attendront pas plus longtemps...

— Dites-lui que je suis sorti. Que vous ne savez pas quand je reviendrai. D'ailleurs, c'est vrai : je suis déjà sorti, ajouta Sam, prenant le bras d'Emmy.

Le jeune homme grommela que M. Trimble risquait de devenir méchant. Sam se hâta de pousser Emmy dans la rue, lui fit un clin d'œil et partit d'un rire homérique.

— C'est bon, je sais ce que vous allez me dire. Je veux bien reconnaître que les affaires sont encore difficiles, parfois. Nous avons encore des moments pénibles. Mais nous nous en tirerons !

Sa bonne humeur était contagieuse. Emmy avait toujours bien aimé la compagnie de Sam.

Ils s'installèrent dans un café voisin.

— Il faut que je vous félicite, dit Emmy. J'ai eu au bout du fil une charmante personne qui s'est présentée comme madame Smith. Vous étiez célibataire, la dernière fois que nous nous sommes vus ?

— En effet, dit Sam. Vous êtes mariée, vous, Doucette ?

— Oui, Sam.

— Heureuse ?

— Extrêmement, merci.

— Vous devez avoir toute une couvée de mioches ?

— Non, pas d'enfants. Mon mari et moi, nous en aurions voulu, mais nous n'en avons pas eu. C'est dommage !

Sam sembla songeur.

— Oui, vous avez dû le regretter, dit-il. Mais tout dépend des cas. Cela fait cinq ans que nous sommes mariés. J'ai toujours voulu avoir des gosses, moi. Mais Marlène... Elle a vingt ans de moins que moi, vous comprenez, et c'est une fille qui aime bien s'amuser !

Emmy compatit à la déception de Sam, mais, au dernier moment, elle réalisa que, malgré son charme et sa jovialité, il devait avoir soixante ans. Elle hésita, et passa à un autre sujet.

— Vous ne m'avez pas encore demandé pourquoi j'étais venue vous voir, Sam ?

— Doucette, dit Sam, solennellement, pourquoi êtes-vous venue me voir ? Est-ce pour vous moquer d'un vieux camarade qui n'a pas eu de chance, ou est-ce l'aboutissement d'une longue quête ?

— Idiot ! dit Emmy en riant. Si vous voulez bien cesser de dire des bêtises, je vais vous expliquer. J'écris un livre.

— Vous... Un livre ? Je ne savais pas que vous saviez lire et écrire, Doucette !

Emmy était enchantée de constater le peu de peine qu'elle avait à renouer le fil d'une amitié facile, vingt ans après.

Brièvement, elle lui parla de la réunion, de Victor, de Barbara et de Jo, de la biographie projetée.

— Ainsi, vous voyez, Sam, conclut-elle, je suis venue pour vous interviewer, pour recueillir vos souvenirs sur Ben et les consigner dans mon carnet de notes.

Sam était devenu songeur.

— Un peu paradoxal, non, dit-il enfin, que vous vous soyez mêlée de ce travail ?

Sam la regarda de côté et lui adressa un clin d'œil.

— Nous n'étions pas tous complètement aveugles, vous savez, Doucette.

— Ne faites pas de vilaines insinuations, Sam, dit Emmy, méfiante. J'aimais beaucoup Ben, je le reconnais. Mais il était marié... et c'est tout. D'ailleurs, je suis mariée moi-même, et très heureuse.

— Et, naturellement, vous n'avez pas pu refuser cette mission parce que ç'aurait eu l'air d'un aveu. Quelle garce, cette femme ! soupira-t-il.

— Qui ? Barbara ?

— Bien sûr. De qui d'autre voulez-vous que je parle ? Nous rallierons le gros du peloton et nous ferons de notre mieux pour vous être utiles. Mais, croyez-vous que ce soit une bonne idée ?

— Non, dit Emmy. Je ne le crois pas. Mais, comme j'ai dit que je le ferais, je le fais. Alors, racontez-moi ce que vous savez sur le commandant Guest, disparu, présumé décédé, au cours d'un vol d'entraînement, en octobre 1943 .

— Jusqu'où voulez-vous que je remonte ?

— Aussi loin que possible.

— Alors, il faut prendre à la base R.A.F. de Falconfield. C'était une base de chasseurs de jour. Une escadrille de réserve, dont les pilotes étaient de vieux briscards d'au moins trente ans, comme moi. Ben a été affecté chez nous pour ainsi dire au repos. Il était le héros, fraîchement émoulu de la Bataille d'Angleterre. Il ne me plaisait pas.

— Pourquoi ?

— Il avait une attitude arrogante. Il traînait Barbara avec lui, et ils ont fait irruption dans notre petite base discrète comme deux aigles dans un pigeonnier.

— Vous voulez dire qu'il faisait de l'esbrouffe ?

— Il ne cherchait pas à faire de l'esbrouffe, dit Sam. Il n'en avait pas besoin. Il portait son auréole avec lui ! Doucette, vous savez bien ce que je veux dire ! Il aurait pu rester assis dans son coin sans rien dire que tout le monde aurait eu conscience de sa présence. C'était Ben Guest. A moins de vingt-cinq ans, il était couvert de gloire — alors que, nous, nous n'avions rien fait. Comment aurait-il pu être aimé ?

— Je ne crois pas qu'il l'espérait, dit Emmy, lentement.

— Il aurait peut-être pu réussir à se faire aimer s'il n'y avait pas eu Barbara. Elle était impolie... De ma vie, je n'ai rencontré une femme aussi insolente... elle se conduisait vraiment comme un mufle ! Quant à lui, il prenait des airs protecteurs, et c'était pire. J'ai été désolé pour lui quand il a eu son accident. Je n'aurais pas souhaité cela à mon pire ennemi. Tout de même, je ne peux pas nier que j'ai été content de les voir partir. Alors, vous imaginez que je n'ai pas été trop heureux de voir arriver Ben comme chef contrôleur à Dymfield. Il avait dégringolé de quelques crans ! Je dois avouer que j'ai vu une sorte de justice poétique dans le fait que Ben terminait sa carrière dans la peau d'un rampant. Ainsi, Barbara a entrepris un travail de réhabilitation ? Elle est rudement optimiste si elle s'imagine que les gens vont s'intéresser à ces vieilles histoires !

— N'êtes-vous pas un peu dur pour elle, Sam ?

— Ma chère petite Doucette, essayez de taper sur cette femme avec un ciseau et un marteau : vous ne parviendrez qu'à ébrécher le ciseau... Ainsi, elle a épousé Victor ? Pauvre diable !

— Il semble s'en trouver fort bien, dit Emmy. Mais je dois avouer qu'il n'est pas ravi qu'elle ait eu l'idée de ce livre.

Sam jeta un regard vif à Emmy, mais ne dit rien.

— Jo désirait particulièrement que je vous interroge au sujet de l'accident que Ben a eu pendant son séjour à Falconfield, reprit Emmy.

— Que veut-il savoir ?

— Quelle était la cause de l'accident ? Une défaillance de l'appareil ?

— Je n'en ai aucune idée. Je ne peux vous être d'aucun secours sur ce point. Vic ne vous en a jamais parlé ?

— Non. Je crois qu'il n'aimait pas beaucoup en parler.

— Cela ne m'étonne pas. De toute façon, dites à Jo que je regrette mais que je ne peux rien faire pour lui.

— Jo a des idées curieuses, dit Emmy. Il semble s'imaginer qu'il y a quelque chose de bizarre dans la mort de Ben.

— Naturellement, qu'il y a quelque chose de bizarre ! Ce type était déséquilibré, plus qu'à moitié dingue, si vous voulez mon avis. Comme la plupart des gens qui se suicident, d'ailleurs.

— Il devait avoir quelque bonne raison, Sam.

— Cela m'étonnerait. Sans doute, Barbara refusait-elle de l'accompagner pendant sa permission, ou quelque chose de ce genre. Cela suffit pour faire définitivement basculer ces types un peu piqués. Le seul mystère, dans

cette histoire, c'est l'incompétence des psychiatres. Ils
auraient dû fourrer Ben dans une camisole de force sans
attendre qu'il ne devienne fou furieux et ne s'envoie en
l'air.

— Il ne semblait vraiment pas déséquilibré, ce soir-
là, dit Emmy.

— Vous l'avez vu ?

Furieuse, Emmy sentit qu'elle rougissait.

— Je... je l'ai rencontré, au moment où je rejoignais
le Central Ops, pour prendre le quart de deux heures.
Il m'avait paru un peu nerveux, mais, normal. Je suis
sûre que vous avez raison et qu'il n'y a aucun mystère.
Mais Jo semble se complaire à jouer les Sherlock
Holmes.

— Et Vic s'irrite de ce zèle policier de Jo ? Intéressant ! Très intéressant ! Il y a là une piste, que je sui-
vrais, à votre place. Où votre enquête vous conduira-
t-elle ensuite ?

— Auprès d'Annie. Elle séjourne à Londres. Je suis
impatiente de la revoir. Après, j'irai voir Jim Baggot.

— Ah oui, ce vieux Jim. Je le revois de temps à
autre.

— Et puis, nous devons nous rendre à Dymfield,
Jo et moi.

— Je ne pense pas qu'il reste grand-chose de la
base.

— Non, pas grand-chose, reconnut Emmy. Une
grande partie du terrain a été rendue à la culture, mais
il semble qu'on ait gardé les pistes et certains bâtiments,
notamment le bloc du Central Ops. Les casernements
ont été rasés. A vrai dire, ce n'est pas sans une certaine
appréhension que je retournerai là-bas, mais Jo y tient.

— Vous êtes restée aussi sentimentale qu'autrefois,
Doucette ? dit Sam, affectueusement. Ne vous en faites
pas ! Vous ne trouverez rien là-bas d'émouvant, ou
même de touchant, et je vous parie cent sous que vous
en aurez terminé en cinq minutes, après quoi vous pas-
serez quelques heures au bistrot du village, à évoquer
vos souvenirs et à verser quelques pleurs dans votre
bière.

— Vous êtes vraiment réconfortant, Sam ! dit-elle en riant. En tout cas, ce travail m'aura valu une bonne chose, vous retrouver. J'espère beaucoup que vous viendrez dîner avec Henry et moi, un de ces soirs, vous et votre femme.

— C'est très aimable à vous, Doucette, dit Sam. Je serai heureux de voir comment le livre progresse. Nous garderons le contact. Transmettez mon bon souvenir à Jo et dites-lui que je le considère comme un imbécile sentimental.

— Qu'entendez-vous par là ?

— Ne vous occupez pas de cela. Transmettez-lui mon message, simplement.

— Très bien. Et, si je rencontre quelqu'un qui cherche une voiture très ancienne et vraiment spéciale, en parfait état...

— Ma chère Doucette, coupa Sam, baissant la voix, si le type auquel vous pensez est votre pire ennemi, envoyez-le nous ! Ces tas de ferraille que j'ai dans ma salle d'exposition ne valent pas un radis.

Emmy éclata de rire.

— Décidément, vous n'avez pas changé, Sam, dit-elle. Je suis vraiment contente de vous avoir retrouvé.

— Moi aussi ! Mais je ne crois pas vous avoir été très utile, pour le livre.

Emmy fourragea dans son sac et en tira une feuille

— Il faut que je vous remette ceci. C'est un questionnaire que Jo a établi et qu'il demande à tout le monde de remplir. Voulez-vous être un ange et le faire ?

Sam prit le formulaire et y jeta un coup d'œil.

— On voit que Jo est spécialiste des études de marché, dit-il ironiquement. Dites donc, il s'intéresse certainemenit plus à la mort de Ben qu'à sa vie ?

— Je vous l'ai dit. Pour lui, il y a là un mystère, affirma Emmy.

— Enfin, dit Sam, je répondrai à ces questions dès que j'aurai un moment.

— Renvoyez-le à Jo avant lundi, s'il vous plaît, dit

Emmy. Nous utilisons son appartement comme quartier général pour notre travail.

— Lundi ? répéta Sam. Vous ne nous laissez pas beaucoup de temps !

— Ne vous en faites pas si votre réponse arrive en retard. Je passerai chez Jo à plusieurs reprises.

— Dites donc, Jo m'a l'air de vous faire travailler dur ?

— C'est assez amusant.

Sam se leva.

— Le jeune Sam va devoir s'en retourner à ses travaux forcés. Mon bon souvenir à Annie. Et, si jamais vous rencontrez un certain monsieur Trimble, dites-lui que je suis mort. Ce type est imbuvable ! Au revoir, Doucette. Bon courage.

Par la devanture du café, Emmy regarda la silhouette sémillante, rebondie, s'éloigner, le chapeau planté à un angle désinvolte, le cigare à la main. Elle se demandait si elle devait rire ou pleurer. « En tout cas, cela vaut mieux que de finir comme Vic », se dit-elle.

Puis elle s'aperçut que la serveuse s'était plantée à côté d'elle et la regardait fixement, et elle comprit que Sam lui avait laissé le soin de régler les cafés...

CHAPITRE IV

Annie était descendue à l'hôtel Suffolk, celui-là même où s'était tenue la réunion des anciens de Dymfield. Cette fois, Emmy se dirigea sans aucune appréhension vers la porte tournante.

— Madame Tibbett ? dit l'employé de la réception. Parfaitement, madame Meadowes vous attend. Si vous voulez bien vous asseoir, je vais la prévenir.

Annie Meadowes dominait son amie de la tête et riait d'un air heureux, rejetant en arrière ses cheveux d'or foncé, profondément féminine, et pourtant plus forte que bien des hommes, de corps et d'âme. Annie avait toujours été une personnalité dominante. A vingt-deux ans déjà, elle avait presque fait l'effet d'une seconde mère à la timide et menue Emmy Doucette. Maintenant, accomplie dans le mariage et la maternité, elle était l'image de la Mère Nature, universelle, nourricière, mûrie.

— Vous n'avez sûrement pas envie de croupir entre quatre murs, par un si bel après-midi, n'est-ce pas Emmy ? dit-elle. J'ai pensé que nous pourrions nous promener dans le parc.

— Bonne idée, dit Emmy, contente car elle n'aurait eu aucune chance de faire triompher son point de vue devant une femme aussi décidée.

— Dans ce cas, allons-y tout de suite, dit Annie. Vous me parlerez de vous, de Jo, et de ce bouquin ridicule...

Comme un tourbillon sympathique, Annie poussa Emmy dans la rue. Emmy raconta à Annie son week-end au manoir, et la décision d'écrire une biographie de Ben Guest. En compagnie de son amie, les années s'envolaient.

— Ainsi, conclut-elle, si vous vouliez bien me dire tout ce que vous pourrez vous rappeler de...

— Je regrette que vous vous soyez lancée dans cette histoire ! coupa brusquement Annie.

— Il m'arrive de le regretter moi-même, avoua Emmy franchement. Mais enfin, je suis dans le bain ! Jo est décidé à poursuivre l'entreprise et je ne peux pas le laisser tomber.

— Pourquoi ne fait-il pas tout lui-même, s'il est tellement décidé ? De toute façon, c'est une idée de Barbara, n'est-ce pas ?

— Oui. Mais Jo l'a en quelque sorte réorientée. Il voit la mort de Ben comme l'élément d'intérêt essentiel.

— Cela n'a pas dû plaire beaucoup à Barbara, j'imagine ?

— Non ! Quant à Victor, il en a été tout à fait fâché.

— Emmy, dit Annie, suivez mon conseil : ne vous mêlez en rien de cette affaire !

— Même si je pouvais abandonner, je ne le ferais pas, dit Emmy, têtue.

— Pourtant, si Jo abandonnait lui-même...

— Ce serait différent ! Certainement, je ne continuerais pas seule.

— Je vois, dit Annie, Jo pense qu'il y a du mystère dans la mort de Ben ?

— Il fait semblant de le penser, en tout cas, pour raconter une histoire plus intéressante.

— Doucette, dit Annie, croyez-vous que Ben se soit suicidé ?

— Naturellement, il s'est suicidé... Enfin, je veux dire, c'est forcé. Tout le monde a dit...

— Je ne vous demande pas ce que tout le monde a pensé. Je vous demande ce que vous pensez. Etait-il homme à se suicider ?

— Vous savez, Annie, dit Emmy, il ne paraissait vraiment pas très maître de ce Typhoon.

— Vous n'avez pas répondu à ma question.

Soudain, il vint à l'esprit d'Emmy que cette scène avait quelque chose de grotesque : deux femmes d'âge mûr désespérément préoccupées de l'état d'esprit d'un homme mort depuis plus de vingt ans...

— Je regardais sa photo, l'autre jour, dit-elle. Vous savez, celle de l'équipe de tennis, que vous m'avez tous signée ? De le revoir ainsi, tous mes souvenirs me sont revenus. Je le connaissais vraiment bien. Mieux même que Barbara, je crois. Il m'est presque impossible de croire qu'il se soit suicidé.

— Je suis tout à fait de votre avis, dit Annie. C'est ce que j'ai pensé, sur le moment, et cela m'a beaucoup contrariée. Mais j'ai reçu une autre affectation. Et puis, je me suis mariée, et j'ai oublié tout cela. Mais, s'il ne s'est pas suicidé, c'est que sa mort a été soit accidentelle, soit provoquée délibérément...

— Ce n'est pas du tout l'idée de Jo ! dit Emmy. Il feint de croire que Ben avait été envoyé pour une mission secrète, et que Vic était seul dans la confidence.

Annie s'arrêta net.

— Emmy, dit-elle, et si Ben vivait toujours ?

— S'il vivait ? Vingt ans après ? Bien sûr que non ! S'il y avait la moindre part de vérité dans l'idée de Jo et si Ben avait survécu... Voyons, il serait rentré depuis longtemps !

— Il était porté « disparu, présumé décédé », dit Annie. Barbara avait épousé Vic, peu après. Réfléchissez un peu à tout cela !

— Certainement pas ! se récria Emmy, consternée. Je ne veux même pas y penser ! C'est une idée terrible !

— La seule personne qui pourrait le savoir et qui aurait toutes raisons pour que rien ne s'ébruite, c'est Vic, dit Annie, impitoyable. Or, vous me dites qu'il s'élève très vivement contre cette enquête ?

— Je préférerais que vous n'employiez pas ce mot.

— Manifestement, Barbara ne sait rien, continua Annie, mais Vic sait quelque chose... Et il se pourrait

qu'il y ait au Ministère de l'air quelqu'un qui en sache
encore davantage. Pauvre Doucette !

— Encore une petite chose, Annie. Jo m'a chargée
de vous demander de remplir ceci.

— Qu'est-ce que c'est que ce papier, au nom du
ciel ? se récria Annie, en jetant un coup d'œil au formulaire.

— Vous n'avez qu'à répondre aux questions et à
renvoyer le formulaire à Jo.

— « Donnez un compte rendu détaillé de vos faits
et gestes et de ceux de vos collègues le soir du 11 octobre 1943 ? Quand avez-vous vu Ben Guest pour la dernière fois ? Que Jo n'hésite pas à nous insulter en nous
soumettant des âneries de ce genre, cela ne m'étonne
guère, mais penser que vous... vous, tout spécialement !
vous êtes prête à le seconder dans cette tâche révoltante...

Annie, cette fois, était vraiment fâchée.

— J'y suis bien obligée, Annie ! se défendit Emmy.

— Vous n'avez pas honte ?

— Tout ce que je désire, c'est trouver la vérité.

— La vérité ! Mais, ma chère Doucette, c'est manifestement le dernier de vos soucis ! Ce que vous voulez,
c'est blanchir suffisamment le souvenir de Ben pour que
la version définitive de sa vie soit à la hauteur de l'image
romanesque idéale que vous vous êtes faite de lui. Prenez garde ! Si la vérité se fait jour, elle risque de ne
pas vous plaire du tout !

— Mais, Annie...

Annie ne lui dit même pas au revoir. Elle se dirigea
à grands pas vers la rue, arrêta le premier taxi qui passait, et claqua la portière derrière elle. Emmy resta seule
sous les arbres roux, abattue, et plus qu'un peu intriguée.
Quant à la théorie fantastique selon laquelle Ben pouvait être encore vivant, Emmy l'écartait résolument.

Elle se dirigea vers une cabine téléphonique, composa
le numéro de l'Incorporated Television Ltd., et demanda
à parler à monsieur Baggot.

« — Je vais vous passer son bureau, » dit une standardiste suave.

Emmy fut surprise et soulagée de voir qu'elle pouvait toucher Jim aussi facilement. Elle s'était imaginé que le célèbre James Baggot devait être bien défendu, et elle avait raison.

Une voix féminine flûtée, se présenta comme l'émanation du Service de recherche et de production. Elle demanda à Emmy son nom, et à qui elle désirait parler.

« — Monsieur Baggot ? Oh, je ne sais pas... Je vais voir si... Un moment, s'il vous plaît. »

Une troisième voix, plus sèche, s'annonça comme « le bureau de monsieur Baggot ».

« — Puis-je parler à monsieur Baggot, s'il vous plaît ? » demanda Emmy, qui commençait à perdre patience.

« — De la part de qui ? »

« — Dites-lui simplement que c'est Emmy Doucette. »

« — Emmy Doucette. Pouvez-vous me dire à quel sujet vous voulez parler à monsieur Baggot ? »

« — Malheureusement non. C'est personnel. »

« — Ah, je vois... Ne quittez pas, s'il vous plaît. »

Au bout d'un long moment, une quatrième voix annonça :

« — Ici la secrétaire personnelle de monsieur Baggot. Non, malheureusement, monsieur Baggot est en conférence... Si vous pouviez me dire à quel sujet ?... Personnel ? Je ne sais vraiment pas que vous suggérer... je n'ai aucune idée du temps que durera cette conférence ; d'ailleurs, monsieur Baggot a un autre rendez-vous, immédiatement après... Oui, certainement, je lui transmettrai votre message et je lui demanderai de vous rappeler. Si vous vouliez bien me donner quelques détails je pourrais peut-être organiser une rencontre... »

Les raisons d'affaires semblant produire plus d'effet que l'invocation d'une amitié personnelle, Emmy changea de tactique.

« — En fait, dit-elle, il s'agit d'une question d'affaires, bien que je sois une vieille amie de monsieur Baggot. Je rassemble des renseignements pour un livre, et je crois que monsieur Baggot pourrait m'aider. »

« — Dans ce cas, mademoiselle Doucette, je vais voir ce qu'on peut faire. Un moment... Il semble que monsieur Baggot pourrait vous prendre entre dix heures et dix heures et quart du matin, mardi prochain. Vendredi ? Non, il sera dans nos studios de Manchester. Il reviendra par un des derniers vols, lundi soir... J'ai fait de mon mieux pour vous. Je vous téléphonerai pour vous confirmer le rendez-vous... »

Ce fut vers la fin de l'après-midi que le téléphone d'Emmy sonna.

« — Emmy Doucette ? Ici Jim Baggot. Ma chère, je suis vraiment désolé que mon imbécile de secrétaire vous ait traitée si cavalièrement... Je n'ai eu vent de votre coup de téléphone que lorsque j'ai vu votre nom sur la liste de mes rendez-vous. Mais nous pourrons nous voir avant mardi... Je peux me débrouiller. D'ailleurs, j'ai été très intrigué d'apprendre que vous vous lanciez dans une carrière littéraire. Sauvegardons le suspense, c'est plus amusant. Que diriez-vous de demain ? Oui, vendredi... Est-ce que vous tenez à converser avec moi dans un bureau, ou pourriez-vous déjeuner avec moi ? Oui ? Magnifique ! Une heure, à l'Orangerie ? Cela vous va-t-il ? Bon, je me fais une joie de vous rencontrer. Au revoir, Emmy. »

James Baggot attendait dans le hall du restaurant ultra-chic quand Emmy arriva, le lendemain. Il paraissait plus affable et plus prospère encore, si c'était possible, que lors de la réunion.

— Content de vous revoir, ma chère ! s'écria-t-il chaleureusement.

Il surprit Emmy en déposant vivement un baiser léger sur sa joue.

— Je suis bien contente aussi, dit Emmy. Je me fais une fête de déjeuner ici, vous savez ? J'en ai entendu parler par Henry, mon mari.

— Henry ? Le grand détective ?... Je dois avouer que je serais très alarmé d'être invité à un déjeuner d'affaires avec lui.

— Il n'a rien d'effrayant, assura Emmy. En fait, il est très effacé et discret.

— Pour mieux tromper son monde, naturellement !
dit gaiement Baggot. J'ai suffisamment entendu parler
d'Henry Tibbett pour savoir...

On les fit entrer dans le saint des saints orange et or,
on les escorta à une table d'angle, on leur remit des
menus qui devaient bien couvrir un mètre carré chacun.
Emmy, qui s'amusait beaucoup, commanda un repas
princier, sûre que tout cela passerait sur la note de frais
de Jim.

— Que faites-vous, en fait, Jim ? demanda-t-elle,
quand les questions gastronomiques furent réglées.

— Pas grand-chose, dit Jim en riant. Je ne suis
qu'une sorte de cadre supérieur.

— Pas de faux-fuyants ! Dites-moi la vérité.

— Après la guerre, je me suis lancé dans le côté
technique de la télévision. Comme beaucoup d'entre
nous, d'ailleurs ! C'était fascinant ! Mais, au bout de
quelques années, je me suis rendu compte qu'il y avait
plus d'avenir dans la planification ; bien entendu, mes
compétences techniques m'ont été utiles.

— Jim, dit Emmy, il me semble que vous êtes de
la race des bâtisseurs d'empire.

— Appelez cela comme vous voudrez, dit Jim en
riant. Je remarque que vous n'êtes pas opposée à ava-
ler au passage quelques miettes impérialistes mal
gagnées ?

— Bien sûr que je n'ai rien contre, dit Emmy. Je
vous trouve prodigieusement malin.

— Ne vous moquez pas de moi ! Il faut bien quelqu'un pour faire ce travail, et je crois que je le fais
remarquablement bien. Voilà. Et maintenant, tirez-moi
de mon incertitude : quelle est cette mystérieuse entreprise littéraire dans laquelle vous êtes lancée ? Non, ne
me dites rien ! Laissez-moi deviner. Je vois : vous avez
eu l'idée d'une nouvelle série télévisée, « Tibbett de
Scotland Yard ». Magnifique ! Je vois Peter Sellers
dans le rôle ; avec Sophia Loren, sa fascinante jeune
épouse italienne.

— Ne me faites pas rire ! Vous allez me faire ava-
ler mon Martini de travers.

Ils furent interrompus par le garçon. Emmy attendit que le service soit terminé.

— Je croyais que vous nous aviez entendus ? dit-elle, lors de la réunion des anciens de Dymfield. Vous n'avez pas entendu Barbara parler d'un livre... ?

— Vous ne voulez pas dire qu'elle parlait sérieusement ? dit Jim. Il ne m'est même pas venu à l'esprit de considérer cela autrement que comme un bavardage de réunion mondaine.

— Elle parlait très sérieusement, assura Emmy. Quant à Vic, il est absolument opposé à cette histoire. Mais Jo est décidé à aller de l'avant, et je me trouve prise en sandwich.

Jim semblait tout à la fois amusé et exaspéré.

— Voyons, dit-il, Jo Parker lui-même doit avoir suffisamment de bon sens pour se rendre compte que, personne ne porte plus aucun intérêt à l'histoire d'une base de la R.A.F.

— Il s'en rend parfaitement compte.

— Eh bien, alors, pourquoi s'entête-t-il ?

— Il ne s'agit plus d'une histoire de Dymfield, dit Emmy. Jo a décidé d'entreprendre une biographie de Ben Guest.

— Il est complètement cinglé ! Le public a cessé de s'intéresser aux héros de la dernière guerre depuis le milieu des années cinquante.

— En réalité, dit Emmy, il s'agit moins de l'histoire d'une vie que de celle d'une mort.

Jim fronça les sourcils et s'arrêta net.

— L'histoire d'une mort ? Que voulez-vous dire ?

— Jo s'est lancé à fond sur cette idée, conclut-elle. Il veut présenter au public un mystère vieux de vingt ans, autour d'un personnage central fascinant. Vous voyez le genre : « Que s'est-il réellement passé, au cours de cette lointaine soirée d'octobre... » ?

— Cela, c'est une autre affaire, dit Jim, songeur. Il se pourrait que Jo ait mis le doigt sur quelque chose d'intéressant. Le public est absolument insatiable pour tout ce qui est énigme historique. Regardez les Rois Maudits, et toutes ces histoires. Si le bouquin est bon,

nous pourrions même nous y intéresser, pour acheter
les droits.

— Vrai, Jim ? Quelle tête Jo va faire, quand je
lui dirai cela !

— Mieux vaut ne rien lui dire encore. Je ne pourrais plus me débarrasser de lui... D'ailleurs, on ne peut
pas savoir comment l'affaire se présentera. Il se pourrait qu'il n'y ait pas de mystère du tout. De quelle
manière menez-vous vos recherches ?

— Je m'entretiens avec les gens qui connaissaient
Ben, vous, par exemple. Nous demandons à chacun
de répondre à un questionnaire que Jo a établi. Ensuite,
nous nous rendrons à Dymfield. C'est tout pour le
moment.

— Intéressant dit Jim ! Un mystère à deux
niveaux ?

— Deux niveaux ?

— Mystère numéro un : pourquoi et comment
Ben Guest est-il mort ? Mystère numéro deux : pourquoi diable Barbara s'avise-t-elle de remuer ces vieilles
histoires ? Et, naturellement, il y a un troisième mystère...

Il regardait Emmy en souriant.

— Si j'aide Jo, dit Emmy, c'est parce que je l'ai
promis.

— Ne montez pas sur vos grands chevaux ! En
fait, mon troisième mystère concernait Vic : pourquoi
a-t-il changé d'avis, brusquement, et s'oppose-t-il à ce
projet ? Lors de la réunion, il ne m'avait pas semblé
formuler d'objections ?

— Je ne sais pas.

Emmy était perplexe et un peu inquiète. Jim Baggot
lui apparaissait comme beaucoup trop... Elle ne trouvait pas le mot juste. Trop perspicace. Trop « profes-
sionnel ». Trop dangereux.

Mais Jim continuait, imperturbable :

— Alors, qu'attendez-vous de moi, en dehors de
ce questionnaire comique ? Mes souvenirs sur Ben, je
suppose ? Je le détestais cordialement, mais je l'admi-
rais. Pourquoi je le détestais ? Simplement parce qu'il

était un héros, « le » héros, et que j'étais, moi, un
technicien méprisé. De nos jours, les techniciens sont
de vrais petits dieux et les cadres commerciaux ou
administratifs sont considérés comme du tout-venant.
Il doit y avoir une morale, dans ce revirement... J'ad-
mirais Ben d'avoir su accepter avec philosophie son
affectation à un poste à terre. Il devait pourtant lui en
coûter, avec cette sorcière de Barbara qui ne cessait de
lui rappeler qu'il était tombé de son piédestal ! A propos, quelle était la cause de son accident ? Le savez-vous.
Je parle de l'accident au cours duquel il s'est démoli le
portrait.

— Je ne sais pas, dit Emmy. J'espérais que Sam
Smith serait en mesure de me le dire, mais il n'en sait
rien non plus.

— Sam Smith ? Encore un type, celui-là ! Je le
vois de temps à autre. C'est extraordinaire, parce qu'il
a tourné exactement comme on pouvait le prévoir. J'ai
toujours su qu'il finirait de cette façon-là, un minable !

Emmy sentit monter en elle une vague de colère,
un désir farouche de protéger le pauvre Sam.

— J'ai trouvé qu'il se débrouillait très bien, dit-
elle. Il a son affaire à lui, une magnifique salle d'exposition, un choix d'autos de valeur...

Jim la regarda d'un air cynique et alluma un cigare.

— Mettez que je n'ai rien dit, fit Jim, conciliant.
Donc, je vous expliquais que je détestais Ben, mais
que je le respectais. Je détestais Barbara, et je méprisais
Vic pour la façon dont il courait après cette femme,
comme un chien. Quand j'ai appris qu'il l'avait épousée,
mes pires soupçons se sont trouvés confirmés. Quant
à la mort de Ben... Je me rappelle cette réception au
carré, et Ben jurant qu'il était en mesure de piloter
n'importe quel zinc capable de décoller. Je me souviens aussi que Barbara le poussait, l'excitait, d'une
façon révoltante. Vous, vous pleuriez dans votre coin.

— Je ne pleurais pas !

— Vous donniez l'impression de pleurer, dit Jim.
En ce qui concerne le vendredi soir, le jour de la mort
de Ben, je ne peux pas vous aider beaucoup. J'ai vu

Ben au carré au début de l'après-midi, vers deux heures,
avant qu'il ne se rende au terrain. Il était blanc comme
un linge et paraissait positivement malade. Rien d'étonnant, je suppose, s'il avait déjà décidé de se suicider.

— Pouvez-vous vous rappeler comment vous avez
passé la soirée, Jim ? demanda Emmy.

— Je suis innocent, Inspecteur, je vous le jure !
se récria Jim. Ma parole, vous avez pris les formules
de votre mari ! Je suppose que vous soulignerez mon
nom d'un trait rouge, dans votre carnet, et que vous
me considérerez comme fortement suspect, si je ne peux
pas me rappeler tout ce que j'ai fait ce soir-là, il y a
vingt ans ?

— Pas du tout ! Ce qui serait beaucoup plus suspect, c'est que vous puissiez tout vous rappeler.

— Je m'en doutais, dit Jim. Eh bien, vous ferez
mieux de sortir tout de suite vos menottes, parce qu'il
se trouve que je me rappelle, justement ! J'ai déjeuné
au mess, puis je suis allé dans ma chambre travailler à
un schéma de circuit pour un système anti-brouillage,
une invention brillante que je n'ai jamais réussi à mettre au point. Je m'apprêtais à me rendre au bar, à six
heures, quand j'ai reçu un coup de fil du Central Ops.
On m'appelait pour réparer un émetteur radio qui
fonctionnait mal. J'ai couru et je suis arrivé juste à
temps pour assister à la disparition tragique de
Flocon 32.

— Vous étiez là ? Je ne m'en étais pas rendu
compte.

— Vous n'étiez guère en état de faire attention aux
gens qui étaient là ! dit Jim. Je ne veux pas dire que
vous aviez perdu la tête ! Au contraire. Vous étiez
froide comme de la glace et absolument maîtresse de
vous-même, et cela ne faisait que nous rendre la situation plus pénible. Vous ne vous en rendiez probablement pas compte.

— Non, je ne m'en rendais pas compte, avoua
Emmy.

— On ne se rend jamais compte de ces choses-là,
dit gaiement Jim. En un pareil moment, vous aviez

bien le droit de ne penser qu'à vous. Mais les autres
personnes qui se trouvaient dans le Central Ops n'étaient
pas dénuées de sensibilité. Je crois que c'est le spectacle que vous donniez, qui m'a achevé : votre efficacité,
votre calme, vos yeux secs. Je me suis sauvé dès que
j'ai eu réparé l'émetteur. Sam est venu avec moi. Il
était logé au village, avec sa poupée, mais il était venu
au Central Ops pour voir le spectacle. Nous sommes
repartis ensemble et nous nous sommes enivrés à mort.

— J'ai honte de la façon dont je me suis conduite,
dit Emmy.

— Pourquoi ? Ma chère enfant, tout le monde a
bien le droit de réagir à sa façon ! Prenez Sam, par
exemple. Il avait toujours détesté Ben. Or, ce soir-là,
il était larmoyant, comme ce n'est pas croyable.

Il eut soudain un petit rire gêné.

— Excusez-moi ! A parler de tout cela, ces choses-
là vous reviennent... Ah, cela me fait sentir mon âge !

— Vous n'avez pas vieilli, Jim ! protesta Emmy.
Ce n'est pas comme...

— Barbara est vraiment ravagée, n'est-ce pas ? dit
Jim. Ah, ces femmes qui veulent garder leur ligne !
Elle me fait l'effet d'une momie. Macabre... Ciel, près
de deux heures ! Et mon avion décolle à trois heures...
Excusez-moi, ma chère, mais il faut que je m'en aille.

Il glissa le questionnaire dans sa poche et promit de
le remplir. Puis il escorta Emmy, l'embrassa chaleureusement, appela un taxi et déclara « qu'il faudrait absolument qu'ils se retrouvent un jour prochain. »

Le taxi s'éloigna. Jim resta sur le trottoir, silhouette
nette et distinguée qui faisait de grands gestes d'adieu
du bras. Puis il tourna les talons et disparut dans la
foule. Emmy était sûre qu'elle ne reverrait ni Jim ni
le questionnaire, à moins qu'elle ne prenne l'initiative
d'une nouvelle rencontre.

Elle rentra chez elle et rédigea soigneusement ses
notes. A six heures, elle téléphona à Jo, lui fit un
compte rendu détaillé de ses recherches et organisa avec
lui le programme de la semaine suivante.

Emmy préparait le dîner quand le téléphone sonna.

D'une voix revêche et brusque, son interlocuteur l'informa qu'il était le Révérend Sidney Guest, qu'il avait reçu sa lettre et qu'elle pouvait, si elle le désirait, aller le voir le lendemain matin.

Diverses occupations avaient retenu Henry à son bureau jusqu'à huit heures et il arriva tard à Chelsea. Il était fatigué et ne demandait qu'à se mettre les pieds sous la table. Il fut tout étonné de constater qu'Emmy paraissait, non seulement peu compréhensive, mais fâchée. Elle disparut dans la cuisine, lançant sèchement, par-dessus son épaule :

— Il faut que je me lève tôt, demain, pour me rendre en province. Le dîner ne vaudra plus rien. Il était prêt pour sept heures et demie. J'espère que tu ne m'en voudras pas.

— Ecoute, Emmy...

— Excuse-moi, dit Emmy, réapparaissant à la porte de la cuisine et essuyant du bras son front en sueur. Je sais que je ne suis pas à prendre avec des pincettes.

Pendant une dizaine de minutes, un silence lourd de menace pesa sur le petit appartement. Puis Henry décida de ravaler sa fierté et se dirigea vers la cuisine.

— Vrai, chérie, ce n'est pas ma faute si je suis revenu tard, dit-il.

Emmy, debout devant la cuisinière, paraissait échauffée, rouge et contrariée.

— Le dîner est prêt, dit-elle. Je vais le servir.

Emmy fonçait, dangereusement, avec un plat fumant. Henry la suivit dans la salle à manger. Un seul couvert était mis.

— Lequel de nous deux va dîner ? demanda Henry.

— Toi, bien sûr. Je n'ai pas faim. J'ai trop mangé à déjeuner. D'ailleurs, je suis trop...

— Trop quoi ?

— Pourquoi te le dirais-je ? Je vois bien que tu t'en moques.

— Tu t'imagines que je vais manger tout seul ?

— Mange ou ne mange pas, dit Emmy, d'une voix mal assurée, je m'en moque complètement. Je t'ai servi, et c'est tout ce que tu peux exiger de moi, selon les termes de mon contrat. Maintenant, pour l'amour de Dieu, laisse-moi tranquille.

Elle courut s'enfermer dans la chambre et claqua la porte derrière elle. Henry soupira profondément. Puis, il s'aperçut qu'il avait très faim. Il décida de remettre à plus tard les pourparlers de paix domestique et il déplia sa serviette. Il avait un peu pitié d'Emmy, qui allait manquer un excellent repas.

En dégustant son café, il se demandait ce qui avait bien pu arriver à Emmy. Certes, il était rentré en retard ; mais cela n'avait rien d'extraordinaire. La colère d'Emmy devait plutôt être causée par ce livre auquel elle travaillait avec Jo.

Henry s'avouait qu'il ressentait une certaine jalousie. Il avait fait son possible pour encourager Emmy à s'intéresser à des activités extérieures, mais il n'avait jamais envisagé que cela pourrait prendre le pas sur lui dans la vie de sa femme... Immédiatement, il se ressaisit, se fit honte et s'en fut affronter la réconciliation inévitable.

Emmy, allongée sur le lit, feuilletait « Winnie-la-grenouille ». Henry vit tout de suite qu'elle avait pleuré. A son entrée, elle posa le livre et sourit.

— Je suis navrée, chéri, dit-elle. Excuse-moi. C'est...

Elle hésita. Puis, reprenant son livre, elle lut :

— « C'est une impression angoissante de sentir qu'on est un très petit animal entièrement entouré par de l'eau. »

— Qu'est-ce qui te donne cette impression ? demanda-t-il.

— Je dois aller voir le père de Ben, demain, dit Emmy. Le Révérend Sidney.

— Il ne te mangera pas.

— S'il n'y avait que le Révérend Sidney ! Enfin, cela ne fait rien...

Elle lui tendit les bras. Un peu plus tard, elle ajouta :

— On est tellement mieux, à deux.

Henry ne releva même pas cette remarque. Il comprenait que l'éclat de mauvaise humeur de sa femme avait été causé, non par la colère, mais par la peur.

CHAPITRE V

Le révérend Sidney Guest était un homme robuste, à cheveux blancs, qui portait ses soixante-quinze ans, non pas légèrement, mais avec une certaine impatience. Au cours d'une existence ostensiblement consacrée au service de son prochain, il n'avait, en fait, jamais porté un tant soit peu d'attention qu'à lui-même.

Madame Hardwater était une veuve aimable qui, se trouvant assez gênée financièrement, était venue tenir le ménage du Révérend après le lamentable épisode de sa vie qu'avait été la défection de sa femme. Car la triste vérité était que madame June Guest s'était lassée de son mari dès les années 1920 et avait levé le pied avec un saxophoniste de jazz.

Bien entendu le Révérend Sidney n'avait jamais considéré Mme Hardwater autrement que comme une femme de ménage. Il avait obstinément refusé le divorce à June, bien qu'elle ait eu un enfant qu'elle eût souhaité légitimer. Le Révérend Sidney, très content de n'avoir jamais cédé, estimait que c'était bien fait pour sa femme.

Mais enfin, il s'était beaucoup attaché à madame Hardwater. C'était une femme à laquelle on pouvait se fier, ce qui était bien reposant. Il se considéra donc comme abominablement trahi quand, après plus de trente ans de bons et loyaux services, Mme Hardwater s'effondra. Juste avant les Fêtes de la Moisson, en plus ! Le médecin insista pour faire transporter la malade à l'hôpi-

tal et elle mourut trois jours plus tard, à l'âge ridicule de
soixante-neuf ans !

Le Révérend Sidney Guest n'avait jamais été malade
un seul jour de sa vie et il en était extraordinairement
fier.

Sur le conseil de son évêque, le Révérend s'était
installé à peu de distance de Dymfield. Et c'est ainsi
qu'Emmy, après avoir pris plusieurs trains, sonna, à
onze heures le samedi matin, à la porte d'un bungalow
moderne blanchi à la chaux.

A vrai dire, la lettre d'Emmy avait troublé le Révérend Sidney. Son fils, mort depuis vingt ans, apparte-
nait pour lui au même univers que June. Lorsqu'il
avait été abandonné par sa femme, Sidney avait gardé
le garçon et l'avait élevé, mais il n'y avait jamais eu
aucun contact véritable entre le père et le fils. La res-
semblance fâcheuse de l'enfant avec sa mère s'était
accusée avec l'âge.

Il y avait eu entre le père et le fils une prise de
bec monumentale quand Ben, à 19 ans, avait décidé
de s'engager dans l'aviation, en 1939. La Bataille d'Angleterre avait été une période embarrassante pour le
Révérend Sidney car les gens ne cessaient de lui faire
des compliments sur la conduite héroïque de son fils.
Mais Sidney ne se laissait pas abuser par ces louanges.
Son solide bon sens lui disait que, son fils n'était qu'un
vaurien, « de la mauvaise graine », tout comme sa
mère. Au moment du premier accident du jeune homme
et des nombreuses interventions chirurgicales qui sui-
virent, Sidney fut bien soulagé que son fils n'exprimât
pas le désir de le voir. Après la façon dont le Révérend
avait exprimé son opinion sur le mariage du garçon
avec une Jézabel peinte et dissolue, pêchée dans un
théâtre de variétés, tout entretien entre le père et le
fils n'eût pu être que pénible.

Enfin, le Révérend en voulait surtout terriblement à
son fils de la façon dont il était mort. Il semblait s'être
suicidé, alors que son excellent état de santé ne lui
laissait aucune excuse, et il l'avait fait d'une façon cal-
culée pour attirer l'attention et l'opprobre sur sa famille.

La lettre d'Emmy avait réveillé de façon particulièrement déplorable les souvenirs du Révérend Sidney. Son premier mouvement l'avait porté à déchirer cette lettre sans répondre. Mais, à la réflexion, il avait compris que cette réaction enfantine était stupide. Si ces importuns avaient vraiment l'intention d'écrire un livre sur son fils, la simple prudence lui commandait d'intervenir pour s'assurer que le résultat de leur entreprise serait aussi inoffensif que possible. Il avait donc téléphoné à Emmy pour lui donner rendez-vous.

Emmy ne se laissait pas facilement intimider mais son cœur se serra quand la porte s'ouvrit et qu'elle se trouva en butte au regard hostile du Révérend Sidney Guest. D'abord, il ressemblait à son fils de façon troublante. On retrouvait dans ce visage tout ce qui avait fait la vigueur des traits de Ben. Sidney Guest, avec sa crinière neigeuse et son menton agressif, ressemblait aux prophètes de l'Ancien Testament. Emmy remarqua aussi les rides d'intolérance autour de sa bouche, les lèvres minces. Rien dans tout cela n'évoquait le vieux clergyman « aimable et courtois » qu'avait décrit Barbara.

— Madame Tibbett ?

Le cœur d'Emmy chavira : cette voix était une version plus profonde d'une voix qu'elle se rappelait trop bien.

— Oui. Monsieur Guest, sans doute ?

Le vieux tourna sur ses talons et conduisit Emmy dans ce qui aurait dû être le salon du bungalow et qui était son bureau.

Sans mot dire, il fit signe à Emmy de s'asseoir sur une chaise, tandis qu'il s'installait lui-même à sa place habituelle, derrière le bureau.

— J'ai cru comprendre que vous désiriez me parler d'Alan ? dit-il.

— Alan ?

— Mon défunt fils.

— Parfaitement. Je ne savais pas qu'il s'appelait Alan.

— C'est curieux. J'avais cru comprendre, d'après votre lettre, que vous l'aviez bien connu.

— Oui, mais...

— Ah, je vois. Dans le service, on ne se servait que des noms de famille, sans doute ?

— Non, mais il avait un surnom. On l'appelait Ben, dit Emmy. B-E-N... Parce que son nom de famille était Guest, vous comprenez ? Une sorte de jeu de mots sur « Beau Geste », vous savez, le héros du film sur la légion ?

Les lèvres minces du Révérend Sidney se pincèrent encore davantage, dans une moue désapprobatrice.

— Un surnom qui reflétait bien son parti-pris d'existence ostentatoire, apparemment !

— Non ! C'était seulement...

— Mais nous nous écartons de notre sujet, madame Tibbett. Que désirez-vous me demander, au sujet d'Alan ?

Emmy se sentait la langue liée. Devant cette hostilité inattendue, les questions qu'elle avait préparées semblaient ineptes, futiles.

— Je suppose que vous savez, dit le Révérend, que, par une coïncidence ironique, ce bungalow ne se trouve qu'à quelques centaines de mètres de l'aérodrome d'où Alan a décollé pour son... son vol fatal ? J'essaie de n'y pas penser, car cela risquerait de me causer des émotions désagréables, mais c'est un fait. Autre chose : savez-vous que la veuve de mon fils, qui s'est remariée à un certain Prendergast, n'habite qu'à quelques kilomètres d'ici ? Je pense que vous désirerez la voir.

— Je me suis déjà entretenue avec elle. Vous savez comment elle est...

— Je n'ai jamais eu le plaisir de faire la connaissance de madame Prendergast, dit le Révérend Sidney, glacial. Sur le moment, j'ai dit clairement ce que je pensais du mariage de mon fils, qui a été chercher une gourgandine peinte dans les plus bas fonds d'une profession mal famée. Je suis heureux de dire qu'elle n'a jamais mis les pieds chez moi.

Il y eut un silence désespérant, puis Emmy se ressaisit.

— Ce qui m'intéresserait surtout, dit-elle, c'est d'avoir des renseignements sur l'enfance de Ben... je veux dire d'Alan. Ses études, ses premiers enthousiasmes... Vous voyez de quoi je veux parler.

— Je n'en suis pas certain, madame Tibbett. Je puis vous dire que les résultats scolaires d'Alan ont été peu brillants. Au prix de sacrifices considérables, je l'ai envoyé dans un excellent collège, fréquenté notamment par les milieux du clergé. Je regrette de dire qu'il n'a réussi que tout juste à décrocher son certificat de fin de scolarité. Je l'ai encouragé à poursuivre ses études dans une bonne université. Il a refusé tout net. En dehors d'une préoccupation excessive pour les parures vestimentaires, il ne s'intéressait qu'à trois choses : jouer au tennis, chevaucher des motocyclettes, piloter des aéroplanes. Naturellement, je lui ai interdit cette dernière activité parce qu'elle était non seulement dangereuse, mais coûteuse. Il n'en a fait qu'à sa tête, cependant, comme toujours. Il s'est engagé clandestinement dans le corps auxiliaire de l'aviation. Il s'entraînait au pilotage pendant les week-ends. Il me trompait délibérément en me racontant qu'il allait rendre visite à sa mère, visites que, par charité chrétienne, j'estimais devoir autoriser. Bien entendu, sa mère était de mèche avec lui. Ils s'entendaient pour me tromper.

Il y eut une pause.

— Enfin, reprit Emmy, son apprentissage de pilote s'est révélé utile par la suite, n'est-ce pas ?

— Utile ? Vous appelez cela utile ? Cette activité a contribué à fausser le caractère d'Alan en faisant de lui un héros de pacotille à l'âge de vingt ans, puis lui a valu de graves blessures et de profondes cicatrices ; elle l'a enfin conduit à la mort. Beau résultat ! Si vous appelez cela utile...

— Utile à l'Angleterre, dit Emmy, un peu sèchement.

— Il n'y avait que trop de jeunes gens, à cette époque, qui ne rêvaient que des acclamations réservées par le public aux aviateurs ! Non ; tout jeune homme modeste et de bon sens se serait tenu à l'écart de l'aviation.

— Et serait bien vivant aujourd'hui, gras à lard et enrichi ! éclata Emmy, exaspérée.

— Mon fils Alan n'a pas été tué au combat, vous savez, dit le Révérend Sidney, lentement et délibérément. Je trouve inconvenant qu'on entretienne autour de son souvenir une sorte de culte héroïque.

— Comment pouvez-vous le haïr encore vingt ans après ? s'écria Emmy.

— Je ne le hais pas. Mes sentiments envers lui n'ont jamais varié. Naturellement, j'avais de l'affection pour mon fils, mais je n'ai pas été aveuglé par sa mort inutile et égoïste.

Le Révérend Sidney se pencha vers Emmy par-dessus son bureau, et s'adressa à elle avec une certaine solennité.

— Madame, vous me faites l'effet de n'être pas absolument dénuée de bon sens. Je vous prie de vous rappeler que vous étiez très jeune et probablement impressionnable à l'époque où vous avez connu Alan. Je vous conseille très fortement de renoncer à fouiller dans le passé de façon aussi inopportune. Si vous voulez préserver intacte l'idole de votre jeunesse, évitez de creuser autour de ses pieds, de peur qu'ils ne se révèlent être des pieds d'argile.

— Merci de vos conseils, monsieur Guest, dit-elle. Je ne les oublierai pas. Pouvez-vous me donner un renseignement : votre... La mère d'Alan vit-elle toujours ?

— Oui, dit-il en se raidissant visiblement.

— Puis-je avoir son adresse, s'il vous plaît ?

— Je ne vous conseille pas de la voir. Vous n'y gagneriez rien.

— Bien entendu, rien ne vous oblige à me donner son adresse, dit Emmy. Mais, si vous vous y refusez, je me la procurerai probablement ailleurs.

Sidney Guest soupira et griffonna quelques mots sur un papier qu'il tendit à Emmy. Celle-ci se leva.

— Merci, vous avez été très aimable, monsieur Guest. Je ne vous retiendrai pas plus longtemps. Peut-être pourriez-vous jeter un coup d'œil à ceci, dit-elle, posant sur le bureau un exemplaire du formulaire de Jo. La plupart des questions concernant des renseignements de service que vous ne pouvez sans doute pas connaître, mais nous serions reconnaissants de toute autre information que vous pourriez nous fournir. Ne vous donnez pas la peine de mettre ce document à la poste. Nous reviendrons la semaine prochaine par ici, pour visiter l'ancien aérodrome de Dymfield, et nous pourrons le prendre en passant.

— Quel jour comptez-vous venir ?

— Jeudi après-midi.

— Je ferai en sorte de me trouver chez moi.

Le Révérend Sidney raccompagna Emmy jusqu'à la porte. L'entretien avait été moins désagréable qu'il ne l'avait craint. Emmy avait paru bourrée d'idées fausses, mais elle lui avait semblé aussi assez raisonnable. Elle finirait probablement par écouter la voix du bon sens.

Quant à elle, ses sentiments pour le Révérend Sidney avaient très rapidement évolué de la peur à une aversion profonde, puis, finalement, à quelque chose qui n'était pas très éloigné de la pitié. Elle considérait que c'était un homme dur, intolérant, étroit d'esprit, égoïste, mais juste. Il était aussi effrayant et aussi pathétique que le dernier des dinosaures : spécimen extraordinaire mais condamné, à cause de son incapacité à s'adapter à l'évolution du milieu dans lequel il vivait.

Emmy se rappelait les propos du Révérend Sidney : « une préoccupation excessive pour les parures vestimentaires, chevaucher des motocyclettes, piloter des aéroplanes... ». Elle sentit un élan de sympathie pour une bande de jeunes hippies, garçons à cheveux longs, vêtus de blousons de cuir noir qu'elle avait rencontrés dans le train. Vingt-cinq ans plus tôt, ils auraient fourni les pilotes de chasse dont l'Angleterre avait eu besoin.

« Mais ce maudit Révérend Sidney n'a probablement jamais été jeune », pensa Emmy, qui faisait mentalement un pied-de-nez à cette caricature d'homme vertueux.

Dans le métro, elle ouvrit son sac et en tira le papier que le père de Ben lui avait remis. Elle lut : « Madame Guest, Sandfields Hospital, Kent. »

Quand Henry rentra, ce soir-là, il fut assez soulagé de trouver une Emmy gaie, détendue. Après le dîner, elle le régala d'un compte rendu imagé de sa conversation avec le Révérend Sidney.

— A propos, ajouta-t-elle, sais-tu où se trouve Sandfields ?

— Sandfields ? C'est dans le Kent.

— Bien sûr ; c'est là qu'est la cage aux folles. Le célèbre établissement spécialisé dans les maladies nerveuses. Un hôpital psychiatrique, quoi ? Je crois qu'on s'y occupe particulièrement des alcooliques.

— Vraiment ? murmura Emmy.

— Pourquoi me demandes-tu cela ?

— Oh, pour rien...

*
**

Jo Parker téléphona à Emmy le samedi après-midi.

« — Cela bouge ! » dit-il, visiblement ravi.

« — Que voulez-vous dire ? »

« — Des missives étranges parviennent à mon humble demeure, dit Jo. C'est manifestement le fait d'avoir lancé dans la mare, sinon un pavé, du moins une certaine Doucette, qui les a suscitées. »

« — Pas d'insolence, Jo ! dit Emmy, qui riait. Quelles missives étranges ? »

« — Primo, répondit Jo, une lettre d'injures succincte, vigoureuse et bien tournée, provenant d'une certaine madame Meadowes, en qui j'ai reconnu l'ex-Annie Day. Que diable lui avez-vous dit ? »

« — Demandez-moi plutôt ce qu'elle m'a dit, elle ! répliqua Emmy. Je vous raconterai cela plus tard. Continuez ! »

« — Deuxio, un questionnaire rempli provenant de Sam. Très amusant et tout à fait éclairant. L'auteur a ajouté en post-scriptum la demande d'un prêt de dix livres jusqu'à vendredi prochain. Pauvre Sam ! S'il savait ! »

« — Tertio, reprit-il, une lettre des avoués de Victor. Il ne nous attaque pas en justice. Au contraire !

La firme Pringle et Sprout a reçu de monsieur Prendergast l'ordre de se mettre à la disposition de madame
Prendergast, de moi-même et de toutes autres personnes qui seraient nos collaborateurs pour le travail que
nous projetons, afin d'étudier à fond les implications
juridiques de la loi sur la diffamation, avant publication. Monsieur Prendergast assumera la responsabilité
financière de ces consultations. Il désire que nous
soyons entourés de conseils juridiques solides parce que
notre entreprise risque « de se trouver menacée par
des pièges juridiques susceptibles de ne pas être évi-
dents à l'œil d'un profane. »

« — Sensationnel ! » dit Emmy.

« — Vous n'en savez pas encore la moitié, ma
chère, continua Jo. J'ai gardé le plus beau pour la
fin. Une lettre d' « Incorporated Television Ltd. », dic-
tée par monsieur Baggot et signée en son absence par
une certaine Prunella Fotheringay. C'est une magnifique mixture de style vieux-copain et de phraséologie
commerciale prudente. Il en résulte, en substance, que
J. Baggot aimerait avoir communication du manuscrit,
sans engagement, avant que personne d'autre ait pu
y jeter un coup d'œil, de façon que, si ce travail se
révèle intéressant pour la télévision, il puisse l'acheter
pour beaucoup moins cher que cela ne vaut avant que
les concurrents n'en aient la possibilité. »

« — Il a l'audace d'écrire cela ? »

« — Pas littéralement, mais cela crève les yeux pour
qui sait lire entre les lignes. Je commence à croire qu'il
nous faudra un bon agent commercial, Doucette ! »

« — Jo, je suis bien contente. Jim y avait fait
allusion, pendant le déjeuner que nous avons pris
ensemble, mais il m'avait fait promettre de ne rien vous
dire. »

« — J'ai trouvé un peu cavalier de sa part cette
façon de faire signer sa lettre par un sous-fifre. »

« — J'en comprends la raison : il devait prendre
l'avion pour Manchester immédiatement après notre
déjeuner, hier. Il a dû passer rapidement à son bureau
et dicter cette lettre avant de se rendre à l'aéroport.

Cela montre d'ailleurs combien l'affaire l'intéresse. Il y a des gens qui achètent des choses non pour s'en servir, mais pour éviter qu'elles ne tombent sur le marché, » expliqua Jo.

« — Vous voulez dire qu'il pourrait acheter les droits et ne jamais en faire usage, simplement pour empêcher la publication du livre ? Pourquoi diable agirait-il ainsi ? »

« — Ne me le demandez pas. Pour le moment, l'intrigue se noue, c'est tout. Comment vous en êtes-vous tirée, avec le Révérend ? »

Emmy raconta succinctement son entretien avec le père de Ben.

« — Quel répugnant personnage ! dit Jo. Je m'en étais toujours douté. Si bien qu'il va falloir que je vous accompagne chez ce vieux bénisseur, jeudi prochain ? »

« — Je me suis dit que cela vous fournirait une touche de couleur locale. Qu'y a-t-il ? »

« — On sonne à ma porte. Comme je suis seul dans la maison, il faut que j'y aille... Je ferais mieux de vous retéléphoner lundi matin. Au revoir, Doucette. »

Il y eut un déclic. Jo avait raccroché.

— Avec qui téléphonais-tu ? demanda Henry, de la cuisine, où il préparait le café.

— Avec Jo, dit-elle. Il a des nouvelles sensationnelles. Il se pourrait que Jim Baggot s'intéresse à notre livre, pour la télévision.

— La célébrité ! dit Henry, qui versait le café. Que dis-je, la gloire !

— Il n'est que neuf heures, dit-elle, et je n'ai pas rédigé mes notes. Jo est si plein d'énergie qu'il m'a donné mauvaise conscience.

— N'en fais pas trop, tout de même, dit Henry. En tout cas, prends une tasse de café pour te soutenir.

Quand Henry alla se coucher, deux heures plus tard, Emmy dormait, la lumière allumée. Son carnet de notes était ouvert sur le lit : elle avait dû être terrassée par le sommeil en travaillant. Henry ramassa le carnet ouvert et constata qu'il ne contenait rien de nouveau, que les mots, soulignés : « *Entretien avec le Rév. S. Guest* ».

Lorsque, le lendemain, elle entendit à la radio, que le corps d'un homme avait été trouvé le matin même dans la cuisine remplie de gaz d'une maison d'Earl's Court, Emmy n'y fit pas attention. Ce ne fut que lorsqu'elle ouvrit son journal, que son attention fut attirée par un entrefilet indiquant que le décédé avait été identifié comme étant un certain Jo Parker, âgé de quarante-deux ans, célibataire, enquêteur pour une société d'études de marché. Le journal annonçait que la police n'avait rien remarqué de suspect et classerait probablement l'affaire comme un suicide.

La première réaction d'Emmy fut la stupeur. Mais, après quelques moments d'affliction très sincère, elle se ressaisit et téléphona à Henry, à son bureau de Scotland Yard.

Henry écouta attentivement ses explications.

« — Je ne savais rien, dit-il. Manifestement, les inspecteurs qui ont eu à s'occuper de l'affaire l'ont considérée comme un suicide. Je vais demander des détails et je te rappellerai. A quelle heure exactement lui as-tu téléphoné, samedi ? »

« — Nous venions de terminer la vaisselle quand il a appelé. Je suppose que nous avons bavardé cinq minutes environ. A ce moment, quelqu'un a sonné à sa porte et il est allé ouvrir. Je suis venue aussitôt te rejoindre dans la cuisine. C'était juste avant la pièce, à la télévision. Or elle commençait à neuf heures et quart. Disons qu'il a dû téléphoner vers neuf heures cinq. »

« — Peut-être s'est-il suicidé ? dit Henry. Il semblait avoir une personnalité assez instable. »

« — Mais, Henry, il était excité comme un gosse, samedi ! Cette lettre de Jim Baggot signifiait sa première chance véritable de percer. Et puis... Ne faudrait-il pas que quelqu'un aille voir si tout est là — je veux dire, les lettres dont il m'a parlé ? Si l'un de ces papiers manque... »

« — Ne t'inquiète pas, dit Henry. Nous vérifierons tout. »

Au milieu de l'après-midi, il téléphona à Emmy, paraissant soucieux.

« — Pourrais-tu passer tout de suite à mon bureau, chérie ? dit-il. Il y a du nouveau, semble-t-il. »

« — Bien sûr, j'arrive », dit Emmy.

Emmy trouva, dans le bureau d'Henry, un petit groupe d'hommes qui semblaient l'attendre. Henry lui présenta l'Inspecteur Buttery, le sergent Reynolds, monsieur Riggs, du laboratoire, le docteur Matthews. Puis il s'installa à son bureau.

— Emmy, dit-il, il semble bien que tu aies eu raison et que ton ami ne se soit pas suicidé, finalement.

— Je te l'avais bien dit, soupira Emmy.

— Je sais, dit Henry. C'est d'ailleurs grâce à ton pressentiment que nous avons regardé l'affaire d'un peu plus près que nous ne le faisons d'habitude quand un suicide nous paraît évident. Mais je ferais mieux de commencer par le commencement. Comme tu le sais, Jo partageait le rez-de-chaussée et le premier étage d'un ancien hôtel particulier, transformé, avec deux de ses collègues de cette maison d'études de marché. Ses deux collègues s'étaient absentés, comme chaque semaine, pour le week-end. L'appartement du haut, qui se compose du troisième et du second étages, est vide pour le moment. Ainsi, quand Jo t'a dit qu'il était seul dans la maison, c'était la pure vérité. Il n'y avait pas âme qui vive dans les lieux. L'alerte a été donnée par un de ses camarades d'appartement, monsieur Chalmers, qui est rentré plus tôt que prévu, à onze heures et demie, dimanche matin. Sans cela, on n'aurait probablement trouvé le corps de Jo qu'aujourd'hui.

« L'ami de Jo a senti le gaz dès qu'il a ouvert la porte d'entrée. La porte de la cuisine n'était pas fermée à clé. Il y est allé tout droit, et il a trouvé le corps, détruisant quelques indices précieux du même coup. Comme je te le disais, on aurait traité cette affaire comme une banale histoire de suicide. Les fenêtres de la cuisine avaient été fermées hermétiquement au moyen de ruban adhésif, et il semblait qu'on avait coincé un paillasson derrière la porte, qui joignait d'ailleurs assez

bien. Mais ce paillasson s'est trouvé repoussé quand
M. Chalmers est entré dans la cuisine. Le fait que la
porte n'était pas fermée à clé n'avait rien d'étonnant puisque Jo était seul dans sa maison et croyait ne courir
aucun risque d'être dérangé. Le sergent Reynolds a été
appelé et s'est entretenu avec Chalmers.

Henry regarda le sergent, qui s'avança et continua
lui-même le récit :

— Je n'ai rien vu de suspect dans cette histoire, dit-
il. Elle m'a paru toute simple, au contraire. Ce monsieur
Chalmers, qui partageait l'appartement avec monsieur
Parker, m'a raconté que Parker était nerveux, qu'il s'excitait facilement, qu'il buvait trop, qu'il n'avait jamais assez
d'argent, qu'il était toujours en retard pour son loyer.
D'après ce que j'ai cru comprendre, Parker était toujours
en pleine euphorie ou dans le trente-sixième dessous.
Exactement, le genre de type à se suicider.

— Un maniaco-dépressif, approuva le docteur Matthews.

— Si vous voulez. C'est bien le genre du bonhomme
qui ne laisse aucun billet d'explications. Ça avait l'air
d'une affaire toute simple, comme vous voyez. Mais alors,
l'Inspecteur-chef est intervenu...

— Je me suis rendu moi-même à l'appartement de
Jo, dit Henry.

— Les lettres dont il avait parlé étaient-elles là ?
demanda Emmy.

— Les lettres y étaient, oui, mais il manquait quelque chose tout de même. Quand nous étions au manoir,
dit Henry, il m'a semblé voir que Jo prenait des notes
dans une sorte de cahier d'écolier, à couverture bleue.

— C'est exact, dit Emmy.

— Eh bien, dit Henry, il n'y avait plus trace de ce
cahier. Il n'y avait pas trace de manuscrit non plus. Sais-
tu s'il avait commencé à rédiger quelque chose ?

— Bien sûr, qu'il avait commencé ! Dans un autre
cahier bleu. En tout cas, il m'a dit qu'il avait esquissé le
plan de base du livre et qu'il avait commencé à écrire
certains des passages essentiels. Il devait me les montrer
ce soir.

— Eh bien, dit Henry, à moins qu'on ne retrouve des cahiers ailleurs — ce dont je doute —, cela signifie qu'ils ont été détruits délibérément, ou volés. Ce qui, à son tour, signifie que c'est pour empêcher que le livre soit écrit qu'on a assassiné Jo.

— Assassiné..., répéta Emmy. Peux-tu en être sûr ? demanda-t-elle, bouleversée.

Ce fut le docteur Matthews qui répondit :

— Cela en a tout l'air, dit-il. Parker est mort asphyxié par le gaz mais, à mon avis, il était inconscient avant même qu'on ait ouvert le robinet du gaz. Il avait reçu un coup violent sur le côté de la tête avant de mourir. Naturellement, il peut être tombé et s'être cogné la tête sur la cuisinière, quand il a perdu connaissance ; mais, dans ce cas, on devrait retrouver des traces du coup sur l'angle de la cuisinière.

— Or, il n'y avait aucune trace, dit M. Riggs. D'ailleurs, Parker n'était pas tombé. Il était couché confortablement, sur un tas de coussins, ce qui n'avait pas pu étonner l'Inspecteur : la plupart des gens qui se suicident ainsi aiment être confortablement installés... Mais, l'argument décisif, ce sont les empreintes digitales.

— Vous avez trouvé des empreintes digitales ? demanda Emmy.

— Non, justement. Aucune ! Rien sur le robinet du gaz — à part celle de Chalmers, qui l'a fermé —, rien sur la poignée de la porte, rien nulle part. Tout avait été essuyé à fond. Vous ne voyez pas un type qui va se suicider effaçant ainsi ses empreintes, n'est-ce pas ?

— Tu vois, dit Henry à Emmy, l'assassinat ne semble faire aucun doute. On peut même supposer que la personne qui a tué Jo est celle qui a sonné à sa porte pendant que tu lui téléphonais. Tu vois que tu es un témoin essentiel.

— Oui, dit Emmy. Je vois. Tout cela est ma faute.

— Bien sûr que non ! se récria Henry. Si c'est la faute de quelqu'un, c'est la mienne. J'aurais dû te dissuader de ce projet insensé, dès le début. Si tu avais tout laissé tomber à ce moment-là, il y avait une bonne chance pour que Jo abandonne, lui aussi, et il serait encore en vie.

— Je ne crois pas que tu aurais rien pu y changer, dit Emmy. Ton insistance n'aurait sans doute réussi qu'à me confirmer dans mon entêtement.

Le docteur Matthews se râcla la gorge.

— Excusez-moi, Tibbett, mais, si vous n'avez plus besoin de moi... J'ai pas mal à faire, aujourd'hui.

— Bien sûr, docteur, dit Henry. D'ailleurs, vous pouvez tous retourner à votre travail. Vous me ferez parvenir vos rapports naturellement. Et merci beaucoup. Quant à ce témoin, conclut-il, souriant à Emmy, je crois que je pourrai m'occuper de lui.

La porte du bureau se referma derrière le sergent Reynolds, sorti le dernier. Henry resta seul avec Emmy.

— C'est horrible ! s'écria-t-elle, violemment.

— Je le sais bien, dit Henry. Mais, du moins, grâce à toi, avons-nous pu découvrir la vérité.

— Non ! dit Emmy. Ce qui est horrible, c'est la façon désinvolte dont tous tes techniciens parlent de ces choses-là ! Pour eux, c'est une affaire comme une autre, rien de plus. Pour moi, il s'agit de Jo. Et il est mort.

— Le mieux que tu puisses faire maintenant, dit Henry, c'est d'essayer de te comporter toi-même comme un technicien désinvolte. Ta sentimentalité ne sera plus d'aucun secours à Jo.

— Excuse-moi, chéri. A propos, as-tu pu entrer en contact avec la famille de Jo ? Je savais si peu de choses, sur lui, au fond !

Henry baissa les yeux sur un document posé sur son bureau.

— Il n'avait aucune famille, semble-t-il. Le vrai loup solitaire ! La seule piste que nous ayons nous a été donnée par le ministère de l'air, qui a consulté son dossier, sur notre demande. En 1942, il avait indiqué comme plus proche parent son père — un certain Jeremy Parker, qui habitait Manchester.

— Maintenant que j'y pense, il me semble que Jo avait un très léger accent de Manchester, en effet. Attends, j'essaie de me rappeler... Il a parlé de son père, lors de la réunion. Il disait qu'il avait une petite rente qui lui venait de son père. Donc, Jeremy Parker doit être mort.

— Parfaitement exact. Il est mort aux Etats-Unis, il y a dix ans. La rente dérisoire, une centaine de livres par an, était versée tous les trimestres à la banque de Jo par une firme d'avoués de Manchester. Il semble que Jo n'ait jamais fait de testament. Je suppose donc qu'il faudra régler le problème juridique de la dévolution du capital de cette rente ; mais cela ne nous regarde pas. Ce qui m'intéresse, c'est le passé récent de Jo. Et c'est là que tu peux m'aider.

— Que veux-tu que je fasse ?

— Fouiller dans tes souvenirs, dit Henry. Rechercher tous les détails que tu peux retrouver sur les conversations que tu as eues avec tes anciens camarades de Dymfield.

— Cela ne devrait pas être trop difficile, dit Emmy. J'ai tout consigné dans mon carnet.

— Bon. D'abord, regarde ceci et dis-moi si c'est exact. Une liste de tous les gens qui étaient au courant du projet du livre. Ai-je oublié quelqu'un ?

La liste, écrite de l'écriture nette d'Henry, se composait des noms suivants :

Barbara Prendergast — Victor Prendergast — Annie Meadowes (née Day) — Jim Baggot — Sam Smith — Sidney Guest — Emmy Tibbett.

— Oh ! se récria Emmy, indignée. Tu m'as mise sur ta liste !

— Bien sûr. Si quelqu'un était au courant, pour le livre, c'était bien toi. Comme je sais que tu es restée chez nous à partir du moment où tu t'es entretenue par téléphone avec Jo jusqu'à huit heures ce matin, je crois que tu peux te considérer comme hors de cause. D'ailleurs, il ne faut pas considérer cela comme une liste de suspects.

— Il faut ajouter deux noms, dit Emmy. Arthur Price, d'abord. C'est à lui que Barbara a parlé de son idée, avant tout le monde. Et la femme de Sam Smith à qui j'ai téléphoné. Je lui ai dit que je faisais des recherches pour une biographie de Ben.

— De toute façon, dit Henry, je ne m'intéresse pas

aux gens qui savaient qu'on voulait écrire une histoire
de Dymfield. Je m'intéresse à ceux qui savaient que le
projet avait été modifié.

— Naturellement, n'importe lequel d'entre eux a pu
en parler à quelqu'un d'autre.

— Je sais coupa Henry, qui paraissait fatigué. Maintenant, montre-moi ce carnet et parle-moi des conversations que tu as eues avec tous ces personnages.

Il fallut près de deux heures à Emmy pour terminer
son compte rendu. Henry referma le carnet.

— Bon. Cela me fournira quantité de sujets de
conversation quand j'interrogerai ces gens moi-même.

— Mon Dieu ! soupira Emmy. Je suppose que je ne
vais plus te voir beaucoup, ces jours prochains.

— Il se peut que nous ayons à nous absenter quelques jours, en effet, dit Henry.

— « Nous » ? Que veux-tu dire ?

— Ce que je veux dire, répliqua Henry, c'est que ce
n'est pas pour le plaisir que j'ai inscrit ton nom sur la
liste. J'ai dit qu'il ne fallait pas considérer cette liste à
priori comme une liste de suspects. C'est plutôt une liste
de gens qui pourraient en savoir trop. Autrement dit, une
liste de victimes possibles. Tu es en danger, Emmy. Je
veux que tu le comprennes et que tu sois raisonnable.
Tu vas écrire à tous les gens qui figurent sur cette liste
pour leur dire que le projet de livre est abandonné, en
raison de la mort de Jo qui ne t'a pas surprise. Scotland
Yard soutiendra officiellement la thèse du suicide et
feindra de ne pas s'intéresser à l'affaire. En attendant,
ma chérie, j'ai bien l'intention de ne pas te perdre de
vue jusqu'à ce que cette histoire soit tirée au clair. Tu
viendras avec moi partout où je pourrai avoir à aller.

Emmy fit partir ses lettres par le dernier courrier, le
même soir. Pendant qu'elle les écrivait, Henry, assis au
coin de la cheminée, étudiait les notes qu'il avait prises
sur l'affaire. Il relut soigneusement les détails de la carrière de Jo dans la R.A.F. Jo s'était engagé en 1942. Il
avait indiqué à ce moment-là qu'il avait vingt ans et il
avait donné comme profession « régisseur-adjoint de théâtre ». Il avait été accepté comme rampant et avait reçu une

formation de contrôleur de la navigation aérienne. Il semblait avoir présenté plusieurs demandes, notamment après le jour du débarquement, aux fins d'être transféré dans une unité des premières lignes combattantes, mais ses demandes avaient été chaque fois rejetées pour des raisons médicales. En 1944, il avait été transféré de Dymfield à une base d'Ecosse et finalement démobilisé comme capitaine en 1946.

Là s'arrêtaient les renseignements qu'on avait sur la vie de Jo. Bien entendu, on finirait par retrouver les diverses étapes de sa vie professionnelle, les métiers de rencontre qu'il avait successivement exercés, mais cela prendrait du temps. Pour le moment, Jo disparaissait au centre démobilisateur en 1946 et réapparaissait vingt ans plus tard à l'hôtel Suffolk.

Henry soupira et décida de se coucher tôt. Il devait faire, le lendemain, une série de visites dont il avait l'impression qu'elles pourraient être assez éprouvantes.

CHAPITRE VI

La magnificence du numéro 27, Oakwood Avenue, dépassa tout ce à quoi Henry avait pu s'attendre. C'était une propriété grandiose, bâtie avant la guerre en faux style géorgien, entourée d'un jardin très bien entretenu. Cet Arthur Price, dont Emmy avait parlé avec une sorte d'amusement affectueux, était manifestement un homme plus qu'à son aise.

Un personnage imposant, remarquable spécimen de l'espèce en voie d'extinction rapide des maîtres d'hôtel privés, ouvrit la porte. Il toisa Henry d'un air froid et l'informa que M. Price était à son bureau.

Visiblement à contrecœur, le maître d'hôtel consentit à donner quelques renseignements supplémentaires. Monsieur Price était célibataire, vivait seul dans cette maison, servi par lui-même, Albert Bates, et par Mme Bates, qui faisait office de cuisinière-gouvernante. Une certaine Mme Manfield venait chaque jour pour les gros ouvrages. Un homme, M. Summers, était responsable du jardin. Henry déclara qu'il reviendrait plus tard. En attendant, il se rendit chez Sam Smith. Un jeune homme aux larges épaules, après un moment d'angoisse causé par une confusion entre le nom de « Tibbett » et celui de « Trimble », se rasséréna et déclara que M. Smith était à Paris, pour affaires. Il se rendait assez fréquemment sur le continent où ils avaient beaucoup de clients. Monsieur Sam Smith ne rentrerait que jeudi. Si Henry voulait bien laisser son nom...

Henry ne crut pas nécessaire de faire des façons et présenta sa carte officielle, dont la vue fit changer le garçon de couleur.

— Je voudrais simplement m'entretenir un moment avec monsieur Smith, un de ces jours, dit Henry.

— Oui, Inspecteur ? A quel sujet ? Des autos volées, je suppose ? Il n'y en a que trop, de nos jours ! Heureusement, toutes nos petites chéries, à nous, ont un pedigree impeccable, je crois pouvoir l'affirmer. Cependant, si je puis vous être de la moindre utilité...

— Merci, dit gravement Henry. Nous sommes toujours heureux de tomber sur des gens prêts à nous apporter une coopération franche et loyale. Vous pourriez déjà me dire à quel moment monsieur Smith a quitté le pays ?

— Samedi après-midi.

— Par avion ?

— Non, la voie classique : train et bateau. C'est moins cher, n'est-ce pas ?

— Vos clients parisiens font donc des affaires le samedi soir et le dimanche ? demanda Henry.

Le jeune homme sembla, un moment, perdu.

— Ah ! dit-il soudain. Je vois où vous voulez en venir, Inspecteur ! Vous ne connaissez pas Sam, je crois ? Si vous le connaissiez, vous comprendriez qu'il n'est pas homme à laisser passer une occasion de week-end à Paris, au compte des frais généraux. Dites donc, vous n'avez rien à faire avec le fisc, non ?

— Rien, assura Henry.

— J'aime mieux ça... Eh bien, je dirai à Sam que vous êtes venu. Quand vous voudrez, à partir de jeudi...

Henry, se reportant aux renseignements que lui avait donnés Emmy, se rendit ensuite au domicile privé de Sam Smith. Il trouva une maison jumelle, petite, laide, verrouillée, silencieuse derrière ses rideaux tirés. Il n'eut même pas le temps de tirer la sonnette : de l'autre côté de la clôture, une femme maigre, à cheveux gris, l'interpella. Elle se présenta comme étant madame Tidmarsh.

Si Henry cherchait les Smith, déclara Mme Tidmarsh, il perdait son temps. Ils étaient partis samedi matin, pour l'étranger sûrement, et ce n'était pas la première fois, ajouta-t-elle, avec un reniflement significatif. Vers midi, « elle » était sortie avec une valise. Comme Henry pouvait voir, ils avaient tout fermé à clé. Sans aucun doute, ils avaient filé tous les deux à Paris ! Ils étaient bien « des *gens à ça* », si Henry voyait ce qu'elle voulait dire.

Henry prit congé discrètement, sans révéler son identité, heureux de savoir que, s'il avait à faire surveiller les Smith, il n'aurait pas besoin d'immobiliser un Inspecteur. Madame Tidmarsh ferait le travail tout aussi efficacement et pour beaucoup moins cher.

Il était 12 h 25 quand Henry revint tirer la sonnette d'Arthur Price. Cette fois, Bates reconnut à contrecœur que M. Price était chez lui et invita M. Tibbett à entrer au salon.

— Inspecteur Tibbeth ? Le mari d'Emmy Doucette ! Quelle agréable surprise ! Entrez, mais entrez donc ! Que puis-je vous offrir ? Sherry ? Whisky ? Vermouth ?

Arthur Price était exactement comme Emmy l'avait décrit : cheveux gris, joues roses, l'air d'un chérubin. Il était dans les affaires et paraissait un gros manitou. Pourtant, il donnait l'impression d'un bon papa gâteau, aux manières de vieille fille et à peu près aussi rusé qu'un poussin d'un jour. Pour le moment, en tout cas, sa nervosité était extrême. Elle intrigua Henry.

Après avoir prié Henry de s'asseoir et lui avoir versé un sherry, Arthur Price se nicha au creux d'un fauteuil.

— Et maintenant, cher monsieur, dit-il, en quoi puis-je vous être utile ? Je n'ose imaginer que votre visite soit de pure courtoisie.

— Ce n'est pas le cas, en effet, dit Henry. Et je le regrette. Je suppose que vous n'avez pas encore reçu la lettre d'Emmy ?

— Une lettre ? Non, je n'ai reçu aucune lettre.

— Dans ce cas, il se peut que vous ne sachiez pas que Joseph Parker est mort ?

Price semblait s'être un peu détendu. A cette nouvelle, il ne manifesta qu'une légère perplexité.

— Parker ? Je ne crois pas que...

Soudain, une idée le frappa.

— Vous ne voulez pas parler de Jo Parker, non ? dit-il, ouvrant de grands yeux.

— Si, justement.

— Mort, dites-vous ! Mais il était si jeune ! Aurait-il eu un accident ?

— C'est ce que nous ne savons pas encore, dit Henry.

— Je vous en prie, donnez-moi des détails ! Qu'est-il arrivé à ce pauvre garçon ?

— On l'a trouvé mort, dans une cuisine remplie de gaz.

— Je vois ce que vous voulez dire, Inspecteur. Un suicide... Je me fais des reproches !

— Vous... comment ? dit Henry, très surpris.

Arthur Price ne parut pas remarquer cette interruption. Il poursuivit :

— Notre petite réunion... Emmy a dû vous en parler ? Je me suis félicité de l'écho que j'ai trouvé chez nos anciens camarades. La réunion a été vraiment charmante. J'espère la renouveler chaque année, d'ailleurs...

Price regarda Henry d'un air de reproche.

— Pour en revenir à Jo, je n'ai pas pu ne pas remarquer, lors de notre réunion, que Parker était... qu'il avait l'air...

Il respira profondément, et reprit :

— J'ai été frappé, Inspecteur, par le fait que tous les membres de notre bande s'étaient bien débrouillés dans l'existence. Le nom de Jim Baggot est connu de tout le monde, aujourd'hui : Barbara et Vic Prendergast occupent une position extrêmement flatteuse ; notre chère Annie est l'image même de la santé et du bonheur domestique ; quant à votre chère femme...

— Vous voulez dire, coupa Henry, que Jo Parker était le seul raté du groupe ?

Price soupira.

— Hélas ! dit-il. On ne peut pas le nier. Et c'est là qu'est le plus paradoxal de l'affaire, Inspecteur : Jo est justement celui à qui l'avenir le plus brillant était prédit. Un garçon vraiment prometteur... Ah, la douloureuse ironie du destin ! Cela prouve bien...

— Je vois bien tout cela, dit Henry, mais je ne

comprends toujours pas pourquoi vous vous faites des reproches ?

— Bien sûr, vous ne pouvez pas comprendre.

» Je suis un homme solitaire, expliqua Price. Et j'ai beaucoup d'argent. Je vous avouerai qu'une des raisons que j'avais d'organiser cette réunion était de voir si l'un ou l'autre de mes amis de jeunesse n'avait pas besoin d'aide. En somme, j'ai vu là une occasion de faire un peu de bien à mes camarades.

Henry le considérait avec une petite moue sceptique.

— Aviez-vous vraiment besoin de chercher parmi vos relations d'autrefois pour manifester votre philanthropie ? demanda-t-il.

— Oh, oui ! dit Price. De nos jours, les jeunes gens ont la vie trop facile ! La génération qui mérite notre pitié est celle des hommes de quarante à cinquante ans, — de ces hommes dont la vie a été ruinée à la fleur de l'âge par la guerre, et que l'on s'est empressé d'oublier. Je suis d'une époque plus ancienne, mais j'ai eu le privilège de servir dans les forces de Sa Majesté auprès de ces splendides garçons. Et ce n'est certainement pas parce qu'ils ne sont plus aussi jeunes qu'ils devraient mériter moins de considération, au contraire !

Henry se sentait agité par des émotions contradictoires. A première vue, les idées de Price étaient inattaquables et auraient dû paraître séduisantes à quelqu'un qui, comme Henry, approchait de la cinquantaine et qui avait servi dans l'infanterie durant la deuxième guerre mondiale. Et pourtant, il y avait quelque chose d'un peu trouble dans cette histoire. Peut-être était-ce le calme avec lequel Price avait employé le mot « ruiné » qui irritait Henry. La guerre avait été une aventure et, comme la plupart des aventures vraies, un mélange de sordide, de beau, d'ennuyeux, d'amusant, d'horrible. Certains, beaucoup, avaient été tués.

— Ainsi, dit Henry à haute voix, vous estimez que vous deviez aider Parker ?

— C'est cela, dit Price, épanoui, bienveillant. Je... je suis propriétaire d'une affaire qui ne marche pas trop mal. Vous avez peut-être entendu parler des sucettes

Price ? Eh bien, ces produits, c'est moi qui les fabrique. Et puis, naturellement, nous avons ce que nous appelons nos affaires-aval. Par exemple, Spicer et Pratt nous appartient.

— Spicer et Pratt ? se récria Henry, stupéfait. Le magasin de Mayfair ? Ce chocolatier prestigieux ?

— C'est cela. Nous avons gardé le nom quand nous avons racheté la maison. Si je vous dis tout cela, continua Price, avec une sorte de fierté modeste, c'est pour que vous compreniez bien que, lorsque je dis que j'étais en situation de pouvoir aider Parker, je ne me vante pas.

— Je le comprends, assura Henry.

— Le fait est que j'avais la ferme intention de lui offrir un emploi. J'avoue que son attitude, lors de notre réunion, ne m'a pas inspiré une grande confiance dans son efficacité possible. Mais, pour moi, c'était un acte de charité pure. Je m'étais dit que je lui téléphonerais le lendemain pour lui offrir une situation. Et puis, Barbara Guest... Pardon Barbara Prendergast, devrais-je dire, a lancé son idée de livre, et il m'a semblé que c'était une meilleure solution pour Jo. Après tout, il avait toujours fait preuve de talent pour la littérature. Si bien que j'ai encouragé Barbara à l'employer et que je n'ai plus rien fait moi-même. Vous avez peut-être entendu parler de ce livre ?

— Certes. Le projet est annulé.

— Je devine ce qui s'est passé. Je suppose que Barbara a changé d'avis et qu'elle a laissé tomber le pauvre diable ? Il avait probablement déjà abandonné le petit emploi qu'il avait, si bien qu'il est resté sans le sou. Dans son désespoir...

Henry ne corrigea pas l'interprétation que Price donnait des faits. Il se contenta de dire :

— Une simple formalité, monsieur Price... Ne pourriez-vous me dire comment vous avez passé votre soirée, samedi dernier ? Disons, entre 19 heures et 23 heures ?

La nervosité de monsieur Price réapparut et ses lunettes frémirent.

— Quelle question extraordinaire, Inspecteur ! Que puis-je en déduire ?

— Rien du tout, dit Henry. Répondez, simplement, si vous le voulez bien.

— Certainement. Attendez, que je voie... Samedi... Je suis allé au bureau, le matin. J'y vais presque toujours, le samedi On a plus de chance de pouvoir travailler tranquillement...

— Oui, mais c'est le soir qui m'intéresse.

— J'ai déjeuné à mon club. Après le déjeuner... Oui, je suis passé dans le salon de jeu et j'ai fait le quatrième, au bridge. J'ai joué jusque vers six heures et demie. Willie avait un rendez-vous à sept heures ; il a tenu absolument à arrêter le jeu. J'ai pris l'apéritif, au club, et je suis allé manger.

— Où cela ?

— Vous allez vous moquer de moi, Inspecteur : au Lyons de Coventry Street.

— Je ne me moquerai certainement pas de vous. Leur table est parmi les meilleures de Londres.

— Je suis heureux de voir que nous nous retrouvons entre connaisseurs, Inspecteur.

Henry le ramena au sujet, avec fermeté.

— Quand j'ai eu mangé ? Attendez que je réfléchisse... Qu'ai-je bien pu faire ?

Cette amnésie subite intriguait Henry. Comment Price ne se rappelait-il pas mieux ce qu'il avait fait trois soirs seulement plus tôt ?

Mais Price s'illumina brusquement.

— Ah oui ! Je me souviens, maintenant. Je suis allé au cinéma, simplement.

— Lequel ?

— Le Majestic. Je suis allé voir ce film épique sur nos ancêtres les Britons : *Boadicea*. C'est très amusant. Et puis, il y a la fameuse course de chars, naturellement.

Henry demanda à Price s'il pouvait se rappeler l'heure à laquelle il était entré au cinéma et celle à laquelle il en était sorti.

— Je suis entré juste avant le journal filmé. Après, il y a eu un Mickey. En fait, je crois que c'était une histoire de canard. Et puis, après, il y a eu le grand film. C'était la dernière séance. Il doit être assez facile de vérifier les heures exactes, dans le journal.

Il prit l'édition de midi d'un quotidien.

— Voyons, cinémas... le Majestic... Pas de chance...

— Qu'y a-t-il ?

— Ils ont changé de programme. J'ai dû voir la dernière du film. Mais je suis sûr que le cinéma pourrait vous donner le renseignement, si vous lui téléphoniez.

— Et, après le cinéma ?

— J'ai pris un taxi et je suis rentré chez moi. Je me souviens de l'heure à laquelle je suis rentré parce que Bates avait eu la gentillesse de m'attendre. Je lui ai dit qu'il n'aurait pas dû se donner cette peine. « Il est onze heures et quart, Bates », lui ai-je dit. « Vous devriez être au lit. » J'ai vraiment de la chance avec mes domestiques !

Henry termina son verre, en refusa un autre, déclina une invitation à déjeuner et prit congé. Il se dirigea vers un restaurant d'apparence modeste, situé dans la rue principale d'Edgware, et déjeuna.

Les explications d'Arthur Price l'irritaient. C'était un exemple classique d'emploi du temps impossible à vérifier. Henry soupçonnait fortement toute l'histoire d'être inventée de toutes pièces, mais il n'espérait guère pouvoir le prouver. Il avala rapidement son déjeuner puis demanda s'il pouvait téléphoner.

La standardiste du cinéma Majestic lui répondit aimablement. On ne donnait plus *Boadicea*, dit-elle, mais, si Henry voulait bien attendre un moment, elle allait vérifier les horaires de la semaine précédente. Au bout de quelques minutes, elle revint annoncer que le journal filmé était passé à sept heures trente-cinq, qu'il avait été suivi de la présentation du prochain film et d'un dessin animé, que le grand film avait commencé à huit heures cinq et s'était terminé à onze heures et quart.

« — Ce film était particulièrement long, dit-elle, c'était une épopée à grand spectacle. »

Henri la remercia, mais sans aucun enthousiasme.

Si l'histoire de Price était vraie, cet horaire lui assurait un alibi complet. La demoiselle continua :

« — Je ne puis que vous engager à venir voir notre spectacle actuel, dit-elle. Vous savez ? « Un dimanche de pluie à Wigan ». C'est vraiment formidable. »

« — Attendez un peu..., » dit Henry.

Des souvenirs de photos lui revenaient, un défilé de célébrités envisonnées, qui formaient un contraste saisissant avec le thème populiste du film.

« — C'était vendredi dernier, n'est-ce pas, ce gala ? » dit-il.

« — C'est cela, monsieur. »

« — Donc, vous ne présentiez plus *Boadicea* samedi ? »

« — Non. La dernière représentation avait été donnée jeudi soir. »

« — Merci beaucoup, » dit Henry.

Il retourna dans le centre, réfléchissant à Arthur Price. Le fabricant de chocolat lui posait un problème. Ç'avait été un coup de chance, de pouvoir prouver si vite qu'il avait menti. Mais Henry était un policier trop expérimenté pour en tirer très vite des conclusions définitives. Il y a un pas considérable entre prouver qu'un homme est menteur et le soupçonner d'être un assassin. A première vue, Price était le moins vraisemblable des suspects d'Henry. Il avait accueilli avec empressement l'idée du livre... Ce qu'il avait accueilli, c'était l'idée d'une peinture de la base R.A.F. de Dymfield. Pour le moment, il décida de laisser Price tranquille.

Henry quitta le métro à Charing Cross et se trouva bientôt dans l'imposant hall de marbre de Cathode House et demanda à une réceptionniste blonde et hautaine s'il pouvait voir monsieur Jim Baggot.

Il avait espéré qu'il ne serait pas obligé de faire état de son identité, mais son espoir fut déçu. Monsieur Baggot était vraiment un personnage trop important pour voir immédiatement un Henry Tibbett, qui n'avait pas rendez-vous. Henry présenta sa carte. La réceptionniste eut un petit hoquet de surprise et s'en alla précipi-

tamment. Elle revint une demi-minute plus tard, annon-
çant que M. Baggot pourrait recevoir l'Inspecteur-chef
Tibbett immédiatement.

Henry passa donc des mains de la blonde secrétaire
dans celles d'une brunette séduisante et se retrouva
dans un immense bureau ensoleillé, où Jim Baggot trô-
nait devant une surface miroitante d'acajou ciré.

Une fois de plus, songea Henry, la description
d'Emmy avait été exacte. Cet homme-là suait un succès éclatant. Pourtant, sous la surface, on devinait le
technicien débrouillard, peu soigné et astucieux, d'autrefois. Mais, pour le moment, Baggot s'efforçait de
faire du charme, et il y réussissait très bien. Il se leva
et s'approcha, les deux mains tendues.

— Cher Inspecteur Tibbett ! dit-il. C'est vraiment
un très grand plaisir pour moi de vous recevoir. Ai-je
raison de penser que je dois l'honneur de votre visite
au fait que nous sommes en relations, l'adorable Emmy
et moi ?

Comme Henry ne répondait pas tout de suite,
Baggot continua :

— C'est si rare, que nous puissions attirer des gens
vraiment distingués comme vous, les inciter à franchir
le seuil de notre humble demeure ! Nous passons notre
vie entourés de célébrités factices ou frelatées, des stars
de cinéma, des romanciers populaires, des universitai-
res qui ne pensent qu'à se faire de la publicité, toute
une élite de pacotille. Emmy vous aura dit, j'espère,
quelle admiration j'ai pour vous et pour votre travail.

Baggot tendit par-dessus le bureau son briquet pla-
qué or pour allumer la cigarette d'Henry.

— Voyons, dites-moi ce que je peux faire pour
vous, reprit-il. Je sais combien vous êtes occupé et je
ne me flatte pas que votre visite soit de pure courtoisie.

— Vous n'avez pas reçu la lettre d'Emmy ? demanda Henry.

— Mon cher, pour vous dire la vérité, je ne suis
revenu de Glasgow qu'il y a une heure. J'ai été bloqué

là-bas par le brouillard. Donc, Emmy m'a écrit ? A quel sujet ?

— Au sujet de Jo Parker, dit Henry.

Baggot, qui allumait une cigarette, s'interrompit au milieu de son geste. Il ne regardait pas Henry, mais une expression méfiante passa sur son visage.

— Ah, oui, dit-il. Pour le manuscrit, bien sûr ? Je ne sais pas à quel titre vous vous intéressez à cela, Tibbett, mais je suppose que vous êtes ici pour représenter votre femme. Dans ce cas, il faut que je vous dise bien clairement qu'au cas où un contrat serait signé, ce contrat serait conclu entre Incorporated Television et Joseph Parker. Si Emmy estime qu'elle peut avoir des droits quelconques sur la propriété littéraire de cet ouvrage, cela ne nous regarde pas. Il faudra qu'elle négocie cette question personnellement avec Jo. Je ne voudrais pas avoir l'air trop... tranchant, mais je crois qu'il est bien préférable de fixer exactement ces choses-là dès le départ.

— Je crains que vous ne compreniez pas très bien..., dit Henry.

— Il est parfaitement exact que j'ai écrit une lettre à Jo, dit Baggot. Mais vous voudrez bien vous rappeler que je n'ai pas encore eu sous les yeux une seule ligne du manuscrit...

— Effectivement, dit Henry. Et vous n'avez aucune chance d'en voir jamais la moindre ligne.

— Que voulez-vous dire ? Parker aurait-il vendu les droits ?

— Parker est mort.

— Mort ? répéta Baggot, qui avait pâli brusquement. Mais comment...

— On l'a trouvé asphyxié par le gaz dans sa cuisine, dimanche matin.

— Et vous pensez qu'il a été assassiné ?

— Je n'ai jamais dit cela, monsieur Baggot !

— Bien sûr, que vous ne l'avez pas dit. Mais c'est évident, n'est-ce pas ? D'abord, Jo était dans une meilleure passe que depuis des années. On l'avait chargé d'un travail qui l'intéressait et qui aurait bien pu finir par lui rapporter gros. S'il avait eu l'idée de se suicider, il l'aurait fait depuis longtemps, quand il traversait vraiment des moments difficiles. Et puis, l'Inspecteur-chef Henry Tibbett ne s'intéresse pas à des affaires de suicide.

— L'affaire est traitée comme un suicide, dit Henry. Je m'y intéresse à cause d'Emmy, si bien que je procède à une enquête. Dans son appartement... A propos, savez-vous où il habitait ?

— Je n'en ai pas la moindre idée. Comment l'aurais-je su ?

— Son adresse ne se trouvait-elle pas sur le questionnaire que ma femme vous a remis ?

— Ce papier ? Oui, bien sûr, elle y était. Après avoir déjeuné avec Emmy, je me suis rendu en auto à l'aéroport et, de là, j'ai téléphoné à mon bureau. J'ai dicté à ma secrétaire une lettre pour Jo et j'ai relevé son adresse sur le questionnaire, pour la lui donner. Après quoi, j'ai jeté le questionnaire dans la première corbeille à papiers venue.

— C'était vendredi après-midi, n'est-ce pas ? demanda Henry. Pouvez-vous continuer, à partir de là ?

— Je suis arrivé dans nos studios de Manchester à l'heure du thé et j'y ai travaillé très tard jusque vers neuf ou dix heures. Puis je suis retourné à l'hôtel Midland. J'ai mangé et je suis monté me coucher. Le dimanche, j'ai pris l'avion pour Glasgow. J'avais une conférence là-bas, hier. J'aurais dû revenir hier soir mais, comme je vous l'ai dit, il y a eu du brouillard, et... Enfin, voilà.

— Vous ne m'avez pas parlé du samedi ? dit Henry.

— Samedi ? Je me suis donné un jour de liberté, pour une fois.

— Comment l'avez-vous passé ? Etes-vous revenu à Londres ?

Baggot hésita. Puis, avec un grand sourire, il répondit :

— Je vois qu'il me faut vous dire toute la vérité, Inspecteur, sans quoi vous me soupçonnerez de bien pire. Mais, soyez gentil, gardez cela pour vous ! Effectivement, je suis rentré en avion samedi matin, et, dès, l'après-midi, j'étais bien douillettement installé dans une auberge de campagne avec une fille sensationnelle. Je l'ai aban-

donnée avec regret dimanche pour prendre l'avion de
Glasgow. Vous n'ébruiterez pas l'affaire, n'est-ce pas ? Vous
savez comment les gens bavardent, et son mari...

Finalement, Henry lui arracha l'adresse de l'auberge,
à Dingley. Le couple s'y était inscrit sous le nom de « M.
et Mme Derbyshire-Bentinck. »

— Dans ces cas-là, j'emploie un nom à coucher
dehors, poursuivit Baggot. Ça marche toujours.

— Donc, votre amie et vous, vous êtes restés ensemble à Dingley pendant tout l'après-midi du samedi, la
soirée et la nuit ?

— Oui, Inspecteur. Je vous ai avoué mon coupable
secret.

— Je suppose que cette dame pourrait le confirmer ?

— Non, dit Baggot en agitant la main. Là, je dis :
pas question ! Il faudrait vraiment qu'on me pousse dans
mes derniers retranchements pour m'arracher son nom.
Mais vous pouvez vérifier à l'auberge. Et...

Il gribouilla quelques mots sur un bout de papier
qu'il poussa vers Henry.

— Tenez ! Vous reconnaîtrez mon écriture sur le
registre de l'hôtel. Je ne suis pas disposé à aller plus loin.

Henry regarda le papier sur lequel Baggot avait écrit :
Monsieur et madame Reginald Derbyshire-Bentinck » et
le glissa dans son portefeuille.

— Il faudra que je me contente de cela pour le
moment. Mais vous devez comprendre qu'il se pourrait
que l'on vous demande de donner le nom de la dame,
ultérieurement ? Enfin, j'espère que cette corvée vous sera
épargnée.

— Maintenant, racontez-moi un peu, pour ce pauvre
vieux Jo. A-t-il laissé... Je veux dire, avait-il commencé à
rédiger son manuscrit ?

— Nous n'avons rien trouvé qui indiquât qu'il eût
commencé.

— J'imagine, dit Baggot, qu'Emmy doit avoir des
notes ? C'est elle qui a fait les recherches, n'est-ce pas ?
Si je mettais un de mes rewriters sur ce travail, en colla-
boration avec Emmy...

Henry s'était levé.

— C'est là que, moi, je dis : pas question !

Jim parut surpris.

— Que diable voulez-vous dire, mon vieux ?

— Emmy, dit Henry avec fermeté, n'est plus mêlée à cette affaire. Le projet a été annulé, et je vous conseille d'abandonner toute idée de le ressusciter, si jamais vous y pensiez... Si du moins vous tenez absolument à rester vivant, conclut Henry. Au revoir, monsieur Baggot, et merci beaucoup.

Après le départ d'Henry, Baggot resta assis un certain temps devant son bureau, en gribouillant des dessins sans signification sur son buvard. Puis, brusquement, il se mit à rire.

— Pauvre vieux Jo ! dit-il, tout haut. Pauvre diable !

Il appuya sur le bouton de l'interphone.

— Donnez-moi le service des scénarios ! dit-il.

CHAPITRE VII

L'hôtel Suffolk n'était pas très éloigné des bureaux de la société de télévision. Henry s'y rendit à pied. Le réceptionniste l'informa courtoisement que Mme Meadowes avait quitté l'hôtel le matin même. Une fois de plus, Henry sortit sa carte d'identité officielle, mais elle ne provoqua qu'une ride imperceptible à la surface de la sérénité du réceptionniste.

L'employé accepta pourtant de procéder à quelques recherches. Il revint dire que, comme Henry l'avait soupçonné, les bagages de Mme Meadowes se trouvaient encore à l'hôtel. Henry suggéra d'envoyer voir dans les salons, pour le cas où Mme Meadowes serait revenue prendre le thé à l'hôtel. Initiative heureuse, il ne fallut que quelques minutes pour qu'Annie apparaisse ; habillée, en prévision de son voyage de tweed vague et confortable.

Annie le salua brièvement :

— Vous êtes le mari d'Emmy ?

— Oui. Je désire pouvoir bavarder tranquillement avec vous quelques instants, madame Meadowes.

— Nous serons parfaitement au salon, dit Annie. Il ne s'y trouve que trois autres personnes, dont l'une est sourde comme un pot et les deux autres dorment.

Elle le conduisit à sa table et commanda du thé.

— Je suppose, dit-elle, qu'Emmy est furieuse contre moi ? Je me suis très mal conduite avec elle mais je tiens à vous dire que je ne regrette rien. Si elle veut que je lui fasse des excuses, elle peut toujours les attendre !

— Je suis certain qu'elle ne désire absolument pas d'excuses, dit Henry, intrigué.

Lorsqu'elle lui avait raconté son entretien avec Annie, Emmy n'avait pas été très explicite. Elle s'était contentée de dire qu'Annie était vigoureusement opposée à l'idée du livre, et qu'elle avait fait état d'une théorie fantastique selon laquelle il se pourrait que Ben Guest fût toujours en vie. Henry n'avait pas oublié l'état d'esprit étrange dans lequel se trouvait Emmy le soir qui avait suivi cette rencontre.

— J'en suis contente, dit Annie, souriante, car j'aime beaucoup Doucette et j'aurais horreur de me disputer avec une aussi bonne amie. Expliquez-lui que je n'ai parlé comme je l'ai fait que pour son bien.

Elle regarda Henry bien en face.

— Vous me faites l'effet d'un homme raisonnable, ajouta-t-elle. Vous devez certainement comprendre comme c'est dangereux pour elle de continuer à travailler à ce projet insensé.

— Pourquoi dites-vous que c'est dangereux ?

— Je ne crois pas trahir mon amie, dit Annie, si je vous dis qu'Emmy était follement amoureuse de Ben.

— C'est bien ce que j'avais cru comprendre, reconnut Henry.

— Tout cela est si loin, maintenant, dit Annie, que cela n'a plus d'importance. D'ailleurs, cela n'a jamais été qu'une toquade de collégienne. Malheureusement, Ben n'a pas vécu assez longtemps pour qu'Emmy s'en rende compte. L'épisode s'est cristallisé en elle. Elle l'a vu comme une grande aventure romanesque, tragique et condamnée...

— Je ne crois pas Emmy aussi sotte, protesta Henry.

— Croyez-vous ? Moi pas. En tout cas, ce qui m'effraie, c'est que, si elle continue à sonder le passé, elle risque de découvrir des choses qui... enfin, qu'il vaudrait mieux laisser où elles sont. Certaines personnes pourraient en souffrir.

— Je crains qu'il ne soit trop tard. Certaines personnes ont déjà souffert.

— Pas gravement, encore, dit Annie...

Elle ne savait manifestement rien du décès de Jo : Emmy lui avait écrit à son adresse d'Ecosse.

— Voyez-vous, reprit-elle, Emmy, dans son innocence, ne se rendait pas compte de certaines des choses qui se passaient à Dymfield.

— Lesquelles ? demanda Henry.

— Même si je connaissais les détails, je ne vous les dirais certainement pas, répondit froidement Annie. Cela ne peut faire aucun bien à Ben d'essayer de le blanchir, vingt ans après. Quant à Barbara, elle a payé pour ses fautes, de bien des façons, la pauvre femme !

— Emmy m'a rapporté que, d'après vous, Guest pourrait être encore vivant ? dit Henry.

— Elle ne m'a tout de même pas prise au sérieux ? dit Annie en riant.

— Naturellement, soupira Henry, les choses se présentent de façon différente, maintenant. On est bien obligé de procéder à ce que l'on appelle des révisions douloureuses. La mort de Jo a tout changé !

— Pourquoi ne me l'avez-vous pas dit tout de suite ? protesta Annie, à voix basse.

— C'était vous qui parliez, se défendit Henry. J'étais intéressé par ce que vous pourriez avoir à dire.

— Eh bien, j'espère sincèrement que vous n'êtes pas plus avancé, dit Annie.

— Ce n'est pas une attitude très coopérative ?

Henry souriait mais Annie ne lui rendit pas son sourire. Elle paraissait perdue dans de sombres méditations.

— Pauvre vieux Jo ! Que s'est-il passé ?

— On l'a trouvé dans sa cuisine, avec le gaz ouvert en grand. La police pense à un suicide...

— Mais pas vous.

— Qu'est-ce qui vous fait croire cela ?

— Mon cher, dit Annie, le fait que vous êtes ici, simplement. Et, de toute façon, Jo n'était pas homme à se suicider. Il avait un ressort extraordinaire. C'était un garçon qui pliait, mais qui ne cassait jamais. Quand est-ce arrivé ?

— Il était vivant à neuf heures du soir, samedi, dit Henry. On l'a trouvé mort le dimanche matin. Nous pensons qu'il a eu un visiteur vers neuf heures cinq, le samedi, et je voudrais savoir qui c'était.

— Ce n'était certainement pas moi, dit vivement Annie. Je ne sais même pas où il habitait. Et, le samedi soir, je suis allée dîner avec une vieille camarade d'école et son mari, à Kensington.

— Vous avez une idée de l'heure à laquelle vous vous êtes rendue chez vos amis ?

— J'ai pris un taxi ici à sept heures, donc je suppose que je suis arrivée vers sept heures et demie. La pauvre Mary couvait un mauvais rhume, si bien que j'ai pris congé assez tôt, vers dix heures et demie.

— Vous êtes donc rentrée ici avant onze heures ?

— Non. Plus près de minuit. J'ai fait à pied la plus grande partie du chemin de retour. La soirée était belle, et je n'avais pas trouvé de taxi. D'ailleurs, j'aime marcher. Que va-t-il se passer maintenant ? Pour le livre, je veux dire ?

— Tout est annulé définitivement.

— Dieu soit loué de cela, au moins.

— Madame Meadowes, dit Henry, voudriez-vous m'en dire davantage sur les choses mystérieuses qui se passaient à Dymfield, ces choses dont Emmy ne savait rien ?

— Je ne vois pas ce que vous voulez dire.

— Il y a quelques minutes, vous avez donné à entendre... Vous avez même dit fort expressément...

— Excusez-moi, monsieur Tibbett, dit Annie en se levant. Il faut que je parte. J'ai un train à prendre. Transmettez mes amitiés à Emmy.

Elle sortit du salon, majestueuse, comme un grand navire quittant le port. Henry entendit sa voix sonore dans le hall, commander un taxi. Elle serait de deux bonnes heures en avance pour son train. Si bien qu'Henry se dit qu'il pourrait être intéressant de la filer. Il prit un taxi auquel il demanda de suivre le taxi de Mme Meadowes.

Annie se fit conduire directement à la gare de Saint Pancras, où elle mit ses valises à la consigne. Suivie discrètement par Henry, elle se dirigea vers la salle d'attente des dames. Henry fit les cent pas sur le quai, devant la porte, parmi les banlieusards. Deux fois, il profita de ce que la porte s'entrouvrait pour apercevoir Annie. Assise devant la table centrale, elle écrivait des lettres. A sept heures et demie, elle sortit, reprit ses bagages et monta dans un wagon-lit de première classe de l'express d'Aberdeen.

Henry rentra chez lui, frustré, de mauvaise humeur et conscient qu'une fois de plus il était en retard pour le dîner. Il trouva Emmy à la cuisine, où elle tournait une sauce avec un air de concentration soucieuse. Le visage d'Emmy s'éclaira à son entrée.

— Je suis bien contente de te voir revenu, chéri ! dit-elle. Je commençais à m'inquiéter.

— Excuse-moi, mon chou. Je suis encore en retard. Mais, tu n'as pas besoin de t'inquiéter pour moi ! Je ne crains absolument rien.

— Je voudrais bien en être sûre, dit-elle en l'embrassant. J'étais impatiente de te voir parce que je voulais savoir si j'ai bien fait.

— A quel sujet ?

Emmy avait repris son travail, à la cuisine.

— Barbara m'a téléphoné, il y a une demi-heure, dit-elle.

— Que voulait-elle ?

— Elle savait que Jo était mort.

— Elle avait reçu ta lettre, sans doute ?

— Oui. Mais elle était déjà au courant avant. Elle avait appris la nouvelle par le journal. Elle était manifestement furieuse de ma lettre, malgré ses façons sucrées. Elle m'a dit qu'il était tout à fait hors de question d'abandonner le projet maintenant que j'avais déjà fait tant de bon travail, etc. Elle est têtue comme une mule ! ajouta Emmy.

— Et qu'as-tu répondu ?

— Je crains d'avoir manqué de caractère. J'avoue qu'elle me fait perdre mes moyens, grommela Emmy, rancunière. Ce que j'ai pu trouver de mieux, c'est de protester que c'était toi qui ne voulais pas que je continue ce livre. Elle ne savait rien de la lettre de Victor à Jo. Elle a paru tout à fait soulagée quand je lui ai dit ce qu'il y avait dans sa lettre. Je suppose qu'elle avait craint que Vic ait menacé de nous poursuivre. Enfin, elle s'est calmée et a dit qu'il était temps de discuter tranquillement de cette affaire. Elle nous a invités tous les deux à déjeuner demain. J'ai dit que nous irions. Je veux espérer que j'ai bien fait ? J'ai l'impression que je nage un peu.

Henry passa son bras autour des épaules de sa femme.

— Tu as magnifiquement réagi, ma chérie ! assurat-il. Je me demandais comment je pourrais soutirer une invitation des Prendergast pour me rendre chez eux, et la voici qui me tombe toute rôtie dans le bec. Et sur leur initiative, qui plus est !

— Sur l'initiative de Barbara. Rien ne garantit que Victor sera là.

— Que veux-tu dire ?

— Ce n'est qu'une idée, dit Emmy, mais je pense que Vic s'imagine que la mort de Jo a mis fin au projet et qu'il ne se doute pas de l'intention qu'a Barbara de le mener à bien.

— Avant de me mettre à table, je voudrais encore passer un coup de fil, dit Henry. Si nous allons à Whitchurch demain, nous devrions en profiter pour passer voir le Révérend Sidney Guest.

— Tu crois que tu es obligé d'aller le voir ? demanda Emmy, surprise.

— J'ai dit « nous », fit remarquer Henry. Je regrette, chérie, mais je crois qu'il faut que tu sois là. D'ailleurs, il t'attend, non ?

— Pas demain. Jeudi.

— Tu vois bien qu'il faut que je lui téléphone.

— Viens donc, dit-elle, soudain animée. Si nous ne mangeons pas tout de suite, le dîner sera froid.

Elle posa les plats fumants sur un plateau qu'elle porta dans la salle à manger. Henry, comprenant à demi mot, ne parla plus du père de Ben jusqu'au moment où ils eurent terminé leur repas.

— Je ne pense pas que le Révérend soit déjà au lit à 9 heures moins dix. Peux-tu me donner son numéro ? dit Henry.

— Tu le trouveras sur le bloc, à côté du téléphone, dit-elle. Je vais faire la vaisselle.

La voix d'Emmy était si délibérément légère qu'elle en était presque méconnaissable. Emmy débarrassa la table et disparut dans la cuisine.

Henry trouva le numéro sur le bloc du téléphone et le composa. La sonnerie se prolongea assez longtemps. Puis une voix masculine irritée grommela :

« — Eh bien, qu'est-ce que c'est ? »

« — Je m'appelle Tibbett, » dit Henry.

« — Quoi ? Parlez ! Qu'y a-t-il ? Qui êtes-vous ? »

« — C'est à monsieur Sidney Guest, que j'ai l'honneur de parler ? »

« — Naturellement ! Qui voulez-vous que ce soit ? Je vous ai demandé qui vous étiez, vous. Vous ne comprenez pas l'anglais, peut-être ? »

Haussant délibérément la voix, Henry répliqua :

« — Ici, l'Inspecteur-chef Tibbett, de Scotland Yard. »

« — Tibbett ? Où ai-je déjà entendu ce nom-là ? Ah oui, cette espèce d'écervelée, venue me poser des questions sur mon fils Alan. Je lui ai dit ce qu'elle voulait, non ? Est-ce que cela ne suffit pas, sans que vous veniez m'ennuyer avec des coups de téléphone à je ne sais quelle heure de la nuit ? »

« — Monsieur Guest, dit Henry d'une voix très ferme, je suis fonctionnaire au Service des enquêtes criminelles et je passerai vous voir demain au sujet de... »

« — Oh, mon Dieu ! »

A l'autre bout du fil, la voix avait paru se casser, vieillir, soudain.

« — Je suppose que c'est au sujet... L'hôpital ne peut-il donc pas se débrouiller pour... ? Pouvez-vous me dire... Qu'est-ce, cette fois ? Rien de trop grave, j'espère ? »

C'était une sorte de prière bredouillée, pathétique.

« — Ne vous faites pas de souci, monsieur Guest, dit vivement Henry. Je ne veux que vous poser quelques questions de routine. »

« — De routine ! On m'a déjà raconté cela ! »

La voix avait repris un peu de sa brutalité coutumière.

« — Nous serons chez vous à quatre heures et demie demain après-midi, si cela ne vous dérange pas, dit vivement Henry. Entendu ? Alors, à demain, monsieur Guest. »

Il raccrocha. Avec une promptitude suspecte, Emmy apparut à la porte. Elle portait deux tasses de café.

— C'est une vraie brute, n'est-ce pas ? dit-elle. A-t-il été très impoli ?

— Il a été plutôt pathétique, dit-il.

— Seigneur ! dit-elle. Il faut qu'il ait beaucoup changé, depuis que je l'ai vu !

— L'autre soir, dit Henry, tu m'as parlé d'un hôpital à Sandfields ?

— Oui. Tu m'as dit que c'était un asile d'aliénés.

— Pourquoi voulais-tu savoir cela ?

— Sans raison particulière...

— Ne fais pas la sotte, Emmy ! dit sèchement Henry. Quelqu'un qui a un rapport étroit avec Sidney Guest est hospitalisé à Sandfields. Qui est-ce ?

— Je ne sais pas pourquoi je n'avais pas envie de te le dire, dit-elle enfin. Je suppose qu'un mécanisme protecteur subconscient s'est déclenché, en moi... Mais tu as dû deviner la vérité. C'est la mère de Ben.

Henry ne remarqua que beaucoup plus tard qu'Emmy avait appelé la malade « la mère de Ben » et non « la femme de Sidney ». Cette idée lui vint alors qu'il restait désespérément éveillé, entre trois et quatre heures du matin. Henry regarda le visage serein, buriné par le clair de lune d'Emmy. « Dans son innocence... », avait dit Annie. Des forces qui étaient loin d'être innocentes s'amoncelaient dans l'ombre. Henry frissonna.

Il connaissait les effets de l'insomnie. Comme il aurait pu le prédire, le sommeil le fuit jusqu'au moment où l'aube éclaire un peu le ciel de fin septembre. Quand Emmy le réveilla, à huit heures il se leva lentement et à contrecœur et jeta autour de lui un regard maussade. La pluie ruisselait lugubrement sur les vitres.

Henry attaqua son thé.

— Charmante journée, pour une visite à la campagne ! bougonna-t-il.

— Nous avons eu de la chance la dernière fois, dit Emmy, philosophe. Mais je regrette de ne pas avoir des bottes de caoutchouc.

— Ne t'en fais pas. Ils en ont plein leurs armoires à Whitchurch Manor !

Emmy le regarda d'un œil accusateur.

— Henry, tu es préoccupé !

— Non, pas vraiment.

— Si. Pourquoi ? Tu te fais du souci pour moi ?

— Bien sûr que non. Ne te flatte pas, mon chou. Mon insomnie était due à un mélange de camembert et de Révérend Sidney Guest, absorbés tous les deux trop tardivement.

— Je veux espérer que c'est vrai, dit Emmy d'un air dubitatif.

Après tout, c'était presque vrai...

*
* *

Le petit voyage jusqu'à Whitchurch fut aussi morne qu'Henry l'avait prévu. La pluie avait transformé la jolie campagne de la semaine précédente en un univers détrempé et grisâtre.

— Dans un sens, dit soudain Emmy, le temps d'aujourd'hui est plus en harmonie.

— Plus en harmonie que quoi, et avec quoi ?

— Que le soleil ; avec... avec tout. Pauvre Barbara ! Pauvre Victor ! J'ai le cafard, chaque fois que je pense à eux.

— Je ne vois pas pourquoi, dit Henry. Ils forment un joli couple, dans la force de l'âge. Ils ont énormément d'argent et une très belle demeure.

— C'est vrai, dit Emmy. Ils ont tout ce que tu dis, et pourtant... C'est étrange. Pourquoi font-ils cet effet-là ?

— Oui, pourquoi ? répliqua Henry. Je voudrais bien que tu me le dises. De tous les anciens de Dymfield, pourquoi n'y a-t-il que les Prendergast qui te donnent le cafard ?

— Je ne sais pas, dit Emmy. Prends Baggot, par exemple. C'est un homme qui ne fait pas pitié. Il est épanoui, sûr de lui...

— Disons qu'il a réussi à se faire un nom par ses propres moyens.

— Certes, ce sont les connaissances qu'il a conquises dans la R.A.F. qui lui ont permis de se lancer dans la télévision, mais il ne s'en est pas tenu là. Sam, lui... Bien sûr, on ne peut pas dire qu'il a réussi ; mais il a repris la vie un peu bohême qu'il avait toujours menée.

— Si Barbara et Victor font cet effet-là, reprit Emmy c'est parce qu'ils se sont en quelque sorte arrêtés. Physiquement, ils vivent dans le présent, bien sûr. Mais, émotivement, ils en sont restés aux années 1940. C'est ce que tu voulais me faire dire, n'est-ce pas ?

— A peu près, dit Henry. Et cela nous amène à la deuxième question.

— Ils n'ont pas fait grand-chose, depuis vingt ans. Victor se laisse vivre sur son domaine ; quant à Barbara...

— Barbara mène une vie mondaine fort active et elle passe beaucoup de temps dans des comités d'œuvres de bienfaisance et autres réunions du même genre. Pourquoi ces deux êtres seraient-ils moins capables de s'adapter à la vie actuelle qu'Annie Meadowes ou Sam Smith ?

— Parce qu'ils sont mariés, simplement, dit Emmy. Ils ont un passé en commun, eux ; alors qu'Annie et Sam s'en sont affranchis.

— Je crois que nous nous rapprochons, dit Henry. T'est-il jamais venu à l'esprit qu'ils pourraient s'être mariés précisément parce qu'ils étaient tous les deux... hantés par Ben Guest.

Emmy demeura silencieuse et Henry reprit :

— Je ne voudrais pas paraître cruel. Je sais que tu aimais beaucoup cet homme. Mais le suicide peut être utilisé comme une arme redoutable : la revanche ultime, qui marque de façon indélébile les survivants.

Emmy resta muette. Henry comprit que ses propos l'avaient blessée et émue. Elle semblait s'être repliée sur elle-même, avoir claqué une porte derrière elle.

— Mais Ben ne s'est pas suicidé, n'est-ce pas ? dit-elle.

.*.

Barbara Prendergast sortit seule sur le perron pour les accueillir et elle excusa son mari.

— Il a dû se rendre à Snettle, dit-elle. Il avait pris des engagements, depuis longtemps, pour une partie de chasse.

Un grand feu de bois brûlait au salon et Henry eut l'impression que la conversation qu'il avait eue avec Emmy dans l'auto ne correspondait à rien. Cette maison ne pouvait pas être qualifiée de cafardeuse. Puis il remarqua une chose qu'il n'avait pas vue à sa dernière visite. C'était, dans un cadre d'argent, une grande photo d'un jeune homme brun, en uniforme de la R.A.F. Il portait sur sa manche le galon unique de sous-lieutenant et ses ailes de pilote avaient l'air neuves.

— Le déjeuner sera bientôt prêt, dit Barbara. Inutile de songer à parler sérieusement avant d'avoir terminé le repas. S'il vous plaît, pas un mot sur le pauvre Jo ou sur le livre, jusque-là !

Elle jeta un regard furtif à la photo. Henry eut l'impression qu'elle échangeait avec le portrait un clin d'œil de connivence.

— Votre premier mari, sans doute ? dit Henry.

— Oui, dit Barbara, avec un sourire attendri. C'était le jour où il venait de recevoir ses ailes. Je ne le connaissais pas encore. J'ai toujours adoré cette photo. Mais quand je l'ai proposée à l'hôpital, après l'accident, ils n'en ont pas voulu. Ils ont dit qu'il avait l'air trop jeune. Il a fallu que je leur en donne une plus récente. Celle-ci, c'est tout à fait lui.

Barbara attendit le café pour lancer la balle. Elle prit sa respiration et attaqua Henry, qu'elle regardait d'un œil accusateur.

— Qu'ai-je entendu dire ? Qu'Henry Tibbett inter-

dirait à sa femme de continuer son travail ? Nous sommes
au vingtième siècle ! Si Emmy veut continuer à travailler
au livre, je ne crois pas que vous ayez aucun droit de l'en
empêcher.

Barbara regardait Henry bien en face, dirigeant sur
lui le feu de ses yeux immenses.

— Je vous préviens, Henry Tibbett, je vous combat-
trai avec acharnement !

Elle affectait un ton badin, mais elle paraissait assez
dangereuse.

— Vous avez dû mal comprendre, madame, dit
Henry. Je ne joue pas les maris autoritaires. Simplement,
je suis entièrement d'accord avec Emmy, qui préfère ne
pas continuer ce travail.

— Cela ne ressemble guère à ce que vous m'avez
dit au téléphone, ma chère Emmy, lança Barbara.

— Je... Eh bien... En fait, Barbara...

Emmy pataugeait. Comme elle l'avait avoué, Barbara
lui faisait perdre contenance. Henry vint à son secours.

— C'est très simple à expliquer..., commença-t-il.

— Le moins que vous puissiez faire, c'est de laisser
votre femme s'expliquer elle-même.

Emmy jeta à Henry un regard qui était un véritable
signal de détresse.

— Eh bien, vas-y, chérie ! dit-il. Parle toi-même !

Emmy se lança, précipitamment.

— Je ne veux pas continuer ce travail, dit-elle. Puis
d'une voix plus calme elle reprit :

— J'ai plusieurs raisons pour vouloir abandonner ce
travail. D'abord, comme je vous l'ai écrit, Barbara, Jo
n'a laissé aucune note. Deuxièmement, je ne suis pas un
écrivain. Je ne saurais pas écrire un livre seule. Troisiè-
mement, je pense que ce serait une aventure dangereuse.
Pour l'amour de Dieu, Barbara, soupira-t-elle, renoncez
donc à votre entreprise ! De quoi avez-vous peur ?

Emmy n'avait pas lâché ces derniers mots qu'elle eut
l'impression d'une douche froide. Jamais elle n'avait vraiment imaginé que Barbara pût être mue par un sentiment
de peur. Elle avait pâli, nettement.

— Je regrette que vous n'ayez pas été plus franche avec moi, au téléphone, dit-elle.

— Je sais. Je suis navrée.

— En fait, continua Barbara, impitoyable, c'est vous qui avez peur. Nous savions tous, naturellement...

— Madame, coupa Henry, s'il y a ici quelqu'un d'effrayé, c'est moi.

Cet aveu avait suffisamment surpris Barbara pour la détourner, momentanément, de son attaque contre Emmy.

— Emmy ne vous a pas tout dit, continua Henry. Elle ne le pouvait pas sans trahir ma confiance. Mais, personnellement, je ne suis pas convaincu que Jo Parker se soit suicidé.

— Continuez ! dit Barbara simplement.

— Je vous demande de garder cela strictement pour vous, madame, dit Henry. Officiellement, la police traite le dossier comme celui d'un suicide. Mais personnellement, j'ai bien l'impression que Jo a été assassiné. Il serait alors probable que le motif de l'assassin était d'empêcher que l'on continue votre livre. Vous comprenez alors pourquoi je ne souhaite pas que ma femme prenne la suite de Parker ?

— Vous croyez sérieusement qu'Emmy serait en danger si elle continuait ce travail ? dit Barbara. Nous sommes en plein mélodrame ! Et moi, alors, que dites-vous de moi ? Vous conviendrez, monsieur Tibbett, que je suis l'initiatrice de ce projet. Si Emmy me refuse son aide, cela ne signifie pas nécessairement que j'abandonnerai. Alors, suis-je en danger d'être assassinée ?

— Je n'en ai aucune idée, dit Henry, si simplement que Barbara se mit à rire franchement. Je ne crois pas que ce soit à proprement parler parce qu'il avait entrepris ce livre que Parker s'est trouvé condamné. Et, comme je ne sais rien, je ne tiens pas du tout à ce qu'Emmy commette la même erreur.

— Je vois, dit Barbara. Autrement dit, je perds mon temps ? Et je joue un peu dangereux, par-dessus le marché ?

— Oui, dit Henry. Cela résume assez bien la situation.

— Barbara pourquoi tenez-vous tant à cette idée ?
Cela fait plus de vingt ans que votre premier mari est
mort. Si vous vouliez faire écrire un livre en hommage à
sa mémoire, il me semble que vous auriez pu y penser
plus tôt ?

Barbara baissa les yeux.

— Je n'aurais pas pu. Sur le moment, j'étais tellement choquée. Je n'y ai même pas pensé. Et puis, brusquement, l'idée m'est venue. J'espère que vous n'insinuez
pas que je pourrais être responsable de la mort de Jo
même indirectement ?

— Bien sûr que non, dit Henry. Mais j'aimerais vous
poser quelques questions. Par exemple, quand l'avez-
vous vu pour la dernière fois ?

— Attendez que je réfléchisse, dit Barbara, apparemment toute disposée à répondre. Cela doit faire exactement une semaine. Je ne l'ai pas « vu » mais je me suis
entretenu avec lui par téléphone.

— A quel sujet ?

— Je lui avais simplement passé un coup de fil pour
lui demander comment cela marchait. Il semblait d'excellente humeur. Il m'a lu... J'ai cru comprendre qu'il
n'avait pas laissé de notes ?

— C'est exact.

— Pourtant, il m'a dit : « Attendez que j'aille chercher mon carnet de notes ». Puis il m'a lu des passages.
Vous avez sûrement dû retrouver ce cahier ?

— Non, dit Henry. C'est un des aspects curieux de
l'affaire. Vous rappelez-vous ce qu'il vous a lu ?

— Cela concernait surtout le rôle de Ben pendant la
Bataille d'Angleterre, les seize avions ennemis qu'il avait
abattus, enfin, tout cela. Une véritable épopée... Il y
avait aussi un passage sur une époque plus ancienne :
l'enfance de Ben, le presbytère de campagne, le père
sévère, mais bon ; la mère ravissante, mais malade ; une
belle famille anglaise étroitement unie.

Emmy allait intervenir, puis se ravisa.

— Savez-vous de qui Jo tenait ces renseignements ?
demanda Henry.

— Naturellement, dit suavement Barbara. De moi !

Emmy finit par retrouver la parole.

— Mais ce n'est pas vrai ! se récria-t-elle. Sa famille n'était pas unie comme vous le dites !

Barbara soupira et esquissa un sourire !

— N'est-ce pas consternant, dit-elle, comme les faux bruits ont la vie dure, même après des années ? Tous les racontars sur une prétendue mésentente entre Ben et son père étaient sans fondement. Quant aux choses injurieuses que l'on racontait sur sa mère, qui avait dû se rendre à l'étranger, pour raison de santé... La seule chose à faire, avec ces calomnies, c'est de les ignorer. Cela fait nombre d'années que je n'ai pas revu son père et sa mère. Mais je puis vous assurer que les Guest formaient vraiment une famille unie et heureuse.

Devant le sourire triste mais ferme de Barbara, Emmy ne dit rien, appréciant la façon dont elle traitait la vérité historique.

CHAPITRE VIII

Henry jugea le moment venu de faire diversion.

— Je crois que les avoués de votre mari avaient écrit à Parker, peu avant sa mort ?

— C'est ce que j'ai compris, dit Barbara.

— Savez-vous à quel sujet ?

— Pas exactement. Victor ne m'en avait pas parlé. Si bien que je n'ai appris l'existence de cette lettre que par Emmy, hier. J'ai interrogé Victor, hier soir, et il m'a dit que c'était une histoire de précautions juridiques, en rapport avec la loi sur la diffamation. Tout cela me dépasse !

— Je vois, dit Henry. Et maintenant, puis-je vous demander ce que vous avez fait entre sept et onze heures du soir, samedi dernier ?

— Je ne crois pas que vous puissiez me contraindre à répondre à cette question, dit-elle, ouvrant des yeux étonnés.

— En effet, je ne le peux pas, immédiatement. Mais cela nous simplifierait beaucoup les choses si vous le faisiez. Je ne peux pas imaginer que vous ayez quoi que ce soit à cacher ?

— Certainement ! Je suis restée ici toute la soirée, samedi. Je... — ses yeux glissèrent brièvement vers la photo — je triais de vieilles affaires, au grenier. Cela m'a pris beaucoup de temps.

— Eh bien, c'est un emploi du temps assez simple, constata Henry. Je suppose que votre mari pourra le confirmer ?

— Non, malheureusement. Victor n'était pas ici. Il s'était rendu, à une de ces réunions qu'il adore, une histoire d'anciens élèves de je ne sais où. Je crois que cela se passait au Dorchester. Il est parti d'ici avant six heures et il est rentré à deux heures et demie du matin. Je m'en souviens très bien, parce qu'il m'a réveillée.

Henry enregistra ce renseignement sans aucun plaisir. Rien ne prouvait que le mystérieux visiteur qui avait interrompu la conversation de Jo avec Emmy, fût son assassin.

Barbara devina probablement la morosité d'Henry. Elle sourit d'un petit air assez narquois.

— Ce que je vous dis là ne peut pas vous être bien utile, je le crains, remarqua-t-elle. J'étais seule ici. Quant à Victor, il était à Londres, ce qui, j'imagine, doit le rendre fortement suspect à vos yeux.

— J'avoue qu'il y a quelque chose qui m'intrigue, dans cette histoire, dit Henry. La dernière fois que nous sommes venus ici, j'ai eu l'impression que le projet... comment dirais-je... vous échappait un peu et que vous n'auriez pas été fâchée de vous en retirer...

— Jo était si impulsif ! dit Barbara, qui avait repris sa gravité. Il ne voulait pas démordre de son idée ridicule de donner un aspect mystérieux à la mort de Ben. Vous savez que telle n'était nullement mon intention, n'est-ce pas ? Je vais pouvoir aller de l'avant, désormais, dans l'esprit que j'avais toujours voulu donner au livre, quand j'aurai trouvé quelqu'un pour m'aider, conclut-elle, jetant un mauvais regard à Emmy.

— Si bien qu'en fait, remarqua Henry, la disparition de Jo vous arrange plutôt.

La réflexion parut amuser Barbara.

— Vous n'imaginez tout de même pas que ç'aurait été pour moi un motif suffisant de l'assassiner ?

— Non, dit-il. Ce serait un peu tiré par les cheveux. Mais, vous savez, dans mon travail, on a continuellement des surprises, quand on découvre les mobiles des gens.

— Je pense que c'est une constatation que chacun de nous peut faire, dit Barbara qui avait jeté un bref regard à la photo. Inspecteur Tibbett, avez-vous une idée quelconque de la raison pour laquelle Jo tenait tant à visiter l'aérodrome de Dymfield ?

— Non, dit Henry. J'espère être en meilleure position pour vous répondre au prochain week-end, dit Henry. Emmy et moi, nous devons nous-mêmes nous rendre à Dymfield...

Mais il s'interrompit, la porte s'ouvrait. Victor entra, suivi de plusieurs chiens qui bondirent dangereusement dans le salon.

— Les Tibbett ! s'exclama-t-il. Qu'est-ce qui vous amène ici ? Quelle bonne surprise... J'espère que Barbara vous a reçus convenablement. Que dites-vous de cette histoire du pauvre Jo ? Choquante, n'est-ce pas ? Je n'arrive pas à imaginer ce qui a pu le pousser à un pareil geste.

Il frotta ses larges mains devant le feu et raconta sa chasse avec force détails.

— Mais, nous n'allons tout de même pas nous claque-murer ici tout l'après-midi, Doucette ? Que diriez-vous d'un petit tour dans le parc ?

Il n'y avait pas moyen d'y couper. Emmy eut beau protester qu'elle n'avait pas de chaussures appropriées, Victor écarta l'objection.

— Bien entendu, il n'est pas question de vous faire *crapahuter* avec vos petites chaussures de ville, dit-il. Mais nous avons ici un tas de bottes dans lesquelles vous trouverez sûrement une paire à votre pied.

Il leur ouvrit la porte d'une assez grande pièce qui servait de vestiaire et qui donnait dans l'entrée. Elle était encombrée d'un désordre de bottes de caoutchouc, de cannes, de colliers de chien, de vieux imperméables et d'autres articles indispensables dans une maison de campagne de ce style.

Victor jeta à Henry deux bottes de caoutchouc noir assez boueuses. Emmy aperçut alors une paire de bottes de vol, vieilles, poussiéreuses, et déposées tout près de la porte.

— Oh ! s'écria-t-elle. Vous avez encore vos vieilles bottes de la R.A.F. ? Elles étaient sensationnelles, n'est-ce

pas ? C'était notre rêve, à nous, les W.A.A.F., de nous
en procurer une paire.

— Mes bottes de vol ? Je les ai égarées depuis des
années. Je...

Il s'arrêta net en apercevant les bottes de cuir noir,
d'où dépassait la doublure de peau de mouton.

De l'entrée, la voix de Barbara leur parvint.

— C'est moi qui les ai trouvées, chéri. Dans la vieille
malle qui est au grenier. J'ai pensé qu'elles pourraient
t'être utiles.

— Vraiment ? dit Victor, qui semblait un peu déconcerté. Utiles ? Oui, peut-être. Mais elles sont beaucoup
trop chaudes pour une journée comme celle-ci.

Il caressa les bottes, comme un homme qui retrouve
un couple de chiens fidèles.

— Je croyais bien les avoir perdues, dit-il. Nous en
avons pas mal vu ensemble, elles et moi.

— Voyons, où en étions-nous ?

Emmy fut bientôt équipée et ils se mirent en route
tous les trois, pataugeant dans la boue du parc, Emmy
remarqua que Victor n'avait même pas semblé envisager
que Barbara pourrait ne pas rester à la maison.

Quand ils revinrent, Victor laissa Henry et Emmy
changer de chaussures et se laver les mains et passa à la
cuisine, où Barbara préparait le thé. Les Tibbett se réchau-
faient auprès du feu du salon quand Victor les rejoignit.
Il avait l'air positivement bouleversé.

— Ce que Barbara vient de me dire est extraordinaire, Tibbett ! D'après elle, vous penseriez que Jo pourrait avoir été assassiné ?

— Elle n'aurait pas dû vous le répéter, dit Henry.
Mais, pour l'amour de Dieu, gardez cela pour vous ! Oui,
c'est vrai. Encore que, comme je l'ai expliqué à votre
femme, ce ne soit qu'un soupçon tout personnel.

Henry interrogea Victor sur ce qu'il avait fait le
samedi matin. Vic confirma ce que Barbara avait dit.

— Et vos avoués ont écrit à Parker, sur vos instructions ?

— Vous avez déniché cela, aussi ? Je ne tenais pas à ce que Barbara s'expose à un procès en diffamation.

— Vous pensiez à quelqu'un en particulier ?

Victor partit d'un petit rire bref.

— N'importe lequel d'entre eux, à mon avis ! bougonna-t-il. Baggot ne pense manifestement qu'à l'argent. Price est un requin en affaires, malgré ses airs de chérubin. Annie Day a un cœur de silex, un mari impécunieux et des enfants qui lui coûtent cher. Quant à Sam... enfin, vous le connaissez comme moi. Et puis, il y a le père de Ben.

— Le Révérend Sidney, précisa Henry.

— Vous le connaissez ? dit Victor, surpris.

— Non, je ne l'ai jamais vu.

— Moi non plus, dit Victor, fronçant le sourcil. Mais on ne sait jamais. Mon vieux Sherlock, qui peut jamais savoir dans quelle mesure n'importe qui est renseigné sur n'importe quoi ? De toute façon, je puis vous assurer que la lettre de Pringle n'a aucune signification particulière. Ce n'était qu'une précaution de routine, pour sauvegarder mon compte en banque.

Il jeta une nouvelle bûche dans le feu.

— Sale affaire ! grommela-t-il. Si l'on a vraiment réglé son compte à Jo, je veux dire... J'espère que vous pourrez éviter que Barbara soit mêlée à tout ça.

— Cela dépend de vous, répondit carrément Henry. Il faut que vous la persuadiez de renoncer à cette idée de livre. Or, elle paraît plus entichée de son idée que jamais !

— Dieu tout puissant ! soupira Victor. Enfin, je ferai ce que je pourrai.

Après le thé, Henry et Emmy firent leurs adieux et allèrent reprendre leurs manteaux. Comme ils sortaient Henry aperçut dans le salon, Victor : planté devant la photo souriante de Ben Guest.

Henry et Emmy ne parlèrent pas beaucoup pendant le retour. Emmy regardait fixement droit devant elle, la route luisante derrière le pare-brise mouillé.

— Ce sont ces maudites bottes, dit Emmy. Ce n'étaient pas celles de Victor. C'étaient les bottes de vol de Ben Guest.

— Très intéressant ! dit Henry, doucement.

— J'ai trouvé cela... inquiétant. Cette photographie, ces bottes... Je me demande ce que Barbara peut bien manigancer ?

— Je croyais que tu avais trouvé l'explication, tout de suite ? C'est pourtant bien toi qui m'as dit que tu pensais qu'elle souffrait d'un complexe de culpabilité ? Tu avais probablement raison.

— Tu crois ? demanda Emmy, visiblement mal à son aise.

Ils continuèrent leur route en silence.

*
**

La porte du bungalow blanchi à la chaux s'entrouvrit à peine, en réponse au coup de sonnette d'Henry.

— Inspecteur Tibbett ?

Emmy reconnut à peine la voix : c'était celle d'un vieil homme fatigué.

— Oui, monsieur Guest, sans doute ? Je crois que vous connaissez déjà ma femme.

La porte s'ouvrit davantage. Le Révérend Sidney apparut.

— Votre... ? Vous ne m'aviez pas dit qu'elle était votre femme. Quand vous avez téléphoné...

— Je vous ai dit que je venais ici en ma qualité officielle, et je crains que ce ne soit malheureusement le cas, dit Henry... Et comme vous connaissez ma femme...

— Vous feriez mieux d'entrer, coupa Sidney Guest, qui paraissait fort abattu. Je suis tout de même surpris, Inspecteur. J'imagine que c'est très irrégulier de votre part d'amener votre femme pour une démarche officielle.

Il leur ouvrit la porte du salon, leur fit signe de s'asseoir et s'installa derrière son bureau.

— Eh bien, allez-y ! dit-il. De quoi s'agit-il, cette fois ? Combien ?

— Je vous demande pardon ? dit Henry, interloqué.

— Ne tournez donc pas autour du pot, jeune homme ! dit le Révérend. J'invoquerai un manque de surveillance, naturellement. Vous devez le comprendre.

— Monsieur Guest, dit Henry, je crois que vous faites erreur. Ma femme vous a écrit une lettre...

Ce fut au tour de Guest de paraître ahuri.

— Qu'est-ce que cette lettre vient faire dans cette histoire ? Ce n'est tout de même pas pour cela que vous êtes venu ?

— Si, indirectement. Vous vous souvenez, ma femme est venue vous voir la semaine dernière au sujet d'un livre que l'on projetait d'écrire sur votre fils ?

— C'est exact. Puis, elle m'a écrit pour me dire que l'affaire était annulée, parti que je considère comme fort sage.

Rejeté en arrière dans son fauteuil, il bourrait sa pipe. Il se tourna vers Emmy.

— Je pense donc que votre collègue et vous ne viendrez pas me voir demain ? Vous pouvez le féliciter de ma part d'avoir trouvé mieux à faire de son temps...

— Je crains qu'il ne soit devenu très difficile de féliciter Jo Parker, coupa Henry. S'il n'est plus question du livre, c'est que Jo Parker est décédé.

Le Révérend Sidney resta un moment abasourdi.

— Quelle chose extraordinaire ! dit-il, quand il retrouva sa voix. Décédé ? Mais j'avais compris que c'était un ancien camarade d'Alan ? Il devait être très jeune ?

— La quarantaine un peu passée, déclara Henry.

— Un accident d'auto, je suppose ? La folie de la vitesse !

— Ce n'était pas un accident d'auto, dit Henry. On a trouvé Parker mort chez lui. Apparemment, il s'était suicidé.

Cette nouvelle produisit une réaction inattendue. Le Révérend Sidney fit entendre un reniflement dégoûté.

— Typique ! Typique de la jeune génération ! Pas de caractère, pas de fibre morale ! Regardez Alan, exactement la même chose ! Suicide ! Oh, je sais, on l'a officiellement porté « disparu », mais tout le monde sait parfaitement ce qui s'est passé. Dès qu'il s'est heurté à la moindre difficulté, il s'est dérobé. La solution de facilité, sans aucun égard pour les autres. Il semble que son ami ait agi exactement de la même façon.

— Soit dit en passant, fit Henry, qui avait de plus en plus de mal à maîtriser son irritation, je crois que Parker était un homme courageux, bien doué et qui n'a pas eu de chance. J'essaie de déterminer les raisons et les circonstances de sa mort, et j'espère que vous pourrez m'aider.

— Moi ? Quelle idée étrange, mon bon monsieur ! Je n'ai jamais vu cet homme. Il y a des mois que je ne me suis pas rendu à Londres...

— Vous connaissiez au moins son nom et son adresse qui se trouvaient sur le questionnaire que je vous ai laissé, dit Emmy.

— Ah ! Ce ramassis de questions stupides et impertinentes ! Je l'ai mis au feu dès que vous avez eu quitté la maison.

— Faute d'autre chose, dit Henry, vous pourrez tout de même me dire ce que vous avez fait dans la soirée de samedi dernier, entre sept et onze heures ?

Le Révérend Sidney se leva brusquement et se dressa, majestueux.

— Je mangeais mon modeste dîner et je me mettais tranquillement au lit, gronda-t-il. J'ai assuré le service de la communion à Snettle, à la première heure, le dimanche matin. Etes-vous satisfait ? Dans ce cas, veuillez quitter ma maison ! Et notez que je considère cette affaire comme irrégulière. Si vous m'importunez encore, j'écrirai à vos supérieurs, à mon représentant au Parlement et au *Times*. Bonsoir !

Les Tibbett remontèrent dans leur voiture.

Henry mit le contact et laissa le moteur chauffer un moment. Il montra du menton une clôture de barbelés rouillés, sur leur droite.

**

— Je suppose que c'est la base de Dymfield ? dit-il.

— Sans doute. Comme me l'avait dit le Révérend Sidney, ce doit être l'extrémité d'une des pistes.

— Crois-tu que tu pourrais me retrouver l'entrée principale ?

— Je crois, oui, dit Emmy. Mais tout sera sûrement barricadé, verrouillé. Nous ne pourrons pas entrer.

Henry s'égara dans des chemins étroits et détrempés qui ne menaient nulle part. Ils finirent par trouver un vieux portail dont les deux battants métalliques étaient surmontés de fil de fer barbelé rouillé. Une baraque sur laquelle subsistaient des traces d'une peinture de camouflage était tout ce qui restait du poste de garde. Henry et Emmy s'approchèrent de la clôture. Dans le soir qui tombait, on distinguait une route bétonnée. De mauvaises herbes sortaient de toutes les fissures du ciment. Quelques hangars étaient encore debout, avec, des trous béants par lesquels on apercevait de fortes charpentes métalliques. Des écriteaux effacés : « Entrée interdite » — « Propriété du ministère de l'air ». Sur d'autres, on avait du mal à reconnaître des lettres dont on ne savait plus ce qu'elles désignaient, accompagnées de flèches indistinctes. Dans le crépuscule humide, tout cela donnait une impression de désolation accablante.

Emmy frissonna. Il lui était presque impossible de croire qu'elle avait franchi cette porte, vingt ans plus tôt, dans la voiture camouflée de l'escadrille : Ben l'emmenait alors pour son premier vol...

— Rentrons chez nous, dit Emmy à Henry. Sam avait bien raison.

— Hum ! dit Henry, qui regardait par la fenêtre du vieux poste de garde. Je suppose qu'on tenait registre de tous ceux qui entraient et sortaient ? Mais, bien sûr, je ne peux pas espérer retrouver ces registres aujourd'hui.

— Après tant d'années ? Bien sûr que non.

Ils s'en retournèrent à Londres dans un silence presque complet.

— Tu ne trouves pas un peu étrange que Barbara ait chez elle les bottes de Ben ? demanda Henry, à un moment.

— Pas du tout ! répondit Emmy. Des bottes comme ça, tout le monde en avait. J'en avais une paire, moi aussi.

— A qui avaient-elles appartenu ?

— Je ne sais pas. Un pauvre type qui n'en avait plus besoin, pour une bonne raison, sans doute.

Après une route rendue fatigante par la pluie, ils retrouvèrent la maison victorienne dont ils occupaient le rez-de-chaussée.

— Il faudra que je retourne là-bas, dit Henry. Je veux regarder cet aérodrome de plus près. Je demanderai l'autorisation au ministère de l'air. J'espère que tu m'accompagneras. Cela m'aiderait beaucoup. Mais, si vraiment cela te déprime trop...

Emmy se tourna vers lui, souriante.

— Bien sûr que je viendrai, mon chéri, dit-elle.

Le lendemain matin, Henry passa quelque temps à son bureau à étudier les documents trouvés dans l'appartement de Jo Parker. La lettre des Pringle ne lui apprit rien. Celle d'Annie était nettement plus colorée :

« Jo, pauvre imbécile, dans quel guêpier êtes-vous allé vous fourrer ? Vous êtes déjà assez répugnant d'aller remuer la boue vous-même, sans y mêler encore la pauvre petite Doucette. Je vous préviens, ignoble canaille, que, si vous n'arrêtez pas immédiatement cette histoire de fous...

Annie Meadowes »

Henry relut plusieurs fois ce billet. Fallait-il y voir une lettre de menaces ? Sûrement pas. Ces injures amicales étaient de celles qu'on emploie couramment entre amis intimes ou membres d'une même famille.

La lettre de James Baggot répondait bien, à ce qu'on pouvait attendre de lui. Baggot s'intéressait beaucoup au manuscrit, mais essayait de s'assurer les droits pour une bouchée de pain.

Enfin, Henry jeta un coup d'œil à la réponse qu'avait faite Sam Smith au questionnaire de Jo. Sam était apparemment la seule personne à avoir répondu.

Le questionnaire commençait directement, sans suscription :

« *Veuillez répondre aux questions suivantes de façon aussi détaillée que possible et renvoyer ce questionnaire à Jo Parker, 86 Nisbet Road, Earl's Court. S.W.5.*

`1. Où et quand avez-vous vu Ben Guest pour la première fois ?

2. Quelle impression vous faisait-il ?

3. De quelle date à quelle date avez-vous servi à Dymfield ?

4. Quel emploi occupiez-vous à Dymfield ?

5. Donnez un compte rendu aussi détaillé que possible de la soirée de la mort de Ben. Décrivez notamment vos mouvements et ceux des autres personnes. Dites quand vous avez vu Ben pour la dernière fois, etc.* »*

Sam Smith n'avait pas répondu sur le formulaire. Il avait épinglé au questionnaire une feuille couverte d'une petite écriture nette.

1. J'ai fait la connaissance de Ben à la base R.A.F. de Falconfield en 1941. Je le détestais carrément, bien qu'à la réflexion c'était surtout Barbara qui me déplaisait, dans le couple. Mon impression des Guest ? Je n'avais jamais vu de ma vie couple aussi vaniteux. Ils se vantaient de leurs belles relations. Enfin, impossibles. Peu après l'arrivée des Guest, j'ai été versé à des emplois au sol, à cause de mon âge. J'attendais d'être affecté au cours de formation des contrôleurs quand Guest a eu son accident. Je mentirais si je disais que j'en ai été navré. Ça m'a plutôt donné l'impression qu'il y avait une justice en ce monde. Je regrette de vous dire ça, mon vieux Jo, mais c'est la vérité.

2. Voir ci-dessus.

3. De novembre 1942 à octobre 1943. Vous vous rappelez sûrement que j'ai été affecté en Ecosse le lendemain même de la mort de Ben.

4. Contrôleur, naturellement.

5. Simple. J'avais une perm de vingt-quatre heures. J'ai quitté la base au moment du déjeuner mais, comme je restais dans le voisinage, je suis repassé au Central Ops vers six heures pour voir le spectacle. Vous étiez de ser-

vice avec Doucette et Annie. J'ai entendu Doucette appeler Flocon 32 mais ce n'est vraiment pas la peine que je m'étende là-dessus : vous savez tout cela, puisque vous étiez là. J'ai eu très nettement l'impression que Guest n'était pas très maître de son appareil. N'avez-vous jamais eu l'idée qu'il pourrait s'être cassé la figure simplement parce qu'il était incapable de piloter un Typhoon ? Il est très possible que Barbara ait inventé cette histoire de suicide parce qu'elle trouvait que cela faisait mieux. Barbara, ou quelqu'un d'autre. Je ne vois rien d'autre qui puisse vous être utile.

Sam Smith

P.S. — *Si vous voulez des détails supplémentaires sur ma perm de vingt-quatre heures, vous ne tirerez rien de moi. Je suis maintenant un homme respectable et marié.*

P.P.S. — *Est-ce que par hasard vous ne pourriez pas me prêter dix livres jusqu'à vendredi prochain ? »*

Henry se dit qu'il aurait intérêt à faire la connaissance des Smith. On était jeudi ; ils devaient être revenus. Il enfila son imperméable et se mit en route pour Finchley.

*
* *

Henry avait de la chance : la vilaine petite maison n'était plus fermée. Par les fenêtres ouvertes, une musique pop tonitruante se déversait sur le voisinage. Dans le jardin voisin, madame Tidmarsh accrochait des chemises à la corde à linge.

— Ils sont revenus, dit-elle. Elle est là. Lui est à son travail. Je lui ai dit, à elle, que vous étiez venu. J'avais raison. Ils étaient à Paris. Je vous l'avais bien dit !

Henry posa le doigt sur la sonnette de l'entrée et une fenêtre s'ouvrit aussitôt, à l'étage.

— Qui est-ce ? cria une voix.

Henry leva la tête et resta bouche bée à la vue de la jeune femme qui se penchait sur l'appui de la fenêtre. Elle portait un kimono de soie rose. Son petit visage jeune, aux traits durs, était maquillé à outrance. Mais, ce qu'elle avait surtout d'extraordinaire, c'étaient ses cheveux, une masse impressionnante qui entouraient son visage d'un nimbe jaune vif.

— Qui êtes-vous et que me voulez-vous ? demanda-t-elle.

— Madame Smith ? demanda Henry, timidement.

— Bien sûr que je suis madame Smith. Qui voulez-vous que je sois d'autre ?

— J'aimerais m'entretenir un instant avec vous.

— Je ne sais pas ce que vous vendez, mais nous n'en avons pas besoin.

— Je ne vends rien, assura Henry.

— Allez-vous-en ! cria Mme Smith, irritée. Vous ne voyez pas que je me coiffe ?

— Je suis déjà venu l'autre jour, insista Henry, mais vous étiez sortie. Vous étiez à Paris, je crois.

— Vous êtes tenace ! répliqua la femme. Si mon mari vous doit de l'argent, ça n'est pas mes oignons. Et c'est la même chose si vous avez été assez idiot pour acheter une de ses maudites bagnoles et si vous vous êtes aperçu qu'elle ne marchait pas.

Là-dessus, elle rentra la tête et referma bruyamment la fenêtre.

— Madame Smith, insista Henry, je désire vous parler au sujet du livre que ma femme écrit. Je croyais qu'elle vous avait téléphoné ?

— C'est pour ça ? Pourquoi ne l'avez-vous pas dit plus tôt, imbécile ! Une minute. Je descends.

— Je m'excuse beaucoup, dit Mme Smith, mais vous m'avez surprise au mauvais moment. Il va me falloir encore vingt bonnes minutes pour terminer.

— Terminer quoi ?

— Ma coiffure, naturellement. Voulez-vous attendre, ou préférez-vous que je descende ma glace et que je continue pendant que nous bavarderons ?

— Faites donc, je vous en prie ! dit Henry.

— Je vous offrirais bien de monter, dit-elle. Seulement, Sam est tellement jaloux que je ne m'y risquerais pas. Asseyez-vous et versez-vous quelque chose à boire.

Elle revint deux minutes plus tard, avec une panoplie de brosses, de peignes et un miroir.

— Bon, dit-elle en s'installant. Allez-y !

— J'ai cru comprendre que vous reveniez tout juste de Paris, madame Smith ?

— Oui, nous ne sommes rentrés que ce matin. Je croyais que vous étiez venu me parler de ce livre sur l'aviation ?

— C'est bien cela, dit Henry. Enfin, dans un sens.

— Que voulez-vous dire ? N'êtes-vous pas le mari de la dame... celle qui a téléphoné ? Vous venez réclamer de l'argent ? Mais vous perdez votre temps !

— Je ne vends rien et je ne veux pas d'argent. Je suis de la police.

Cette simple déclaration causa certaines réactions et les yeux de Mme Smith ne quittèrent pas le miroir.

— Voilà du nouveau ! dit-elle. Que diable nous voulez-vous ? Sam a-t-il encore stationné dans un endroit interdit ?

— Non ! Mais j'ai quelques questions à vous poser, simplement, au sujet de ce livre de ma femme.

— Voilà qui est bien mystérieux ?

— Le fait est que la personne qui écrivait le livre a eu un accident, samedi dernier. Alors, nous demandons un peu à tout le monde qui pourrait savoir quelque chose.

— Samedi ? Vous vous êtes trompé de porte. Nous étions à Paris.

— Je crois que vous êtes partie d'ici vers midi, avec une valise ? dit Henry.

— Je suis partie avant le déjeuner. J'ai déposé ma valise à Victoria et j'ai fait des courses.

— A quelle heure était votre avion ?

— Qui vous a parlé d'avion ? Nous sommes allés là-bas par le train et le bateau.

— Vous rappelez-vous l'heure à laquelle votre train est parti, et à quelle heure vous êtes arrivés ?

— Je ne suis pas sûre de l'heure juste. Sam avait dit qu'il fallait que je sois à Victoria à quatre heures. Nous sommes arrivés à Paris vers... je ne sais pas. Tard. Nous avons dîné dans un petit bistrot quelque part.. ne me demandez pas où.

— Vous ne vous rappelez pas quelle heure il était ?

— Quelle importance cela peut-il avoir ? Il devait être près de minuit. Ensuite, Sam m'a emmenée dans une sorte de petite cave où nous avons bu du cognac et nous avons dansé. Nous ne sommes rentrés à l'hôtel qu'au petit matin. A l'hôtel de l'Etoile, si ça vous intéresse.

— Je m'intéresse à tout, dit Henry, souriant.

Elle était enfin coiffée et toute prête à jouer son rôle de femme fatale

— Pour ça, je suis sûre que vous vous intéressez à tout, dit-elle d'une voix roucoulante. Vous savez je n'ai encore jamais connu de policier.

Henry se leva discrètement.

— Je crois que ce sera tout, madame Smith. Vous m'avez beaucoup aidé.

— Je pourrais vous être encore plus utile, peut-être...

Elle s'était levée, elle aussi.

— Vous ne m'avez pas dit ce qui était arrivé à ce type, l'auteur du livre ? dit-elle, avançant sur lui. Aurait-il été victime d'un règlement de comptes ?

— Oh, rien de si dramatique, non ! dit-il, inquiet. Un accident dans sa cuisine. Les accidents au foyer sont responsables d'un plus grand nombre de décès que les accidents de la route.

— Vous posez beaucoup de questions, dit-elle, pour un simple accident dans une cuisine ? Vous voyez, monsieur... euh... je connais pourtant votre nom ?

— Je m'appelle Tibbett.

— Exactement. J'espère bien que nous n'en resterons pas là, Henry Tibbett.

Marlène, ondulant de la croupe, s'était approchée d'une petite table et prit une cigarette dans un coffret à musique qui se mit à jouer « *Auprès de ma blonde* ». Puis elle alluma sa cigarette et souffla délibérément sa fumée au visage d'Henry. Il s'enfuit précipitamment et ne commença à respirer librement que lorsqu'il se retrouva en sécurité dans la rame du métro.

Sam Smith n'était pas seul dans le hall d'exposition de voitures quand Henry arriva. On l'apercevait avec un petit homme vêtu d'un complet sombre, en conversation particulièrement animée. Henry poussa la porte et entra.

— Ecoutez, Trimble, mon vieux..., disait Sam.

— Ne me donnez pas de ces « Trimble » et de ces « mon vieux », répliqua le petit homme, irrité. Je vous l'ai déjà dit, Smith, nous n'attendrons pas un jour de plus. Pas un seul jour !

— Voyons, soyez raisonnable ! J'étais à Paris...

— Vous n'êtes pas resté à Paris depuis avril, dit méchamment le petit homme.

Ce fut à ce moment que Sam aperçut Henry.

— Trimble, dit-il discrètement, il faut que vous m'excusiez, mais il y a un client dont il faut que je m'occupe. Quant à cette autre petite affaire... j'espère avoir bientôt de bonnes nouvelles.

— Ça vaudrait mieux pour vous, dit le petit homme.

Il s'enfonça sauvagement un minuscule melon sur la tête et se dirigea vers la rue.

— Impatient ! Impatient ! Comme tous ces jeunots... dit-il en confidence à Henry. Il sait pourtant bien que je ne peux pas lui garantir que je lui procurerai une Panther Spécial 1928 en quelques semaines !

Il jeta à Henry un regard rapide, scrutateur.

— Est-ce que vous vous intéressez à un modèle particulier, monsieur ?

— Non, pas réellement, dit Henry. Vous êtes bien Sam Smith, n'est-ce pas ? Peut-être pourrions-nous bavarder tranquillement quelque part ? Je suis l'Inspecteur-chef Henry Tibbett.

Henry tendit sa carte et Sam s'exclama :

— Mais vous êtes le mari de Doucette !

— C'est exact, dit Henry, légèrement irrité. Mais je ne suis pas venu pour une visite mondaine.

Arrivés dans un bureau en désordre, Sam et Henry s'assirent.

— Eh bien, de quoi s'agit-il ? demanda Sam.

— J'ai cru comprendre que vous reveniez à l'instant de Paris ? demanda Henry.

— Exact. Ce matin-même. Un voyage très réussi. Nous faisons beaucoup d'affaires avec le continent.

— Et vous avez quitté Londres samedi après-midi, par le train ?

— Certainement. Pour prendre l'avion, il faut vraiment que je sois obligé de le faire, mon vieux. J'ai eu assez de ce plaisir pendant la guerre. C'est terriblement dangereux ? Mais où voulez-vous en venir ?

— Comme vous avez été absent, dit Henry, il se peut que vous ne sachiez pas que Joseph Parker est mort.

— Mort ? répéta Smith, ahuri. Mais il travaillait à ce livre sur Ben... Je lui ai encore écrit, pas plus tard que la semaine dernière. Il ne peut pas être mort ! Un accident ? Vous pouvez dire que ça me fiche un coup !

— Quand avez-vous vu Parker pour la dernière fois, Smith ? demanda Henry.

— La dernière fois que je l'ai vu ? Quelle question ! Attendez, je peux vous le dire : le 14 octobre 1943. Le jour où j'ai quitté le camp. Je l'avais bien oublié quand votre charmante femme est venue ici, et m'a parlé de ce livre. C'est pourquoi j'ai écrit à Parker, pour lui renvoyer le questionnaire qu'elle m'avait laissé.

— Je sais, dit Henry. Nous avons trouvé votre lettre chez lui.

— Quand cela s'est-il passé ? demanda Smith.

— Cela s'est passé samedi soir, dit Henry. Après neuf heures. C'est pour cela que j'interroge les personnes qui pourraient savoir quelque chose.

— Je vois. Dans ce cas, j'ai de la chance. Ce que vous pourriez appeler un alibi en or !

— Pour compléter mon dossier, dit Henry, pouvez-vous me dire quand vous êtes arrivé à Paris, et où vous êtes descendu ?

— Nous sommes arrivés pour dîner, mais tard. Ensuite, nous sommes allés dans un cabaret et il était tard quand nous sommes rentrés à l'hôtel de l'Etoile. Plus près de trois heures du matin que de deux, à mon avis.

— Je crois que c'est tout, dit Henry. A propos, que pensiez-vous de l'idée de ce livre sur Ben Guest ?

— Ce bouquin, que va-t-il devenir ?

— Rien. Le projet est annulé. Emmy a dû vous l'expliquer, dans sa lettre ?

— Une lettre ? Quelle lettre ?

— Je suis surpris que vous ne l'ayez pas reçue.

— Enfin, dit Sam d'un ton détaché c'est l'affaire de Barbara Guest ! Une jolie femme, mais...

— Cela me rappelle, dit Henry, que j'ai fait la connaissance de votre charmante femme, ce matin.

— Ma femme ? Vous voulez dire que vous êtes allé à Finchley ? C'était peut-être un peu libre de votre part. Vous auriez pu commencer par me demander la permission.

Il paraissait contrarié et Henry, maintenant qu'il connaissait Marlene, ne s'en étonna guère.

— Je crains de l'avoir surprise à un moment crucial, ce matin, dit Henry en riant. Mais enfin, rien n'est inutile et j'ai appris certaines petites choses. Et j'en découvrirai d'autres.

— Vraiment ? Auprès de qui ?

— Auprès d'Annie, par exemple, dit Henry.

— Vous pouvez l'interroger, bien sûr, dit-il, mais je doute que cela vous rapporte grand-chose. Si vous permettez à un vieux copain d'Emmy de vous donner un conseil, laissez tomber, mon vieux.

Quand Henry revint à Scotland Yard, les réponses aux questions qu'il avait posées au téléphone l'attendaient. Un premier rapport assurait qu'aucune compagnie aérienne n'avait trace d'un couple Smith qui se serait rendu à Paris samedi. Une madame Smith avait voyagé seule par le vol de 14 heures 15 ; une mademoiselle Smith avait pris le vol de 16 heures 50, et trois Smith distincts avaient pris les vols de 17 heures 30, de 19 heures 15 et de 23 heures 59. Il était naturellement impossible de vérifier les voyageurs isolés qui avaient emprunté le chemin de fer et le bateau. L'hôtel de l'Etoile confirmait le séjour des Smith. Comme chaque fois qu'une de ses théories volait en éclats, Henry se sentit découragé.

Le second rapport lui rendit un peu de courage ;

c'était au moins une amorce de piste. Conformément à sa demande, on avait relevé les coups de téléphone donnés depuis chez Smith ce jour-là. Il s'agissait pour la plupart de communications locales sans intérêt. Mais, cinq minutes après qu'Henry ait quitté le hall d'exposition, Smith avait appelé Whitchurch.

CHAPITRE IX

Le ministère de l'air avait posé des questions sur les raisons de la requête de l'Inspecteur-chef Tibbett mais avait réagi de façon assez coopérative. Certainement, déclara le commandant, l'Inspecteur-chef pouvait visiter ce qui restait de Dymfield. Mais il ne restait vraiment rien à voir : quelques ruines et des pistes envahies par les mauvaises herbes. La plus grande partie du terrain avait été rendue à l'agriculture. Le mess des officiers avait entièrement disparu. Quant au bloc du Central Opérations, il était toujours là, à la charge du Service de l'Entretien. On l'utilisait pour des stages de formation. Le commandant accepta de fournir un guide à Henry : un officier subalterne, muni des autorisations et des clés nécessaires. Il ne voyait aucun inconvénient à ce qu'Emmy et le sergent Reynolds les accompagnent.

Ce fut ainsi que les quatre conspirateurs se mirent en route, le vendredi matin. Il faisait beau. Henry conduisait lui-même la voiture de police.

Le sous-lieutenant Simmonds paraissait à Emmy un peu trop jeune, non seulement pour être officier, mais pour porter l'uniforme. Il ne pouvait pas avoir plus de dix-neuf ans. Puis elle se rappela qu'au même âge, elle avait eu un grade équivalent et avait assumé des responsabilités considérables. Soudain, elle éclata de rire. Le sous-lieutenant Simmonds parut saisi.

— Excusez-moi, dit Emmy. Je réfléchissais. Je me

disais qu'on ne vieillit pas, en fait. C'est seulement que les autres rajeunissent. Vous ne pouvez pas avoir idée de ce dont je parle, dit Emmy. Mais attendez simplement une vingtaine d'années.

— Euh... oui, madame Tibbett. Je n'y manquerai pas.

La conversation languit. Emmy avait cru comprendre que Simmonds avait récemment achevé sa période de formation de pilote et qu'il était affecté provisoirement au Ministère de l'air, dans l'attente d'une affectation. Il espérait qu'on le nommerait outre-mer. Un garçon bien formé à la discipline militaire, il était fort réticent quand on lui parlait du nouvel appareil sur lequel il avait été entraîné.

Simmonds sortit une clé de sa poche et ouvrit le portail principal de l'enceinte. Emmy courut devant les hommes et arriva la première à la porte du Central Opérations. Elle s'arrêta, la main sur la serrure, et dressa l'oreille. Les pas qui s'approchaient, derrière elle, sur l'allée de béton, en évoquaient d'autres. Les années disparurent et elle revécut en pensée sa dernière entrevue avec Ben et leurs adieux.

— Eh bien, nous y sommes, madame Tibbett. C'est l'entrée du Central Ops, n'est-ce pas ? Voici la clé.

La clé tourna, avec un petit déclic de serrure bien entretenue, et le sous-lieutenant Simmonds poussa la porte noire.

— Mieux vaut que vous me laissiez passer le premier.

— Non, dit Emmy, laissez-moi faire. Je sais où se trouvent les commutateurs électriques.

— Faites attention, madame Tibbett !

Lentement, Emmy descendit les marches de béton familières, dans l'obscurité. Automatiquement, sa main se dirigea vers le panneau des commutateurs électriques. Les lampes s'allumèrent et les trois hommes descendirent derrière Emmy, avec des râclements de talons sur le béton. Emmy tourna à gauche et franchit une lourde porte qui donnait dans le Central Ops.

La partie centrale de la grande salle souterraine était vivement éclairée. A plus de deux mètres au-dessous de la galerie vitrée dans laquelle se tenait Emmy, la grande

table de traçage occupait la majeure partie de l'espace
semi-circulaire. Elle était couverte d'une immense carte
représentant un secteur de la côte est de l'Angleterre.

Henry entra dans l'obscurité de la galerie et s'arrêta
à côté d'Emmy. Il ne fallait pas beaucoup d'imagination
pour peupler la salle de silhouettes de garçons en battle-
dress gris-bleu, pour se représenter les flèches rouges
comme les itinéraires réels des avions et les trajectoires
bleues inverses comme ceux des Typhoons de la défense.

Henry passa son bras autour de la taille d'Emmy qui
frissonnait.

— C'est la table de traçage, dit-elle. C'était ici, en
haut, que nous travaillions, nous. Il faisait toujours sombre, dans la galerie, pour que nous puissions voir la
table plus nettement.

— Vieille cave sinistre, pas vrai ? dit Simmonds. Avec
ces radars préhistoriques et ces coucous qui se traînaient,
c'est un miracle qu'ils se soient débrouillés aussi bien.

— Probablement parce qu'« ils » connaissaient tout
de même assez bien leur métier, vous savez ? dit Emmy,
piquée.

Elle fut contente de constater que son irritation avait
un effet salutaire sur son moral. Elle se sentit mieux
d'avoir remis Simmonds à sa place.

— Bien sûr, madame Tibbett. Bien sûr.

Le jeune officier avait beaucoup rougi. Emmy se rendit compte qu'elle avait dû répliquer assez sèchement.
Elle se rendait compte aussi, non sans un serrement de
cœur, qu'elle devait paraître aux yeux de ce jeune garçon
comme une véritable croûlante.

Henry se renseigna de façon approfondie sur le fonc-
tionnement du Central Opérations. Simmonds lui dit qu'il
n'y avait d'ailleurs plus aucun personnel permanent
affecté à Dymfield.

— Oui, remarqua Henry. Je ne sais vraiment pas
ce que Jo espérait trouver ici, à part l'atmosphère, la
couleur locale.

— Une chose encore, seulement, demanda Henry à
sa femme. Pourrais-tu me montrer, sur cette table, le tra-
jet approximatif suivi par l'avion de Guest ?

Emmy descendit dans la partie souterraine du Central et prit une baguette de plotter.

— Le radar l'a repéré ici, dit-elle. Il a décrit un cercle, pour gagner de la hauteur. Quand il est arrivé à quinze mille pieds, environ, il a cessé de tourner et a pris un cap zéro-neuf-zéro, c'est-à-dire à l'est. Il faisait route vers la côte.

La baguette se déplaça sur la table gigantesque.

— C'est à ce moment-là que je l'ai appelé et qu'il m'a répondu. Il est arrivé au-dessus de la mer et il a décrit une grande boucle, un peu comme ceci...

Le bout de la baguette traça un cercle, traversant la côte, s'infléchissant vers le nord et, finalement, revenant au-dessus de la terre.

— Je ne comprenais pas ce qu'il faisait, et il ne répondait pas à mes appels radio. Et puis, il est reparti cap à l'est, à peu près ici...

La baguette s'était déplacée et marquait un point, un peu à l'intérieur des terres.

— C'est à ce moment-là que nous avons capté le dernier appel, son « Taïaut ». Et puis, il a foncé droit à l'est, en perdant constamment de la hauteur. Nous l'avons perdu par ici, dit-elle, indiquant un point en mer. Il était descendu si bas que les stations radar ne pouvaient plus le voir. Il doit s'être englouti par ici, pas tellement loin de la côte hollandaise.

La baguette toucha un point, quelques milles plus loin.

— On n'a jamais rien retrouvé ?

— Pas que je sache. Je crois que la mer a rejeté quelques débris, mais rien d'identifiable. En ce temps-là, il y avait pas mal de débris d'avions répandus en mer, tu sais.

— Et suppose que l'avion soit descendu très bas, presque au ras de la mer, et qu'il ait continué ainsi vers la Hollande ? Est-ce que cela se serait présenté différemment pour vous, au Central ?

— N... non. Mais l'avion n'aurait jamais pu passer, de l'autre côté. En rase-mottes, la DCA allemande l'aurait abattu immédiatement.

Emmy regarda son mari.

— Je vois que tu as bavardé avec Annie ?

— Je m'efforce de ne négliger aucune possibilité, simplement, dit Henry.

— Tout le monde sait ce qui s'est passé, voyons ! protesta Emmy.

A l'autre bout de la galerie, le sous-lieutenant Simmonds donnait une conférence élémentaire sur le radar au sergent, qui semblait vivement intéressé.

— Je crains, chérie, dit Henry, qu'il te faille admettre que l'explication officielle est fort peu satisfaisante. Et puis, n'oublie pas que Jo a été assassiné.

— Je n'ai pas vraiment peur ! dit-elle, mais je voudrais bien comprendre. Sam avait bien raison. Je n'ai plus qu'une hâte : trouver le plus vite possible quelque auberge accueillante et boire quelque chose de bien tassé.

— Tu as raison, dit Henry. Nous allons déjeuner tout de suite, puis nous reviendrons après le déjeuner visiter ce que je n'ai pas encore vu de la base. Quele est le meilleur bistrot du coin, à ton avis ?

— Nous allions toujours, à la « Tête du canard », la seule auberge convenable du village, dit-elle. Dieu sait ce qu'elle est devenue. Mais, autrefois, la cuisine y était excellente.

Ils n'eurent pas à regretter d'avoir choisi la Tête du canard. Le patron qu'Emmy avait connu avait cédé son fonds depuis quelques années, mais rien n'avait changé dans l'auberge, depuis trois cents ans, en fait. Le parking avait été agrandi récemment et une splendide rôtissoire avait été montée dans la salle à manger, mais le bitter servi au tonneau avait le même goût qu'autrefois.

Quand ils eurent terminé leur déjeuner, Henry regarda sa montre.

— Nous ferions bien de ne pas tarder à nous mettre en route, dit-il.

Il jeta à Emmy un petit coup d'œil auquel elle ne se trompa pas : il désirait qu'elle les laissât seuls un moment. Elle se leva et alla retoucher son maquillage.

Quand elle revint, elle trouva les trois hommes debout, bavardant et plaisantant.

— J'ai réfléchi, chérie, dit Henry. La perspective de passer l'après-midi à traîner dans cet aérodrome boueux et éventé ne te dit sans doute pas grand chose ? Pourquoi ne nous attendrais-tu pas tranquillement ici, devant une tasse de thé.

— Qu'est-ce que cela cache ? demanda Emmy en riant. Me serais-je mal conduite, ce matin ? Vous aurais-je fait honte ? Ou bien, manigancez-vous quelque chose, tous les trois ?

— Bien sûr que non, dit Henry. Simplement, je pense que tu t'ennuierais, avec nous.

Emmy faillit insister pour les accompagner, mais elle se ravisa.

— Tu as raison, dit-elle. D'ailleurs, je crois que le temps se couvre. Je resterai ici.

Elle s'installa devant la fenêtre, sur un canapé, et regarda la voiture partir en direction de Dymfield. Elle se sentit solitaire, abandonnée. Et bientôt, la sensation qu'elle éprouva fut réellement de la peur. Elle se secoua. C'était ridicule ! Henry et les autres n'allaient pas tarder à revenir. Elle essaya de ne pas penser aux avertissements répétés qu'Henry lui avait prodigués, concernant sa sécurité personnelle. Elle était tout à fait seule dans cette auberge, qui semblait abandonnée. Puis elle entendit un crissement de pneus sur le gravier du parking, et on coupa le moteur. Une portière claqua. Des pas s'approchèrent. Dans l'état de nervosité où elle se trouvait, ces bruits ordinaires prenaient une signification sinistre. A mesure que les pas lourds approchaient, Emmy sentait une véritable peur s'emparer d'elle. Puis elle éclata de rire, soulagée, car, au coin de la maison, elle avait aperçu la haute silhouette familière d'Hildegard-St-Victor Prendergast. Elle ouvrit la fenêtre toute grande et appela :

— Hé ! Victor !

— Seigneur ! Emmy ! Que diable faites-vous ici ?

— Je déjeune. Enfin, j'ai déjeuné... Venez vite me changer les idées. J'ai été abandonnée par mon mari et je m'ennuie horriblement.

Victor entra, la tête baissée pour éviter de se cogner

à la poutre basse de la porte. Il serra la main d'Emmy et appuya sur la sonnette du service.

— Ainsi, Henry n'est pas avec vous ? dit-il.

Une serveuse apparut, visiblement mécontente d'être dérangée. Son visage renfrogné s'éclaira un peu quand elle reconnut Victor.

— Bonjour, monsieur Prendergast ! Je ne savais pas que c'était vous. Comment va madame Prendergast ? ajouta-t-elle, en jetant un regard soupçonneux à Emmy.

— Bien, merci, Dora. Elle est à Londres, aujourd'hui. Soyez gentille, apportez-nous à boire !

Dora leva les yeux vers le pendule.

— Fred allait fermer le bar, dit-elle. Mais je pense que, pour vous, il ne me refusera pas quelque chose. Mais il n'y a ni thé, ni café à cette heure.

— Bravo, dit Victor. Que prendrez-vous, Emmy ?

— C'est drôle de penser que vous continuez à fréquenter cette auberge ? remarqua Emmy.

— Fréquenter n'est pas le mot. Nous venons ici parfois en été surtout... Ainsi, Henry n'est pas avec vous ? Où est-il ?

— A Dymfield, dit-elle après une hésitation. Je veux dire, à l'aérodrome.

Victor ne sembla pas surpris.

— Dommage ! dit-il. Je n'ai pas dû le manquer de beaucoup. Il est seul, je pense ?

— Deux brandies, dit Dora. Huit shillings et six pences, s'il vous plaît.

Dora posa bruyamment son plateau sur la table.

— A la vôtre ! dit Victor. Que fabrique-t-il donc, à Dymfield ? Il ne reste plus rien. Vous avez dit qu'il était seul ?

— Non, il a un sergent avec lui, et un sous-lieutenant du Ministère de l'air, assez touchant.

— Touchant ?

— Ma foi, il est un peu comme vous étiez vous-même il y a vingt-cinq ans, Vic, dit Emmy, souriante.

Pendant quelques minutes, les deux vieux amis bavardèrent, à bâtons rompus.

— Si vous voulez mon avis, dit Vic, on s'embête à

crever dans cette auberge. Que diriez-vous de venir vous réfugier avec moi dans ma vieille ruine ancestrale ?

— A Whitchurch Manor ?

— Pourquoi pas ? Barbara est à Londres pour la journée. Que diriez-vous de venir admirer ma collection d'estampes japonaises, Doucette ?

Victor roulait des yeux paillards et se frisait la moustache d'un air vainqueur. Emmy se mit à rire.

— Je ne demanderais pas mieux, dit-elle, mais Henry va revenir me prendre d'un moment à l'autre.

— Ne vous inquiétez pas, dit Victor. Nous allons laisser un message à ce chameau de Dora. Je suppose qu'Henry a un moyen de transport.

— Oui. Une voiture de police.

— Bon ! Allez chercher votre manteau, pendant que je préviens Dora.

Emmy se leva et poussa un soupir.

— Mon Dieu, Vic, dit-elle, je suis vraiment contente que vous soyez passé ici.

— Oui, dit Vic, ça a été un coup de chance, n'est-ce pas ?

*
**

Un vent glacial fauchait l'aérodrome désert. Henry frissonna.

— Je ne sais pas ce que vous désirez voir, monsieur, dit Simmonds. Il ne reste rien d'autre que quelques vieux hangars.

— Une idée que j'avais, simplement, dit-il, hésitant. Je voulais jeter un coup d'œil à...

— Hé, vous ! Là-bas !

Les trois hommes se retournèrent. Derrière eux, le portail principal de l'aérodrome était resté ouvert. Un individu étrange, une sorte de grand épouvantail, qui gesticulait, brandissant un vieux parapluie, en avait profité pour s'introduire dans la base. Le parapluie s'agitait, menaçant. La voix sonnait, rauque, hachée par le vent. Simmonds soupira.

— L'idiot du village, sans doute, dit-il à Henry. Je vais le faire déguerpir.

— Vous risquez d'avoir du mal, dit Henry.

— Pourquoi ? Vous le connaissez, monsieur ?

— Oui. C'est le père du commandant Guest.

— Le commandant... qui ?

— Ben Guest.

— Ce nom... Je croyais que c'était un livre, ou quelque chose comme ça.

— Oui, dit Henry. Mais là n'est pas la question. Laissez-moi faire.

Le Révérend Sidney s'était approché d'eux, en indiquant clairement de son parapluie brandi qu'il entendait être le premier à parler. Le parapluie s'arrêta, le bout ferré pointé sur le ventre d'Henry.

— Vous, Tibbet ! Que faites-vous ici ?

— Je me renseigne, dit suavement Henry. Permettez-moi de vous présenter : Révérend Sydney Guest, le sous-lieutenant Simmonds, le sergent Reynolds.

— Vous êtes dans l'armée de l'air, jeune homme ?

— C'est cela même, monsieur.

— Dans ce cas, vous n'avez pas le droit de vous prêter à cette comédie. Cet aérodrome est fermé depuis des années ! Il est interdit au public !

— Nous ne sommes pas le public, monsieur Guest, dit Henry.

— Vous n'êtes pas dans l'aviation, que je sache ? répliqua le vieillard triomphant.

— Il n'y a ici qu'une personne qui ne soit pas autorisée à s'y trouver, et c'est vous, monsieur Guest, dit Simmonds, qui parlait avec fermeté. Ce terrain est la propriété du Ministère de l'air et, pour le moment, j'en suis responsable. Veuillez quitter les lieux immédiatement !

Sous l'imperméable minable, fouetté par le vent, les épaules du vieux Guest tombèrent.

— Bien sûr, dit-il d'une voix tremblante, je ne suis qu'un vieil homme. Un homme de mon âge ne compte plus, pour les jeunes. Comment en serait-il autrement ?

— Si mon fils avait été ici..., reprit le Révérend Sidney.

Henry était assez content d'avoir la quarantaine bien

sonnée et d'avoir passé l'âge où l'on est encore accessible
à cette sorte d'intimidation.

— Oui, monsieur Guest ? dit-il. Concluez donc ! Que
disiez-vous de votre fils ? Dites-nous donc un peu ce que
vous savez ?

— Ce que je sais ? A quel sujet ? Je ne sais rien...

Tibbett fut assez gêné de voir le vieux se mettre à
pleurer. Mais il n'aurait pu dire si c'était de chagrin ou
de rage.

— Comme si je n'avais pas déjà assez de soucis...
avec toutes ces histoires... l'hôpital.. et l'argent.. et les
gens qui viennent sonner à ma porte, qui posent des
questions... et ceux qui téléphonent, qui écrivent... plus
moyen d'avoir la paix..

Le bredouillement du vieux déclencha un mécanisme
complexe dans la cervelle d'Henry, qui vit clair, soudain.

— Vous venez seulement d'apprendre la vérité, n'est-
ce pas ? dit-il. Où est-il ?

Le Révérend Sidney ne répondit pas. Il fit demi-tour
et s'enfuit en courant en direction du portail. Les pans de
son imperméable volaient derrière lui comme les ailes
d'un corbeau.

Henry se retourna et regarda du côté des abris anti-
aériens.

— Bon, dit-il enfin. Sergent, allez chercher les pelles
et le pic dans l'auto, voulez-vous ?

Il se tourna vers Simmonds, qui paraissait absolument
ahuri.

— Navré. Cette affaire n'est pas ordinaire, c'est
le moins qu'on puisse dire. Dites-moi, comment entre-t-on
dans ces abris ? Sont-ils fermés à clé ?

Simmonds dut faire effort pour se ressaisir.

— Les abris anti-aériens ? répéta-t-il. Je n'ai pas de
clés, pour eux. J'imagine qu'on y entre comme cela, simplement.

— J'imagine que c'est le cas, dit Henry. Allons voir.

Ils se mirent en route, arc-boutés contre le vent.

— Quel étrange vieillard ! dit Simmonds. Croyez-vous
qu'il soit fou ?

— Un peu, oui.

— Mais ce vieux-là a sûrement plus de quatre-vingts ans ? Son fils ne doit plus être de la première jeunesse. Savez-vous où il est ?

— Je crois que nous le trouverons dans un de ces abris antiaériens, dit Henry.

Ce qu'ils trouvèrent, ce fut un squelette, encore revêtu d'un uniforme de commandant. Des débris métalliques rouillés, restes de décoration, étaient agrafés au tissu de la vareuse. Près de la main droite, un revolver d'ordonnance rouillé était tombé sur le sol cimenté. Le crâne avait été traversé par une balle qui s'était logée dans le mur, derrière le corps. Il n'y avait rien d'autre, dans l'abri, qu'une bouteille de whisky vide.

*

Naturellement, les formalités prirent du temps. Henry laissa le sergent Reynolds monter la garde devant l'abri tandis que le sous-lieutenant Simmonds, plutôt verdâtre, faisait les cent pas sur la route, et il se rendit au poste de police de Dymfield. De là, Tibbett prit contact avec les autorités régionales de police. Après des pourparlers assez longs entre le chef constable du comté et les supérieurs d'Henry, il fut convenu que ce seraient les autorités locales qui enverraient leurs techniciens à Dymfield mais qu'Henry garderait la charge de l'enquête. Il était plus de trois heures et demie quand tout fut arrangé et qu'Henry put retourner chercher Emmy à l'auberge.

Il ne savait pas encore ce qu'il dirait à sa femme, s'il lui dirait la vérité, et dans quelle mesure. Il ne pourrait rester que quelques minutes, car il lui fallait retourner à l'aérodrome pour y prendre contact avec le médecin de la police et les experts.

Les portes de la Tête du canard étaient fermées. Henry eut beau sonner, frapper, rien ne bougea dans la maison, qui semblait abandonnée. Il contourna la bâtisse, et trouva la porte de la cuisine ouverte. Un jeune garçon vêtu d'une sorte de grand sarreau assez sale traversait la cour, emportant un seau d'épluchures de pommes de terre du côté des poubelles.

— Excusez-moi, dit Henry. Je cherche ma femme. La dame qui a déjeuné ici avec moi. Elle m'attend, à l'intérieur. Vous pourriez peut-être demander ?

Le garçon souleva le couvercle d'une poubelle et y jeta ses épluchures. Puis il tourna le dos à Henry et se dirigea vers la cuisine.

Henry, excédé, le suivit.

— Do-ra ! aboya le garçon, passant la tête dans la trappe qui faisait communiquer la cuisine avec le reste du bâtiment.

Quelques instants plus tard, Dora apparut. Elle fronça les sourcils en apercevant Henry.

— Qu'est-ce qu'il y a encore ? grommela-t-elle. Qui êtes-vous ? Où est Perce ?

— Excusez-moi de vous déranger, dit Henry, mais je cherche ma femme.

— Vous n'avez qu'à regarder pour voir qu'elle n'est pas ici.

— Elle devait m'attendre. Nous avons déjeuné ici.

— Cette dame-là, elle est partie. Avec monsieur Prendergast. Cela fait pas loin d'une heure, maintenant.

— N'a-t-elle pas laissé de message pour moi ?

— Pas que je sache. A moins qu'elle n'ait dit quelque chose à Fred, au bar. Mais il a quitté son service.

— Mais votre Fred a peut-être laissé un message écrit ? suggéra Henry.

Dora disparut à nouveau dans la maison et revint, un bout de papier à la main.

— Qu'est-ce qui aurait pu imaginer ça ? dit-elle.

— Fred dit là-dedans qu'on dise à M. Grossebête que monsieur et la dame sont partis pour Londres.

— Tout cela ne me dit pas grand-chose, remarqua Henry.

— C'est pas ma faute, non ? fit Dora, agressive, en lui fourrant le papier dans la main. Voici votre message. Prenez-le et allez-vous-en ! Vous voyez bien que je suis occupée.

— Pourrais-je me servir de votre téléphone ?

— Non, dit carrément Dora. C'est chez madame

Bramble qu'il y a la cabine publique. A la poste. Troisième porte sur votre gauche en sortant d'ici.

Madame Bramble était une charmante vieille dame vêtue d'un cardigan beige. L'agence postale n'était qu'un des services offerts par sa boutique minuscule et Henry dut attendre que la dame ait fini de servir des berlingots à une petite fille. Il ne lui fallut guère plus de cinq minutes pour trouver l'annuaire du téléphone.

— Mais cela ne me dérange pas du tout, monsieur ! protesta-t-elle, avant de demander à Henry le nom exact qu'il cherchait.

— Whitchurch.

Ils finirent par trouver le numéro des Prendergast et madame Bramble le composa. Personne ne répondit. Ce fut beaucoup plus facile et plus rapide d'obtenir la communication avec le domicile d'Henry, à Chelsea, mais il n'y eut pas de réponse, non plus. Henry regarda sa montre. Il était maintenant quatre heures et demie. Les médecins et les photographes devaient être arrivés à Dymfield. Il fallait absolument qu'il s'en retourne à l'aérodrome. Il n'avait plus qu'une ressource.

— Pouvez-vous appeler Whitehall 1212 ? demanda-t-il à Mme Bramble.

— Le douze cent douze ? répéta-t-elle. Mais c'est le numéro de Scotland Yard ! Celui qu'ils disent toujours à la radio.

— Je sais bien que c'est Scotland Yard, dit Henry. Je voudrais ce numéro.

— C'est-il donc que vous avez vu un accident ? Mais cela fait bien longtemps que nous n'avons pas eu d'accident, ici. C'est bien tranquille, dans le pays, depuis que l'aviation est partie. C'étaient de braves gars mais je ne peux pas dire que nous ayons été fâchés de les voir partir ! Savez-vous qu'il y en avait un qui était toujours fourré à l'auberge et qui, lorsqu'il avait un peu trop bu, se mettait à manger des ampoules électriques ! Il les croquait comme vous auriez cassé une noisette, et il les faisait crisser sous ses dents.

— Je vous en prie, dit Henry, voulez-vous me demander Whitehall 1212 ?

— Enfin, dit Mme Bramble, je suppose que vous savez ce que vous faites.

Elle se décida à composer le numéro. Henry indiqua le poste de son bureau à la standardiste et, soulagé, entendit la voix d'un collègue et ami.

« — C'est vous, Bert ? dit-il. Ici Tibbett. Ecoutez, si Emmy m'appelle, voulez-vous lui dire que j'ai été retardé mais que je la verrai à la maison ce soir ?... Non, non tout va bien... Merci beaucoup, Bert. Au revoir. »

Il raccrocha et posa une demi couronne sur le comptoir et s'en fut sans attendre la monnaie.

Quand il arriva à l'aérodrome, le terrain était le théâtre d'une activité considérable. Plusieurs autos de police et une ambulance étaient arrêtées autour de l'abri. Des hommes en uniforme sombre couraient dans tous les sens. Au moment où Henry allait quitter la route pour franchir le portail, il remarqua un personnage décharné qui, arrêté un peu plus loin sur le bord de la route, regardait au travers de la clôture de barbelés.

Se décidant rapidement, Henry changea de direction et, passant devant le portail sans entrer au camp, roula encore une centaine de mètres pour venir s'arrêter à la hauteur du Révérend Sidney. Ce dernier était si absorbé dans sa contemplation qu'il ne s'en aperçut même pas. Henry descendit de l'auto et, traversant le talus herbeux, alla à lui.

— Rebonjour, dit-il.

Guest sursauta.

— Oh, c'est vous ? Vous m'avez fait peur. Qu'est-ce qui se passe, là-dedans ?

— Vous ne le savez pas ?

— Personne ne veut rien me dire, gémit le Révérend. Je suppose qu'ils ont trouvé Alan ?

— Oui, dit Henry.

Il attendit, mais fut assez surpris de la réaction du vieillard. Le Révérend Sidney se tourna vers lui, d'un air fâché.

— La honte ! dit-il. Bien sûr, la façon dont on croyait qu'il s'était comporté était déjà assez ridicule, mais enfin, certains pouvaient y voir une certaine noblesse. Pas moi, bien entendu. Je n'ai jamais considéré son geste de cette façon. Je connaissais Alan, et je connaissais sa mère, aussi... Mais enfin, ce n'était pas à moi d'avoir l'air de leur jeter la pierre. Vous n'êtes pas de cet avis ?

— Naturellement, dit Henry, prudemment.

— J'ai cru comprendre que vous déteniez une certaine autorité sur les gens qui sont ici, continua le Révérend. Je n'ai jamais vu d'obstruction aussi délibérée ! Ce jeune freluquet de constable qui monte la garde devant le portail a refusé de me laisser entrer. Moi, le propre père du garçon ! Mon malheureux fils est étendu là, une balle dans la tête, et...

— Nous n'avons pas la certitude que ce soit bien votre fils. Depuis combien de temps le savez-vous ?

— Oh, cela fait un certain temps.

— Je ne crois pas, dit Henry. Je crois que vous ne savez la vérité que depuis hier, ou peut-être aujourd'hui. Après tout, vous êtes un bon citoyen. Je suis sûr que vous auriez rapporté ce que vous aviez appris aux autorités.

Le Révérend Sidney se drapa dans sa dignité outragée.

— Les lettres et les coups de téléphone anonymes, dit-il, ne méritent même pas le mépris. Je m'en voudrais d'accorder à leurs auteurs la satisfaction de savoir que j'ai pris la peine d'en rendre compte aux autorités.

— En réalité, dit Henry, vous n'avez pas vraiment cru ce qu'on vous disait. Vous êtes venu ici cet après-midi, juste pour le cas où il y aurait quand même du vrai là-dedans. Et nous étions là.

— Oui, et vous êtes arrivés bien tard, remarqua Guest, hargneux. Je vous ferai remarquer que j'ai passé

toute la matinée devant ce portail, exposé à tous les vents.
J'aurais facilement pu m'enrhumer. Je me demande si je
ne fais pas un peu de température, en ce moment même...

— J'espère que vous avez conservé les lettres anonymes ?

— « La » lettre. Il n'y en avait qu'une. Je l'ai brûlée
tout de suite.

— C'est grand dommage. Vous rappelez-vous ce
qu'on vous disait ?

— Les choses habituelles. Des mots découpés dans
des journaux et collés sur le papier. Cela commençait par
des vers de mirliton au sujet d'Alan — j'avais toujours
cru que c'était un personnage de comptine pour enfants...
Et puis, ensuite, on me disait que mon fils, loin d'être
mort comme un héros, avait fini comme un lâche en se
logeant une balle dans la tête dans un abri antiaérien, à
Dymfield, un jour qu'il était ivre. On me disait que la
police — je suppose que c'était de vous que l'on parlait —
soupçonnait la vérité et allait venir chercher le corps
aujourd'hui même ; et que, si on le trouvait, il en résul-
terait un scandale épouvantable.

» Je n'ai pas voulu me risquer à faire comme si je
n'avais rien reçu. Je suis venu ici, au risque d'attraper
une bronchite ; et, quand vous êtes arrivé, j'ai fait de
mon mieux pour vous arrêter. Je n'ai pas réussi. Je suppose qu'il est trop tard maintenant pour faire appel à
vos bons sentiments ? Est-il bien nécessaire de rendre
cette affaire publique ? Les journalistes donneraient à
cette affaire un éclairage intolérable...

— Et le coup de téléphone ? dit Henry.

— Je l'ai reçu ce matin, juste après la lettre. On me
le passait pour le cas où la lettre aurait eu du retard, je
suppose. On me pressait de venir ici et de vous empêcher
d'agir. Je me demande comment elle a bien pu penser
que je pourrais...

— « Elle » ?

— Oui, c'était une femme.

— Avez-vous reconnu la voix ?

— Bien sûr que non ! Elle n'en a pas dit bien long, d'ailleurs. « Je vous téléphone simplement pour vous rappeler que vous devez aller à Dymfield et vous débarrasser de la police, sinon, vous le regretterez. » Cela, ou des mots qui revenaient à cela. J'ai répondu : « Expliquez-vous donc ? » Mais elle s'est contentée de répéter ce qu'elle m'avait déjà dit, plus fort.

— Etait-ce la voix d'une personne qui avait de l'éducation ? demanda Henry.

— Elle n'avait pas un accent faubourier, si c'est cela que vous voulez dire, répondit le Révérend Sidney, revêche.

— A quelle heure vous a-t-on téléphoné ?

— Il devait être près de huit heures. J'écoutais le bulletin d'information.

— Monsieur Guest, dit Henry, il faut que je parte, maintenant. Je reprendrai bientôt contact avec vous. En attendant, je vous serais obligé de ne parler à personne de cette lettre ni de ce coup de téléphone.

— Croyez-vous que j'irais crier cela sur les toits ? Il serait sans doute plus exact de dire que, si j'ai quelque chose à redouter en matière de publicité et de scandale, le mal viendra de vous et de votre administration.

— Je vous promets de faire ce que je pourrai pour vous, dit Henry.

Le Révérend partit à grandes enjambées et Henry monta dans sa voiture et retourna à l'aérodrome.

Tout le monde l'attendait, non sans impatience. On avait mis les restes macabres dans un cercueil provisoire et seul l'absence d'Henry avait retenu policiers et techniciens dans ce lieu sinistre. Henry autorisa tout le monde à partir et promit de rejoindre rapidement les experts.

Resté seul, il retourna dans l'abri. Des marques à la craie, sur le sol, indiquaient la position exacte du corps et du revolver. Lorsqu'il avait été touché, Ben Guest semblait avoir été debout, adossé au mur le plus éloigné, en face de l'entrée. La balle lui avait traversé la cervelle et il était tombé à terre, le revolver avait glissé de sa main molle, à sa droite. C'était du moins l'impression que donnaient ces marques. Mais alors, qui donc avait piloté le Typhoon, ce soir-là ? Qui s'était écrasé en mer avec l'appareil ? Qui avait répondu à l'appel radio d'Emmy ? Qui avait crié « Taïaut » dans le micro de l'avion, alors qu'il n'y avait pas d'appareils ennemis en vue ?

Pendant un court moment, Henry se demanda s'il ne devait pas croire aux fantômes. Puis il se ressaisit et se rappela que quelqu'un connaissait la présence du corps de Ben dans l'abri, quelqu'un de suffisamment vivant pour assassiner Jo Parker avant que celui-ci ait eu la possibilité d'enquêter à Dymfield. Henry commença à se demander ce qu'était devenue Emmy.

Du siège de la police, il essaya à nouveau de téléphoner chez lui et au manoir, sans plus de succès Scotland Yard l'informa que madame Tibbett n'avait pas téléphoné.

Du point de vue technique, l'enquête progressait normalement. Une première vérification dans les archives du Ministère de l'air indiquait que les insignes et les décorations relevés sur l'uniforme pourrissant correspondaient à ceux que le commandant Guest avait pu porter. Une seule balle avait été tirée avec le revolver, et on l'avait retrouvée dans le mur, derrière le corps. Un communiqué court et peu compromettant avait été remis à la presse, disant seulement que le squelette d'un inconnu avait été trouvé dans un abri antiaérien désaffecté de l'ancien aérodrome de Dymfield. Rien de plus.

Il était près de huit heures quand Henry et le sergent Reynolds partirent pour Londres. Ils se rendirent tout droit à Scotland Yard où un renseignement intéressant attendait Henry. A dix heures du matin, ce même jour, un certain M. Smith, de Finchley, avait déclaré à la police locale qu'il avait reçu une lettre anonyme. Cette lettre se trouvait maintenant sur le bureau d'Henry.

L'enveloppe était de l'espèce la plus commune, et

portait la marque d'un bureau de poste du centre de Londres. La lettre elle-même, une feuille de papier de qualité courante, portait des mots découpés dans des journaux et collés grossiérement. Le texte était le suivant :

Ben sera retrouvé aujourd'hui par Scotland Yard si vous ne pouvez pas empêcher Henry T. de fouiner. Empêchez-le de parler ; sinon, vous le regretterez.

Smith avait insisté pour que l'on prévienne l'inspecteur-chef Tibbett et avait dit qu'il souhaitait s'entretenir de l'affaire avec lui personnellement. Henry étudia attentivement le document, puis le mit de côté tandis qu'il rédigeait ses rapports. A neuf heures, il se rendit dans un pub voisin où il dîna de bière, de sandwiches au fromage et de saucisses. Il rentra chez lui à dix heures et demie.

La maison de Chelsea, dont Henry et Emmy occupaient le rez-de-chaussée, était plongée dans l'obscurité. Henry ouvrit la porte de la maison, alluma la lumière dans l'entrée. Il n'eut même pas le temps d'ouvrir la lumière chez lui, le téléphone se mit à sonner. Il tourna rapidement le commutateur et courut décrocher.

« — Henry Tibbett », annonça-t-il.

« — Ici Victor Prendergast. »

« — Dieu merci ! J'ai essayé vainement de vous téléphoner. Je rentre chez moi à l'instant. »

« — Je sais. Je vous téléphone de la cabine, de l'autre côté de la rue. Je vous attendais. »

Un petit frisson d'alarme courut dans l'épine dorsale d'Henry.

« — Où est Emmy ? » demanda-t-il.

« — Nous parlerons de cela dans une minute, dit Victor. Nous avons à discuter d'un certain nombre de choses, vous et moi, mon vieux Sherlock. »

« — Où est Emmy ? » répéta Henry.

« — Chaque chose en son temps, mon vieux ! Ne vous inquiétez pas, elle va bien. Mais j'ai pensé que ça serait plus agréable pour tout le monde si nous la tenions à l'écart de nos discussions pour le moment. Je voudrais m'entretenir avec vous seul. Vous ne voyez pas d'inconvénient à ce que j'aille chez vous, n'est-ce pas, puisque je suis si près ? »

« — Je vous attends », dit Henry, sombre.

« — Très bien. J'arrive tout de suite. »

Henry n'eut pas le temps de répondre. Victor avait déjà raccroché.

Henry eut à peine le temps de passer un coup de téléphone rapide avant que son visiteur sonne à sa porte.

CHAPITRE X

Victor apparut sur le seuil, silhouetté sur la lumière extérieure du lampadaire, gigantesque.

— Merci, mon vieux Sherlock dit Victor. J'espère que vous ne croyez pas que je...

— Je ne crois rien de vous, coupa Henry. Je veux simplement savoir où est ma femme.

— Avec Barbara. Tout de même, mon vieux, reprit-il, vous ne pensiez pas...

— Je me demandais pourquoi je ne l'avais pas trouvée chez nous, simplement, dit Henry.

— Mon cher vieux limier, dit Victor, nous nous connaissons, Doucette et moi, depuis la préhistoire. Je vous assure que je n'ai jamais eu de visées sur elle autrefois et que je n'en ai pas davantage maintenant.

— Ce n'est pas la question, dit Henry

— Vraiment ? C'est une idée qui m'était venue en voyant votre tête... J'ai laissé Doucette et Barbara ensemble. J'ai pensé qu'il vaudrait mieux que nous ayons une petite conversation discrète tête-à-tête.

— Où les avez-vous laissées ?

— Oh, mon Dieu, quelle importance cela a-t-il ? Dans un club, si vous voulez le savoir : J'ai compris que vous étiez allé à Dymfield, aujourd'hui ? Et vous avez trouvé... quelque chose.

— Qu'est-ce qui vous fait penser cela ? Asseyez-vous donc. Voulez-vous boire quelque chose ?

— Non, merci, mon vieux.

Victor s'assit et partit d'un rire brusque, dans lequel il n'y avait aucune trace d'amusement.

— Inutile de tourner autour du pot. Puisque vous voulez que ce soit moi qui parle le premier, je vous ferai ce plaisir. Vous avez trouvé cette vieille cloche de Ben.

— Nous avons trouvé un corps qui n'a pas encore été identifié.

— Je comprends ! Corps non identifié ! Prudence policière !

— J'ai dit qu'il n'avait pas « encore » été identifié. Il le sera certainement. J'aimerais tirer une chose au clair. Vous saviez que le corps de Ben se trouvait là. Qui d'autre encore le savait ?

— Certains d'entre nous... Je crois que je vais changer d'avis, à propos de ce verre que vous m'avez offert !

Henry remplit deux verres de whisky et attendit. Comme rien ne venait, il se décida.

— Eh bien, puisque vous ne voulez rien dire, c'est moi qui vais parler. Ben Guest est mort peu après cinq heures l'après-midi du 13 octobre 1943. Il n'était pas en tenue de vol, ce qui suggère autre chose. C'est donc vous qui avez piloté ce Typhoon. Vous avez simulé délibérément un suicide. Vous ne vous êtes risqué qu'à une unique et courte communication, avec Emmy.

Victor protesta, sans beaucoup de conviction :

— Quelle sottise ! Si j'avais été dans ce coucou, je ne serais plus là pour en parler !

— Mais non ! Votre plan était tout à fait ingénieux et l'histoire a tenu le coup tant que personne n'a cherché à y voir de trop près. Après tout, Ben avait disparu et vous étiez vivant. Vous avez décrit un grand cercle au-dessus de la mer, pour vider une bonne partie du carburant. Ensuite, vous êtes revenu au-dessus de la terre et vous avez mis l'avion cap à l'est, en descente... Ensuite, vous avez sauté en parachute. Rien d'étonnant qu'il y ait eu une alerte aux parachutistes allemands, ce jour-là. Mais il faisait mauvais temps et la visibilité était réduite. Donc, il n'y a rien de surprenant à ce que vous vous soyez tiré d'affaire sans être repéré. Vous avez caché le parachute

dans la nature et vous ne vous êtes montré à Dymfield
que le lendemain.

« Je suppose que c'est vous qui avez eu la tâche de
trier toutes ses affaires ? Vous avez dû être rudement
ennuyé quand vous avez trouvé ses bottes de vol que
vous aviez oubliées. Par une heureuse chance, personne
d'autre ne les avait vues. Il ne vous était pas facile de
vous en débarrasser et vous vous êtes hâté de les donner
à Barbara, qui a pu les faire sortir du camp sans éveiller
la curiosité de personne.

— Vous n'avez aucune preuve de tout ce que vous
racontez.

— Je n'en ai pas besoin. Puisque le pilote qui se
trouvait dans cet avion n'était pas Ben, il fallait bien que
ce soit quelqu'un d'autre. On a vite fait le tour des
pilotes qui pouvaient prendre cette place.

— Sam Smith avait été pilote, lui aussi.

— Certes. Mais il est moins grand, plus trapu. Dès
le début, je me suis demandé comment Guest avait pu
tromper le personnel au sol, se faire passer pour vous.
C'était possible pour lui pas pour Sam Smith. Le personnel au sol a pris le pilote comme étant vous pour la
bonne raison que c'était bien vous...

« Jusqu'ici, je vous ai rapporté les faits, tels que je
les vois. A partir de là, j'entre dans le domaine des
conjectures. Pourquoi avez-vous fait cela ? Ma tâche
serait beaucoup plus facile si l'explication la plus simple
de votre conduite ne m'inspirait pas quelques doutes.

— Ce qui signifie ?

— Il y a une explication évidente. Vous vous êtes
débrouillé pour retrouver Guest à l'aérodrome bien avant
le moment du décollage. Vous l'avez abattu avec son
propre revolver et vous avez pris sa place dans l'avion.
Personne n'a mis en doute l'histoire d'un suicide héroïque,
que vous avez fait courir.

— Pour quelle raison me serais-je conduit de façon
aussi extraordinaire ?

— Vous ne nierez pas, je pense, que vous étiez amou-
deux de Barbara avant même qu'elle épouse Ben ?

— Non, dit-il. Je ne le nie pas.

— Vous vous débarrassez alors du mari et vous épousez sa veuve. Pendant des années, tout s'est bien passé. Même quand vous entendez dire que l'on veut écrire l'histoire de Dymfield. Vous ne réagissez que lorsque le projet est modifié. Jo a flairé un mystère dans la mort de Ben. Il a l'intention d'aller enquêter à Dymfield. Mais il parle trop, et on le fait taire. Après tout, vous avez déjà tué un homme ! Cela a dû vous sembler monstrueux et injuste qu'après tant d'années, le passé puisse revenir vous menacer !

— Oui, dit Vic. Votre raisonnement se tient... presque. Je me trouve dans une situation grave. C'est pourquoi je tiens à vous signaler que la vôtre n'est pas meilleure.

— Vous dites que mon raisonnement se tient « presque ». Pourquoi « presque » ?

— Parce que vous seupposez que Ben a été assassiné, alors qu'il s'est suicidé.

Il y eut un silence, puis il ajouta :

— Le héros ! L'homme à la légende dorée ! L'archange ! Pathétique, n'est-ce pas, la façon dont il s'est effondré. Je l'avais connu pendant la Bataille d'Angleterre, à l'époque où il s'est conduit en héros. J'ai cru comprendre qu'il était complètement beurré quand il s'est vomi, avec son zinc.

— Est-ce votre femme qui vous a raconté cela, sur Ben ?

— Les gens bavardent, n'est-ce pas ? Ces choses-là finisssent par transpirer. Et il m'est arrivé plusieurs fois, à Dymfield, de voir Ben ne pas marcher droit. Je crois que Doucette l'avait remarqué aussi, mais elle n'aurait pas toléré qu'on dise la moindre chose contre lui devant elle.

— Continuez votre histoire, je vous prie.

— Que voulez-vous que je vous dise d'autre ? Ben se trouvait coincé. Il s'était vanté publiquement qu'il piloterait le Typhoon et il ne pouvait s'en dédire sans perdre la face. Il s'est effondré, simplement. Il s'est saoulé à mort, il est allé s'enfermer dans cet abri anti-aérien désaffecté et il s'est fait sauter le caisson. Certains d'entre nous avons décidé de prendre l'affaire en mains.

C'est pour cela que j'ai pris la place de Ben dans l'avion.

— Vos motifs ne sont toujours pas très clairs, dit Henry.

— Je pensais à Barbara et à la petite Doucette, sans parler du vieux père de Ben, et de l'honneur de notre escadrille. Un suicide chevaleresque est tellement plus facile à encaisser qu'un acte sordide, commis en cachette par un ivrogne. Maintenant, entendez-moi bien ! Doucette, je m'en moque. Mais Barbara continue à croire en Ben, à rester fidèle à sa mémoire. Je ne veux pas qu'elle perde ses illusions. Votre cadavre est beaucoup trop ancien pour qu'on puisse l'identifier.

— Avez-vous perdu l'esprit ? demanda Henry, qui tombait des nues. Vous rendez-vous compte de ce que vous me demandez de faire ?

— Oui, ça peut vous paraître un peu inhabituel, mais je suis sûr que vous serez d'accord avec moi une fois que vous aurez réfléchi à l'autre possibilité du dilemme.

— Quelle autre possibilité ?

— Oui, dit Vic. L'autre possibilité. Voyez-vous, si on apprend que c'est bien le corps de Ben, il y aura forcément une enquête approfondie.

— Si vous avez raison, s'il s'est vraiment suicidé, vous avez la réponse à toutes vos questions, dit Henry.

— Oui. Seulement, voyez-vous, il est très facile de prouver, de façon irréfutable, que Ben avait rendez-vous avec quelqu'un, et c'est après l'entretien avec... cette personne qu'il s'est suicidé. S'il s'est vraiment suicidé, ou qu'il est mort.

— Si vous insinuez qu'il avait rendez-vous avec Emmy, dit Henry, c'est une sottise, elle était de service.

— Certainement, elle était de service. Annie vous dira qu'elle est arrivée très en avance pour son quart. Qu'elle a trouvé Doucette installée quand elle est arrivée, à deux heures tapantes.

— Et Sam Smith l'a vue en plein travail quand il s'est rendu au Central Ops à six heures, fit remarquer Henry.

— Je sais cela. C'est ce que ces gens-là vous ont dit ; mais c'est ce qu'ils ne vous ont pas dit qui est intéres-

sant. Je ne pense pas que Doucette vous ait dit qu'après
avoir travaillé de deux à quatre, elle avait droit à une
heure de liberté ? En fait, elle a quitté le Central Ops à
quatre heures cinq et elle y est revenue à cinq heures
vingt. Des témoins qui l'ont vue s'éloigner à bicyclette du
Central Ops peu après quatre, et y revenir à cinq heures.

— Quels témoins ? demanda Henry.

— Je ne vous ennuierai pas avec leurs noms pour le
moment, dit Victor. Ces gens-là préféreraient de beaucoup ne se souvenir de rien ! D'autre part, s'il y avait
une enquête sérieuse, il serait difficile de leur demander
de ne pas dire la vérité, toute la vérité, rien que la vérité ?
Je vais m'en aller. Merci pour le whisky. Réfléchissez un
peu à ce que je viens de vous dire. Je désire protéger
Barbara, et je suis certain que vous avez les mêmes sentiments à l'égard de Doucette.

— Vous ne m'avez pas encore dit quand je puis
espérer la revoir ? dit Henry.

— Mon vieux, dit Victor en riant, vous ne pensez
tout de même pas que je l'ai enlevée ? Avec votre permission, je vais téléphoner à la boîte dans laquelle j'ai
laissé nos deux donzelles ; je dirai à Barbara de mettre
Doucette dans un taxi et de la renvoyer chez elle.

« — Allo, le Perroquet Bleu ? dit Vic au téléphone.
C'est vous, Mabel, lumière de ma vie ? Ici Vic Prendergast. Si ma légitime se tient encore debout, voulez-vous
lui demander de venir au téléphone ? Vraiment ? Et son
amie ? Avec qui ? Bon, ne vous en faites pas ! Elle sera
rentrée à la maison avant moi, c'est tout. Bye bye ! »

Il raccrocha et se retourna vers Henry.

— Je les ai manquées de peu. D'après Mabel, elles
en ont eu assez d'attendre ; elles sont parties, il y a une
dizaine de minutes. Barbara est rentrée directement chez
nous. Doucette est partie avec un ami. Ne faites donc pas
cette tête, Sherlock. Mabel m'a dit que c'était un monsieur d'un certain âge, assez corpulent, un type à cheveux
gris et à lunettes. Elle sera rentrée dans quelques minutes.

— Cette boîte, où se trouve-t-elle ? demanda Henry.

— Vous ne connaissez pas « le Perroquet bleu » ?
C'est une boîte très amusante, qui donne dans Park Lane.

Au revoir, mon vieux. Tenez-moi au courant des événements. Mes amitiés à Doucette. Et ne vous faites pas de souci. On voit bieu que vous n'avez pas l'habitude d'une femme qui court le guilledou.

Et, sur un dernier sourire sardonique, Victor s'en alla.

Henry s'approcha de la fenêtre et y resta juste le temps de s'assurer que les instructions qu'il avait données par téléphone étaient suivies. Il vit la Bentley de Victor déboucher et tourner dans la direction des faubourgs. Quelques secondes plus tard, une de ces autos que la police appelle « banalisées » suivit le même chemin. Henry alla s'asseoir auprès du téléphone et rappela son bureau. Victor était parti à onze heures et quelques minutes. Minuit. Le téléphone restait muet. Emmy ne revenait pas.

Henry composa le numéro d'Arthur Price. La sonnerie résonna longtemps, puis une voix revêche, qu'Henry reconnut comme étant celle d'Albert Bates, demanda qui appelait. La voix sifflante et grinchue déclara que M. Price n'était pas chez lui. M. Price avait dîné chez lui, puis il avait reçu un coup de téléphone vers huit heures et demie. Bates n'avait aucune idée de qui venait cette communication ; son maître avait répondu lui-même. Ensuite, M. Price avait dit à Bates qu'il allait sortir et qu'il prendrait sa voiture. Henry appela le numéro de Sam Smith et n'obtint aucune réponse. Il dut s'adresser à Scotland Yard pour obtenir le numéro personnel de Jim Baggot. Là aussi, la sonnerie se prolongea un certain temps. Quand on décrocha enfin, Henry entendit un mélange confus de musique et de voix. Jim Baggot devait donner une soirée.

« — Allo... Qui est-ce... C'que vous voulez ? demanda une voix masculine pâteuse

Henry demanda à parler à M. Baggot.

« — Jimmy ? Comment voulez-vous que je le trouve ? Z'avez pas vu combien qu'on était ici ? Mille... non, deux mille, plutôt, ou trois... Quoi ? Vous fâchez pas ! Raccrochez pas... Vais voir si je peux vous le dénicher. »

La voix s'interrompit et il y eut un grand fracas : à

la musique et aux bavardages s'ajoutèrent alors des coups rythmés. Au bout de plusieurs minutes, Henry entendit d'autres bruits. Une voix féminine perçante mais lointaine déclara :

« — Je me demande bien quel est l'imbécile qui a laissé le téléphone décroché ! »

Un déclic, et la tonalité reprit.

Devant le téléphone, Henry pianotait impatiemment sur la table puis il appela Scotland Yard. La voiture qui avait pris Victor en filature était entrée en contact avec Scotland Yard. Victor s'était rendu tout droit au manoir, et était rentré chez lui. Sa femme l'attendait. La voiture de Barbara était au garage. Henry donna l'ordre de maintenir la surveillance sur le manoir et prit des dispositions pour qu'un inspecteur s'introduise chez Baggot, se mêle aux invités et essaie de trouver l'hôte. Un autre inspecteur faisait déjà le guet devant la maison d'Arthur Price.

Henry prit un fauteuil et attendit. A une heure moins le quart, le téléphone sonna : c'était un inspecteur de la police criminelle.

« — Je viens de téléphoner au Yard, Tibbett, dit-il. D'après ce qu'ils m'ont dit, j'ai pensé que vous aimeriez que je vous donne directement les dernières nouvelles. »

« — Je n'étais pas couché, dit Henry. Quelles nouvelles ? »

« — C'est au sujet du corps trouvé cet après-midi. Le médecin dit que le type est mort depuis au moins vingt ans. Le décès est beaucoup trop ancien pour que le légiste puisse donner beaucoup de détails. Mais, d'après l'état du crâne, on voit que la balle a pénétré par la tempe gauche et a traversé le cerveau. La balle que vous avez trouvée dans le mur est bien celle qui est sortie de l'arme. Donc c'est elle qui a provoqué la mort. On a retrouvé le revolver à portée de la main droite de l'homme alors que c'est par la tempe gauche que la balle a pénétré ; mais, en plus, le médecin et les gars du service balistique sont tous d'accord pour dire que ce type ne peut absolument pas s'être fait cela lui-même. »

Henry ne semblait pas réagir.

« — Vous êtes toujours là, Tibbett ? demanda l'inspecteur. Vous avez compris ce que je disais ? Ce commandant Guest... A propos, son identité a été confirmée... Votre commandant Guest ne s'est pas suicidé. Je ne sais pas si ça a été ou non un accident ; mais, en tout cas, c'est quelqu'un d'autre qui l'a abattu. »

A une heure et demie du matin, d'autres rapports arrivèrent. Arthur Price venait de rentrer chez lui, au volant de sa conduite intérieure. Un constable de Hampstead avait arrêté une Mercedes antique qui remontait Avenue Road en zigzaguant. Le conducteur était un certain Sam Smith, accompagné de sa femme Marlene. Les Smith avaient raconté à la police qu'ils revenaient d'une soirée chez des amis. On avait fait passer les tests de sobriété au conducteur et Sam les avait subis avec une aisance et un calme qui dénotaient une longue pratique, mais on attendait son médecin. Le sergent ne pensait donc pas pouvoir inculper Sam mais il espérait bien lui inspirer une sainte frousse ! La femme semblait n'avoir pas bu du tout mais être fort en colère.

L'inspecteur qui s'était introduit chez Jim Baggot déclara que la soirée continuait. L'hôte s'était éclipsé « avec une poupée ». Les invités apparemment les plus sérieux étaient partis depuis longtemps et ceux qui restaient étaient plus ou moins éméchés.

Henry n'avait pas raccroché qu'un autre rapport arriva : M. Baggot était rentré chez lui, seul ; il avait mis les derniers fêtards à la porte. Au manoir, tout était calme. Victor et Barbara avaient bouclé la maison, et étaient montés se coucher.

Henry était partagé entre des émotions diverses : anxiété, colère, perplexité. Comment avait-on pu enlever Emmy à cause d'un incident vieux de plus de vingt ans ? Mieux valait risquer de se rendre ridicule aux yeux des collègues du Yard que de laisser compromettre la sécurité d'Emmy.

Rapidement, Henry donna les grandes lignes des mesures qu'il souhaitait : contrôle très serré des mouvements de tous les membres du groupe d'anciens de Dymfield, sans oublier Annie Meadowes, et diffusion du signalement précis d'Emmy à tous les postes de police et à toutes les voitures de patrouille, avec priorité de recherche numéro un. Henry se rendait parfaitement compte de ce qui devait se passer dans la tête des collègues : le patron s'affolait parce que sa bourgeoise lui jouait des tours.

Le sergent était bon prophète. Il était 2 heures 37 quand Henry, qui s'était assoupi dans son fauteuil, sursauta au bruit d'une clé dans la serrure. La porte du salon s'ouvrit et Emmy entra, paraissant épuisée.

— Henry ! s'écria-t-elle. Que diable fais-tu ici ?

— Où étais-tu ? demanda Henry.

Emmy ne sembla pas s'apercevoir qu'il était exaspéré.

— J'ai passé une merveilleuse soirée, chéri, dit-elle, d'une voix légère. J'ai retrouvé de vieux amis. Nous avons baavrdé et fait les petits fous dans une boîte du West End. Mais quand es-tu rentré ? D'après ce que m'avait dit Victor, j'avais compris que tu passais la nuit à Dymfield ?

Elle se débarrassa de son manteau, qu'elle jeta sur le divan.

— Excuse-moi de rentrer à cette heure, chéri. Je ne me serais pas attardée ainsi si j'avais pu me douter que tu étais chez nous. J'espère que tu ne t'es pas fait de souci pour moi ?

— Je me suis fait du souci, répliqua Henry. Ton signalement vient d'être diffusé à tous les postes de police de Grande-Bretagne, il y a un quart d'heure. Il faut que je décommande tout. On va déjà se moquer suffisamment de moi, au Yard, sans que je fasse durer la plaisanterie.

Il composa un numéro. Emmy, qui s'était immobilisée, le regardait.

« — Ici Inspecteur-chef Tibbett, dit Henry. Ma femme vient de rentrer à l'instant. Elle va bien... rien arrivé... un malentendu... Je regrette beaucoup de vous avoir causé ce dérangement... Mais tout n'est pas terminé. Mes autres instructions tiennent. »

— Tu dois être furieux ? dit Emmy, quand il eut raccroché.

Henry alla à elle et l'embrassa tendrement.

— En fait, dit-il, je suis tellement soulagé que j'ai
envie de chanter. Pour l'amour de Dieu, ne me refais
plus jamais un coup pareil !

— Mais c'est que... Enfin, tu ne sais pas, Henry... Je
ne voulais rien te dire, mais je suis dans un tel pétrin que...

— Je m'en doute bien. Je me doute aussi que tu as
autant sommeil que moi et que tu voudrais aller au lit
le plus vite possible, mais ce n'est pas le moment. Je vais
te donner un grand jus de fruit, et nous causerons.

Il lui versa un jus de pamplemousse et s'installa
dans un fauteuil, en face d'elle.

— Commence par me dire exactement ce que tu as
fait à Dymfield depuis que je l'ai laissée, après le déjeuner, demanda-t-il.

— D'abord, Victor est arrivé, à l'improviste. Nous
avons bavardé et il m'a proposé de l'accompagner au
manoir. Mais nous t'avions laissé un message.

— On m'a remis un papier incompréhensible...

— Mais je suis bête ! coupa Emmy. Bien sûr que si,
qu'on te l'a donné. Sans cela, tu n'aurais pas téléphoné.

— Ecoute, dit Henry, impatienté. Contente-toi de
me dire ce que tu as fait !

— Bon... Donc, Vic t'a laissé un message disant que
nous étions allés au manoir. Il proposait que tu nous y
rejoignes quand tu aurais terminé ton travail, et que tu
laisses le sergent rentrer à Londres avec Simmonds. Barbara passait l'après-midi à Londres. Vic a dit qu'il nous
y reconduirait et que nous pourrions dîner ensemble.
Quand nous sommes arrivés au manoir...

— Attends un peu ! Victor savait-il où j'étais ?

— Il me l'a demandé, et je lui ai dit. Je ne pensais
pas que c'était un secret ?

— O.K.... Continue !

— Donc, nous avons pris une tasse de thé. Ensuite,
Victor a été appelé au téléphone. Il y est resté près d'une
demi-heure. Quand il est revenu, il m'a dit que c'était toi
qui avais téléphoné, que tu avais trouvé notre message à
l'auberge et que cela tombait assez bien parce que tu
avais été retardé et que tu serais obligé de passer la nuit
à Dymfield. Victor a dit que tu étais d'accord pour qu'il

me reconduise à Londres, qn'il m'invite à dîner et qu'il me ramène ensuite chez nous. Comment douter de ce qu'il me disait ? Tu ne lui as pas téléphoné ?

— Je te l'ai dit. J'ai essayé, mais on ne répondait pas. A quelle heure cela se passait-il ?

— Le coup de téléphone ? Vers quatre heures et demie, je suppose. Vic a proposé que nous partions pour Londres. La réunion de Barbara se terminait à cinq heures. J'ai été un peu étonnée de voir que Vic ne prenait pas la route directe pour Londres. Il a fait le tour par Dymfield, en passant devant l'aérodrome. J'ai vu plusieurs voitures de police et une ambulance, mais je n'ai pas remarqué l'auto dans laquelle nous étions venus. Je mourais de curiosité, mais Vic n'a pas voulu s'arrêter.

— A ce moment-là, j'étais parti te chercher, dit Henry. Enfin, continue !

— Vic m'a demandé si c'étaient tes hommes qui étaient sur le terrain. Alors, il m'a dit... ce que vous aviez trouvé.

— Ainsi, tu sais ?

— Oui. Tu as été gentil de penser à prévenir Vic, pour qu'il puisse me le dire douce...

Emmy s'interrompit, soudain, et resta bouche bée un moment.

— Mais tu ne lui avais rien dit, puisque tu ne lui as pas téléphoné ! Il devait donc le savoir bien avant ! se récria-t-elle.

— Oui, il savait, dit Henry. Mais ne t'occupe pas de cela pour le moment.

— Tout de même, c'est... Enfin, il m'a dit que je devais me faire une raison, que Ben n'était pas exactement ce que je croyais. Je lui ai répondu que je ne voyais pas quelle importance tout cela pouvait bien avoir, puisque nous avions accepté l'idée qu'il s'était suicidé. J'ai dit à Vic que ç'avait vraiment été de la folie furieuse de sa part de prendre la place de Ben dans l'avion et de sauter en parachute... Mais, tu ne sais rien de tout cela !

— Si, je sais... Non, ne t'inquiète pas. Dis-toi seulement que je suis au courant.

— Eh bien, n'es-tu pas de mon avis, que c'était de

la folie pure ? C'est pour Barbara qu'il l'a fait ! Il s'est imaginé qu'elle accepterait plus facilement la mort de Ben si elle pensait que ç'avait été une fin héroïque. De toute façon, puisqu'on avait trouvé le corps de Ben, on ne pouvait plus garder l'affaire secrète. Alors, il m'a répliqué : « Pour ça, je compte sur vous, Doucette. » A ce moment-là, j'ai commencé à me faire vraiment du souci...

— Je veux bien le croire. Cette conversation, c'était dans l'auto ?

— Oui. Je lui ai dit que je ne voyais absolument pas ce qu'il insinuait. Il m'a expliqué que j'avais beaucoup d'influence sur toi et qu'il comptait sur moi. Tu imagines ce que je lui ai répondu ! Mais nous arrivions à Londres ; Vic m'a fait promettre de ne rien dire à Barbara pour le moment. Nous avons retrouvé Barbara dans une boîte de Mayfair, le Perroquet Bleu, après quoi nous sommes allés dîner dans un restaurant italien. Ensuite, nous sommes retournés au Perroquet Bleu. Et puis, brusquement, vers dix heures du soir, Vic nous a dit qu'il était obligé de s'en aller. Sans explications. Enfin, il nous a raconté qu'il avait rendez-vous avec un type, à son club. Barbara et lui avaient chacun leur voiture. Lorsque nous en aurions assez, Barbara pourrait me reconduire et rentrer de son côté. J'avoue que j'ai trouvé tout cela un peu bizarre. Mais enfin, Vic est parti, me laissant seule avec Barbara.

« Ça a été affreux, Henry ! Dès qu'il a été parti, elle s'est mise à me parler de Ben. Ce livre est devenu une obsession pour elle. Elle veut faire savoir la vérité au monde entier... Enfin, des tas d'idioties. J'étais sur le point de m'éclipser et de prendre un taxi quand une chose extraordinaire s'est produite. Tu ne devinerais jamais qui est arrivé, dans cette boîte...

— Arthur Price, dit Henry.

— Comment diable sais-tu cela ?

— On pouvait s'y attendre.

— Toi, peut-être. Mais je peux dire que j'ai été soufflée. Il m'a fait une impression curieuse. On aurait dit qu'il était... comme s'il était en service commandé.

— Ce Perroquet Bleu, dit Henry, c'est une boîte gérée en club privé, n'est-ce pas ? Price en est-il membre ?

— En effet, dit Emmy, il n'en est pas membre. Cela ne m'a pas frappée, sur le moment. Barbara et moi, nous étions si surprises de le voir apparaître que nous n'avons pensé à rien d'autre. Barbara a insisté pour qu'il se fasse servir avec nous et le barman lui a demandé si elle voulait bien signer pour lui. C'est la preuve qu'il n'est pas membre du club. Alors, pourquoi serait-il venu là ? Comment aurait-il pu savoir que nous nous y trouvions ?

— C'est une des nombreuses choses pour lesquelles j'aurai à demander des explications, dit Henry. Mais continue ! Que s'est-il passé ensuite ?

— Nous avons bu un verre ensemble et nous avons bavardé. Et puis, j'ai dit qu'il était temps que je rentre. Barbara a grommelé qu'elle en avait assez d'attendre Vic et m'a offert de me reconduire chez nous, mais Price a dit qu'il se chargeait de me reconduire, que c'était sur son chemin.

— Chelsea ? Sur le chemin de Mayfair ?

— Je n'y ai même pas pensé. Enfin, je suis montée dans l'auto de Price et nous sommes partis. Mais, presque tout de suite, alors que nous longions Hyde Park, il m'a expliqué qu'il se rendait, en fait, à une soirée chez Jim Baggot. Il m'a dit qu'il n'en avait pas parlé plus tôt parce qu'il ne tenait pas à ce que Barbara nous accompagne, mais qu'il savait que Jim tenait tout spécialement à me voir. Enfin, j'ai accepté de l'accompagner. Je me sentais assez fatiguée, je croyais vraiment que tu passais la nuit à la campagne.

— Il ne t'est même pas venu à l'esprit que tu pouvais être en danger ?

— Avec Price ? Oh, non !

— Malgré mes mises en garde ?

— Non. Vois-tu, tout cela s'est présenté comme un enchaînement de coïncidences. D'abord, cette rencontre avec Vic, à l'auberge, et puis, l'apparition de Price...

— Oui, des coïncidences très étranges, dit Henry, sombre. Je commence à comprendre pourquoi tu avais une telle réputation d'innocence, dans l'armée de l'air.

Je n'avais pas encore remarqué que c'était à un tel point.

— Ne me parle pas de mon innocence, soupira Emmy, qui alluma une cigarette. J'en arrive à la partie vraiment difficile.

— Je m'en doute bien. Vas-y !

— La soirée chez Jim était un vrai cauchemar. Un ramassis de gens qui prenaient des airs snobs, d'arrivistes cauteleux, de femmes jacassantes qui se donnaient du « ma chérie » à tout bout de champ. Et tout ce beau monde fortement éméché. La seule personne qui paraissait n'avoir rien bu était Jim lui-même. Il m'a servi du champagne et il m'a dit qu'il avait une surprise pour moi, une vieille amie arrivée à l'improviste. Devine qui était là : Annie !

— Cela, c'est une vraie surprise ! dit Henry. Décidément, la bande des vautours était au complet. Qu'a dit Annie ?

— Tu la connais. Elle est allée droit au fait. Elle m'a dit qu'elle savait par Vic que tu t'étais rendu à Dymfield et que tu avais trouvé le corps de Ben. Elle m'a avoué qu'elle avait su dès le début que... qu'il était là-bas et que c'était pour cela qu'elle s'était efforcée de me dissuader d'écrire le livre. Je lui ai dit que je ne voyais pas quelle différence cela pouvait bien faire que Ben se soit fait sauter la cervelle ou qu'il se soit délibérément écrasé avec son Typhoon. C'est alors que cela a commencé.

Emmy s'interrompit, soupira, hésita, se décida.

— Vois-tu, Henry, dit-elle, j'ai quitté un moment le Central Ops, cet après-midi-là. Je ne m'en suis pas cachée. Je l'avais dit à Jo par exemple. Mais... Enfin, je n'avais pas envie d'en parler. Annie était aussi de service, ce jour-là, et elle savait que je m'étais absentée plus d'une heure du Central Ops. En mon absence, elle avait eu besoin d'un renseignement technique. Ne sachant pas où j'étais, elle a téléphoné au poste de garde. Le planton lui a dit qu'il m'avait vue passer en bicyclette, que je semblais me diriger vers l'entrée du camp. Il semble que Price m'ait vue revenir à bicyclette au Central Ops. Annie est allée chercher le pauvre petit Price au milieu des invités pour lui faire confirmer cela.

— Bon, tu as quitté le Central Ops, c'est entendu, dit Henry. Mais cela ne prouve pas que tu aies vu Ben ?

— Je l'ai vu ! Je ne le nie pas. Je ne pourrais pas, d'ailleurs. Annie m'a fait remarquer qu'elle en avait une preuve formelle.

— Une preuve ? Quelle preuve ?

Emmy se leva et alla ouvrir le dernier tiroir du bureau. Elle en tira la photographie de l'équipe de tennis qu'elle laissa tomber sur les genoux d'Henry.

— Tiens ! dit-elle. La voici, la preuve ! La semaine dernière, j'ai raconté à Annie que j'avais cette photo, avec la signature de Ben. Ce soir, elle m'a rappelé que la photo avait circulé de Jo à elle, puis à Ben, pour que chacun y appose sa signature. Elle l'avait signée pendant le déjeuner, le 13 octobre, et elle l'avait dans sa poche quand elle s'est mise en route pour prendre son service. Elle a rencontré Ben qui venait de me dire au revoir, et elle lui a donné la photo pour qu'il la signe et me la passe. Ainsi, puisque je l'ai avec sa signature, c'est que j'ai revu Ben.

» J'aurais dû jeter cette photo depuis des années. Si je ne l'ai pas fait, c'est par pure sentimentalité. Et maintenant, je suis prise au piège.

— Continue ton histoire. Qu'est-il arrivé ensuite ?

— Une réunion des anciens de Dymfield, dit Emmy. Dans le bureau de Jim il y avait Annie, Price, Jim... Sam Smith, aussi, avec sa femme. J'ai cru comprendre qu'il essayait un peu de vivre aux crochets de Jim... D'ailleurs, il était ivre. Le thème général était que je me trouvais dans une situation embarrassante et que mes copains accouraient pour m'aider. En réalité, leur idée, c'était que, aucun d'eux ne tenait à voir rouvrir un scandale d'autrefois et qu'ils savaient assez de choses pour rendre ma situation intenable si je ne me montrais pas compréhensive.

— C'est-à-dire ?

— Si je n'obtenais pas de toi que tu oublies que le corps découvert était celui de Ben. Je suis censée te convaincre qu'il faut dire que l'identification a été impossible et que le cadavre devait être celui d'une victime

d'un raid aérien. Je ne sais que faire, Henry. Tu vas te
trouver dans une situation terriblement embarrassante, du
fait que je suis mêlée à cette histoire. Que je regrette
d'être allée à cette maudite réunion !

— Cela ne sert à rien de regretter ce que tu as fait.
Je peux te confier que l'identification est maintenant officielle et que je ne suis plus maître de l'affaire.

— Dans un sens, c'est un soulagement, dit-elle. Naturellement, je leur ai bien dit que je ne pourrais rien faire
pour arrêter l'enquête. Après cela, Annie, Price et les
Smith sont rentrés chez eux. Jim est sorti avec moi, m'a
trouvé un taxi... et me voilà.

Henry se leva et vint s'asseoir aux pieds de sa femme.

— Ma chérie, dit-il, je crains que la situation ne
soit pire que tu le penses. Tes chers amis sont dangereux...
Enfin, l'un au moins d'entre eux est très dangereux. As-
tu oublié ce qui est arrivé à Jo ? Emmy, je crains qu'il ne
te faille regarder en face la situation. Tu es menacée de
quelque chose de beaucoup plus subtil que la violence
physique. Il faut que tu me dises la vérité exacte et totale
sur ce qui s'est passé ce soir-là à Dymfield. Tu dois savoir
que Ben ne s'est pas suicidé.

— Je l'avais toujours su, qu'il ne s'était pas suicidé !
se récria Emmy. Il était de si bonne humeur, ce jour-là ! Il
attendait ce vol avec impatience. Mais, s'il ne s'est pas
suicidé...

— Oui, dit Henry. Il a été tué. Tu es sans doute la
dernière personne à l'avoir vu vivant, eu dehors de celui
qui l'a tué, bien sûr. Et tes chers bons amis se sont assurés
qu'ils détenaient des preuves contre toi. Ou je me trompe
beaucoup, ou il y avait un magnétophone dans le bureau
de Jim Baggot. Tu as donné tête baissée dans le piège,
chérie.

— Donc, tu as été le retrouver, dit Henry. Quel était
cet « endroit habituel » ?

— L'abri antiaérien désaffecté.

— L'abri ? Voilà qui simplifie tout !

— Vrai ?

— Bien sûr que non. Je faisais de l'ironie ou j'es-
sayais. Tu le retrouvais souvent dans cet endroit ?

— Oui. Très souvent. Je sais de quoi cela peut avoir l'air. Sordide... Mais il n'en était rien, crois-moi. Nous avions simplement envie de bavarder tranquillement, tous les deux. Il me parlait de Barbara ; il me disait tout d'elle, comme elle était difficile, et il me demandait conseil. Il l'aimait vraiment, tu comprends ? Et puis, nous riions ensemble, de tout... Il était si gai, et nous étions si jeunes ! C'est tout. Nous ne pouvions pas nous rencontrer ouvertement ; il était commandant, contrôleur-chef, et moi simple sous-lieutenant. Alors, nous nous cachions. En été, nous faisions de longues promenades ensemble. C'est un jour que nous nous promenions à l'intérieur de la base que nous avons trouvé les abris. On ne s'en était plus servi depuis 1940. Si bien que nous en avons fait un de nos lieux de rendez-vous pour l'hiver. Ben y gardait même une bouteille de whisky pour que nous puissions boire à l'occasion.

— Innocente petite Emmy ! dit Henry, ironique.

— Tu ne me crois pas ? dit Emmy.

— Si, dit Henry, gravement. Je te connais et je sais que tu as un instinct tout à fait irrationnel mais merveilleusement sûr pour juger les gens. Je commence à aimer ce type, ce Guest. Mais je devine aussi que vous étiez tous les deux un peu stupides et très vulnérables, comme le sont toujours les innocents. Je te crois, chérie. Mais, à part moi, qui te croira ?

— Voyons, tous les anciens de Dymfield ! protesta Emmy, indignée.

— Oui, dit Henry. Tu le vois ! Ils te sont apparus sous leur vrai jour, ce soir, tes bons copains, fidèles ! Y en avait-il qui étaient au courant de votre lieu de rendez-vous secret ?

— Oh non ! Du moins, j'espère que non...

— Enfin ! soupira Henry. Qu'est-il arrivé ensuite ?

— Pas grand-chose. Je me suis rendue à l'abri, avec ma bicyclette. Il s'était mis à pleuvoir très fort. J'avais froid et je regrettais d'être venue. Ben m'attendait. Il m'a donné la photo signée. Il semblait tout à fait différent cet après-midi-là ; je veux dire, de très bonne humeur ; pas du tout nerveux ou déprimé...

— Il m'a parlé du vol qu'il allait faire. Il m'a dit au revoir et m'a embrassée, ce qui n'était pas habituel. Et c'est tout, dit Emmy. Je te le jure. J'ai repris ma bicyclette et je suis revenue au Central Ops. Je ne me souviens pas d'avoir vu Price, mais il semble que lui m'ait vue. J'ai repris mon service. Tu sais le reste.

Emmy resta quelques instants silencieuse.

— J'ai l'impression d'avoir fait un beau gâchis, reprit-elle. Je suis désolée.

— Ben ne t'a pas dit qui était cet homme qu'il devait voir après toi ?

— Non. Il a simplement dit : « un type, à propos de bottes ». Tu connais l'expression, qui ne veut rien dire.

— Je commence à voir se dessiner quelque chose, murmura-t-il enfin. Quelque chose d'assez net, même.

Il regarda sa montre.

— Trois heures et demie. Il est temps de nous coucher. Demain, avant toutes choses, j'ai l'intention de couper l'herbe sous le pied à « l'opposition ». Vois-tu, chérie, nous disposons de très peu de temps. Etant donné le rôle que tu joues dans l'affaire, comme témoin essentiel, je ne pourrai pas garder longtemps la direction de l'enquête. Si je ne peux pas la tirer au clair demain ou après-demain au plus tard, il faudra que je transmette le dossier à quelqu'un d'autre.

— Alors, que va-t-il se passer, demain ?

— D'abord, dit Henry, une nouvelle réunion des anciens de Dymfield.

CHAPITRE XI

Le lendemain matin, Henry emmena Emmy à Scotland Yard.

— J'espère que je ne vais pas massacrer cette affaire, dit Henry qui avait un air renfrogné.

— Bien sûr que non, que tu ne la massacreras pas !

— Cela t'est facile à dire, grogna-t-il. Comme si nous arrivions au dernier chapitre d'un roman policier, dans lequel le brillant détective débrouille toutes les énigmes et démasque le criminel.

— N'est-ce pas un peu cela ?

— Je ne suis qu'un homme, soupira Henry. Je ne sais si je parviendrai à en venir à bout. Il peut y avoir des choses qui m'ont échappé.

— Je voudrais que tu m'expliques ce qui va se passer, ce matin.

— Même si je le savais, je ne te dirais rien. Ce sera plus facile pour toi de jouer ton rôle naturellement si tu ne sais rien.

A l'entrée du Yard, Henry monta directement à son bureau tandis que l'on conduisait Emmy dans une espèce de grand salon d'attente sinistre. A la porte, Emmy entendit, venu de l'intérieur de la pièce, un murmure de voix qui cessa brusquement quand le sergent la fit passer devant lui.

Trois chaises avaient été tirées à l'autre bout de la pièce. Les conspirateurs qui les occupaient étaient Victor

Prendergast, Sam Smith et Jim Baggot. Leurs têtes rapprochées se retournèrent vers la porte, et ce fut d'un air coupable qu'elles s'écartèrent, à la vue d'Emmy.

— Bonjour, dit Emmy.

— Ma chère Emmy ! dit Baggot, les mains tendues. Quel plaisir de vous revoir ! Vous allez pouvoir nous dire ce que tout cela signifie.

— Ne le savez-vous pas ? demanda Emmy.

— Ma chère enfant, dit Jim, je ne sais rien. J'avais à peine entrouvert un œil, ce matin, quand deux grands gaillards rougeauds en civil ont fait irruption dans la maison et m'ont dit qu'on me demandait à Scotland Yard. J'ai le plus grand respect pour votre mari, mais je trouve qu'il pousse vraiment les choses un peu loin !

Sam, qui était resté assis, la tête dans ses mains, fit surface et poussa une sorte de gémissement.

— Bonjour, Doucette. Je vous serrerais bien la main mais, si jamais vous me la secouiez un peu fort, ma tête se détacherait.

— Le pauvre vieux Sam n'est pas brillant, dit Jim à Emmy. Il a été pincé pour conduite en état d'ivresse, en rentrant chez lui, la nuit dernière.

Sam avala un verre d'eau effervescente et fit la grimace.

— Nom d'un chien, que c'est mauvais ! grogna-t-il. Non, Baggot, je n'ai pas été pincé du tout. J'ai passé brillamment tous leurs tests et ils m'ont permis de rentrer chez moi avec une réputation intacte. Après cela, ces flics ont un rude toupet de me traîner ici aux aurores...

Là-dessus, il serra plus étroitement son manteau de cachemire autour de ses formes rondelettes et s'étendit sur le plancher, le visage tourné vers le mur.

— Pauvre vieux Sam ! dit Emmy. Mais je suis certaine que cette convocation n'a rien à voir avec ce qui lui est arrivé la nuit dernière.

— C'est au sujet de Ben, n'est-ce pas ? demanda Vic.

— Je crois, dit Emmy.

— Il semblerait donc que nos efforts bien intentionnés de la nuit dernière n'aient abouti à rien ? remarqua Jim. J'en suis désolé, Emmy.

— Il était trop tard, dit Emmy. Le corps avait déjà été identifié.

— Il y a quelque chose d'irrégulier dans cette histoire ! grommela soudain Victor. Henry n'a sûrement pas le droit de diriger lui-même l'enquête sur une affaire dans laquelle sa femme est impliquée. N'ai-je pas raison ?

— Tout à fait raison, dit Emmy. Et je crois que c'est justement pour cela que nous sommes ici ce matin.

A ce moment, le sergent reparut, précédent Arthur Price et Annie. Annie s'avança immédiatement vers Emmy.

— Je suis vraiment désolée, Doucette. J'ai fait de mon mieux...

— Je sais, Annie. Cela ne fait rien.

Arthur Price s'avança, agité.

— Madame Tibbett... Tout cela est bien désagréable ! Croyez-vous qu'il me sera possible de voir votre mari ?

— Dans un instant, j'imagine, dit Emmy.

— Je voulais dire... en privé ?

Les joues de chérubin de Price paraissaient plus roses encore que d'habitude, et ses yeux larmoyaient, derrière les lunettes.

— Tout cela est si désolant ! dit-il. Je m'en veux ! J'aurais dû prendre moi-même l'initiative, et plus tôt, mais je suis sûr que votre mari comprendra...

Brusquement, et pour la première fois, la vérité s'imposa à Emmy. Elle regarda Price sous un nouveau jour, et il lui fit pitié. Elle remarqua ses mains potelées, soignées, ses ongles faits, ses pieds élégamment bottés, les embarras qu'il faisait à propos de tout et de rien. Elle se souvint qu'au carré on l'appelait « la vieille belle ». Et Emmy se demanda comment elle n'avait jamais soupçonné la vérité. Sans doute était-elle trop innocente !

— Ne vous inquiétez pas, Price, dit-elle. Cette réunion n'est qu'une sorte d'enquête officieuse sur la mort de Ben.

— Vous êtes très réconfortante, madame Tibbett. Je suppose qu'il ne me reste qu'à espérer. Je pensais que, peut-être, si je pouvais voir votre mari seul à seul...

A ce moment, il remarqua la forme allongée de Sam Smith et sursauta légèrement.

— Qui... qu'est-ce ? Est-il... est-il malade, le pauvre diable ?

— Ce n'est que Sam, dit Emmy. Il a la gueule de bois.

Plus que jamais, Price s'agitait futilement. Emmy s'aperçut qu'Annie était restée à son côté. Elle avait l'air très forte et sûre d'elle.

— Inutile de broyer du noir, Doucette, dit-elle. Ce n'est qu'un mauvais moment à passer. Je suis déjà assez soulagée de voir qu'on nous a épargné la compagnie de Barbara.

La porte s'ouvrait, sur un nouvel arrivant, Sidney Guest, un Sidney fort belliqueux.

— J'exige de voir Tibbett ! cria-t-il. C'est une atteinte insensée à la liberté des citoyens, et je m'en plaindrai avec la dernière énergie aux autorités supérieures.

— Je ne peux rien vous dire, monsieur, dit le sergent, qui souriait faiblement, un peu inquiet.

— Vous devriez pouvoir ! tempêta Guest. Ne seriez-vous qu'un rouage sans cervelle d'une mécanique impitoyable ? Un robot ? Répondez-moi !

— C'étaient les ordres de l'inspecteur-chef... dit le sergent, reculant vers la porte.

— Pourquoi nous sommes-nous battus, en 1940 ? demanda le Révérend Sidney. Pourquoi mon fils et ses braves camarades ont-ils sacrifié leur vie ? Répondez !

— Il est formidable ! chuchota Baggot à Sam ! Qui est-ce ?

— Le père de Ben, dit Emmy.

— Je suppose que c'est pour cela que ses traits m'étaient vaguement familiers. Il faudra que nous le gardions celui-là dans notre série ! J'ai mis un excellent rewriter dessus. Il y travaille, en ce moment même. J'ai bien fait de retenir mes droits avant que cette histoire n'éclate, au sujet de Ben. Tout le monde va vouloir se lancer là-dessus.

Le Révérend découvrit soudain Emmy.

— Madame Tibbett ! Que faites-vous ici ? Ne me

racontez pas que vous avez été soumise à cette persécution intolérable, vous aussi ? Où est votre mari ? Qui sont tous ces gens ?

— Nous sommes tous des collègues de Ben... enfin, d'Alan, dit Emmy.

Le Révérend Sidney parut ahuri.

— Quelle chose extraordinaire !

— Vous voulez dire que tous ces... ces gens sont des collègues de mon fils Alan ? D'après ce que j'avais lu dans la presse, j'avais compris que ses compagnons et lui étaient la quintessence de la jeunesse dorée britannique. Regardez-les donc ! De quoi ont-ils l'air ? Des amortis entre deux âges, avec... qu'est-ce encore que cela ?

Emmy se retourna, suivant l'index pointé du Révérend Sidney, et comprit qu'il venait seulement de découvrir Sam qui dormait paisiblement, allongé par terre.

— Il dort, expliqua Emmy.

— C'était aussi un collègue d'Alan ?

Emmy commençait à se dire qu'il était grand temps qu'Henry fasse son apparition. Ce fut avec un immense soulagement qu'elle vit la porte se rouvrir devant lui.

— Bonjour, dit Henry, souriant. C'est très aimable à vous, mesdames et messieurs, de bien vouloir me consacrer quelques instants de votre temps précieux...

— Aimable ? coupa le Révérend Sidney, qui paraissait sur le point d'exploser. On nous a amenés ici par la contrainte. J'ai l'intention de porter plainte !

— Qu'est-ce qui se passe ? demanda Sam qui se réveillait. C'est Tibbett ?

— C'est moi, monsieur Smith, dit Henry. J'espère que vous ne souffrez pas trop des conséquences de votre remarquable sobriété de la nuit dernière ?

Cette répartie déclencha de petits rires. Sam se redressa, s'assit par terre et cligna des yeux.

— Je me sens bien, annonça-t-il.

— Eh bien, finissons-en vite, après quoi nous pourrons tous rentrer chez nous, non ?

— Très bien dit ! approuva Henry. Installez-vous et je vous expliquerai pourquoi je vous ai demandé de venir.

Tout le monde s'assit.

— Je suppose, commença Henry, que vous vous doutez tous plus ou moins de ce dont il s'agit. Hier, dans un abri antiaérien désaffecté de la base R.A.F. de Dymfield, nous avons trouvé le squelette du commandant Guest. L'examen médical prouve que le décès remonte à plus de vingt ans. Guest est mort d'une balle dans la tête.

Personne ne réagit.

— Je vois que je n'apprends rien à aucun de vous, dit Henry, souriant. J'imagine que certains d'entre vous savent à quoi s'en tenir depuis hier tandis que d'autres étaient au courant depuis des années. Mais cet aspect de la question ne m'intéresse pas. Un décès qui remonte à vingt ans ne peut pas être considéré comme une affaire urgente. Je m'intéresse davantage aux exploits d'un maître chanteur contemporain.

Un silence absolu régnait dans la pièce. Il y avait eu une vague de soulagement, aussitôt suivie d'un renouveau d'appréhension.

— Je crois, reprit Henry, que plusieurs personnes ici présentes ont reçu des lettres, ou des coups de téléphone, ou les deux, liés à ce que nous avons découvert hier. Une seule, monsieur Smith, a réagi correctement et nous a informés immédiatement.

Il sourit à Sam, qui s'inclina de façon comique, comme pour remercier de cet hommage.

— Je tiens à dire immédiatement que ceux qui désirent me faire des déclarations n'ont rien à craindre pour la suite qui pourrait être donnée à ce qu'ils divulgueront. Les questions qui n'ont pas de rapport direct avec l'affaire seront traitées sur un plan purement confidentiel. J'ai l'impression d'employer un jargon juridique un peu ridicule. Plus simplement, les personnes concernées veulent-elles me parler de ces lettres anonymes ?

Il y eut un silence gêné, puis le Révérend Sidney se décida.

— Je vous en ai déjà parlé, dit-il. J'ai reçu une lettre et un coup de téléphone me disant que je devais essayer de vous tenir, vous et vos hommes, loin de Dymfield. J'ai détruit la lettre, et n'ai pas reconnu la voix de la femme.

A ces derniers mots, Annie se redressa vivement et regarda le Révérend.

— Si c'était tout ce que vous vouliez de moi, Tibbett, continua Guest, c'est monstrueux de m'avoir traîné à Londres pour cela !

— Merci, monsieur Guest, dit Henry. Quelqu'un d'autre ?

Arthur Price avait pris la couleur d'une betterave apoplectique. Après un moment de débats intérieurs, il se décida :

— J'ai reçu une... une communication, dit-il. Vous me permettrez certainement de vous en entretenir en privé, inspecteur ? Une chose pareille, devant tout ce monde...

— Je suppose que cette lettre était menaçante ?

— Tout à fait. Elle menaçait de rendre publiques... certaines choses... si je ne.

— Monsieur Price, dit Henry, saviez-vous que le corps du commandant Guest se trouvait à Dymfield ?

— Certainement pas ! répliqua Price, indigné. J'ai éprouvé le plus grand choc de ma vie quand Annie m'a dit...

— C'est madame Meadowes qui vous l'a appris ?

— Oui, avoua Price, qui jetait à Annie un regard implorant. Il n'y a pas de mal à le dire, n'est-ce pas, Annie ?

— De toute façon, dit celle-ci sèchement, il est un peu tard pour me le demander.

— Pourrions-nous revenir en arrière ? dit Henry. Cette lettre, que vous disait-elle de faire ?

— Franchement, dit Price, je n'ai pas bien compris. Son auteur me disait qu'il voulait me rafraîchir la mémoire. Il me rappelait que j'avais vu Emmy Doucette quitter le Central Ops sur sa bicyclette à quatre heures et quart, le jour de la mort de Ben.

» Imaginez un peu ! dit Price qui, comprenant que sa vie privée ne risquait pas d'être étalée en public, reprenait du poil de la bête. Je n'y ai vraiment rien compris. C'est vrai que j'ai un vague souvenir d'avoir vu Emmy s'éloigner à bicyclette du Central cet après-midi-là. Mais, quant à dire de façon sûre quelle heure il était...

Il haussa les épaules.

— La lettre me disait qu'Annie savait, elle aussi, que Doucette avait quitté le Central et que je ferais bien d'entrer en contact avec elle pour nous assurer que nos versions de l'histoire concordaient. Alors, j'ai téléphoné à Annie.

— C'était sans doute hier matin, vendredi ? dit Henry, qui prenait des notes.

— C'est cela, vers neuf heures du matin. Elle m'a appris la nouvelle, pour le contrôleur-chef. Cela m'a donné un rude coup.

Emmy regardait Annie comme si elle ne l'avait encore jamais vue. Celle-ci, aussi sereine que jamais, allumait une cigarette d'une main qui ne tremblait pas.

— Annie a dit qu'il fallait que nous nous rencontrions, continua Price, et qu'elle allait prendre aussitôt l'avion pour Londres. Elle est arrivée vers midi et nous nous sommes entretenus chez moi.

— Que vous êtes-vous dit ? demanda Henry.

Price regarda Annie d'un air suppliant.

— Je ne voudrais pas parler mal à propos, dit-il, malheureux. Annie ne peut-elle pas vous le dire elle-même ?

— Peut-être pouvons-nous le lui demander, dit Henry.

— J'ai fait de mon mieux pour le persuader de se taire, dit Annie, qui semblait tout à fait maîtresse d'elle-même. Pour qu'il ne dise pas qu'il avait vu Doucette, veux-je dire. Il a un peu protesté qu'il ne pouvait pas porter de faux témoignage mais j'ai eu vite fait de lui arracher la vérité : il avait reçu cette lettre, et il n'osait pas désobéir. Alors, je me suis dit qu'il fallait faire quelque chose. Je voulais savoir ce qui se passait exactement.

— Aviez-vous une idée sur la personne qui pouvait avoir envoyé cette lettre anonyme ?

— Bien sûr, dit immédiatement Annie. C'était Victor évidemment.

— Eh, dites donc ! protesta Victor.

Annie ne le regarda même pas. Sam Smith, qui massait à nouveau ses tempes douloureuses, fit un clin d'œil à Victor.

— Joli travail, vieux farceur ! dit-il. Ça vous a-t-il pris longtemps de coller tous ces mots sur le papier ?

— Fermez-la, Sam ! dit Vic. Vous n'êtes pas drôle !

— Continuez, madame Meadowes, demanda Henry.

— J'ai téléphoné à Victor. Quelle bande d'agités ! D'abord, Price. Ensuite, Victor.

— Vous ne m'avez pas dit un mot de cette lettre anonyme ! protesta Vic. Pas un mot !

— Avez-vous jamais essayé d'avoir une conversation tranquille avec un ballon de rugby ? Il bredouillait de façon incohérente. J'ai compris que Barbara se trouvait à Londres, que vous alliez vous rendre à Dymfield avec une pelle et une pioche, que la vérité entière sur cette histoire sordide allait être révélée, notamment le rôle qu'avait joué Vic et que Barbara ne s'en remettrait jamais, etc. Je lui ai demandé ce qu'il se proposait de faire. Il m'a dit qu'il avait déjà fait tout ce qu'il pouvait. J'ai compris qu'il parlait de la lettre anonyme qu'il avait envoyée à Price.

— Ce n'était pas ça du tout ! bougonna Vic. J'avais persuadé Barbara de se rendre à Londres. Je pensais qu'il valait mieux l'écarter momentanément.

— Vic, vous êtes lamentable ! déclara Annie. C'est moi qui ai eu l'idée qu'il se rende à Dymfield. J'étais à peu près sûre que Tibbett y déjeunerait et je pensais qu'il arriverait peut-être à temps pour le détourner de Dymfield. Je lui ai demandé de rester en contact avec moi. Quand il m'a retéléphoné, il m'a dit qu'il vous avait manqué mais qu'il avait mis la main sur Doucette et qu'il l'avait ramenée avec lui au manoir. Je lui ai expliqué ce qu'il fallait qu'il fasse ensuite : amener Doucette à Londres, la laisser avec Barbara, puis aller vous voir, Inspecteur.

— Oui, dit Henry. Il a obéi fidèlement à vos ordres. Je me demande pourquoi.

— Parce que je sais ce que je veux, dit Annie. Je suppose qu'il n'est arrivé à rien avec vous ?

— Non, à rien. Je voudrais bien que vous cessiez de parler comme si je n'étais pas là, bougonna Victor.

— Dois-je continuer ? demanda Annie à Henry.

— Une minute, seulement, madame ! dit Henry, qui se tourna vers Victor. Aviez-vous pris d'autres initiatives ?

— Il m'a téléphoné, dit Sam ! Je n'ai jamais vu pareil agité ! Il m'a demandé ce qu'il devait faire. « Laissez faire ! lui ai-je dit. Je suppose que c'est vous qui m'avez envoyé cette lettre mélodramatique reçue ce matin ? Vous vous en mordrez les doigts car elle est déjà entre les mains des flics. Avouez tout ! C'est de l'histoire ancienne. » Mais il n'a pas voulu entendre raison. Il a dit qu'il pensait que mieux vaudrait vous persuader d'étouffer l'affaire.

— Vous m'avez souhaité bonne chance, dit Vic.

Sam fit un clin d'œil à Emmy.

Sam leva une main tremblante, mais décidée.

— Mon rôle dans ce drame épique n'est pas encore terminé. Puis-je continuer ?

Henry acquiesça.

— Ensuite, dit Sam, j'ai téléphoné à Jim Baggot... pour certaines raisons personnelles d'ordre financier sur lesquelles je n'ai pas besoin de m'étendre pour le moment. Qu'il me suffise de dire...

— Il a dû essayer de le taper, dit Vic à Henry.

Annie partit d'un grand rire et Henry eut du mal à ne pas l'imiter. Mais il garda visage de bois.

— Très bien, monsieur Smith. Inutile de vous étendre.

— Il a refusé carrément de me prêter dix livres jusqu'à jeudi prochain, dit Sam, très digne. Mais il m'a paru très intéressé par ce que je lui disais de... enfin, vous savez de quoi il s'agissait. Intéressé à un point vraiment curieux.

Baggot ne parut nullement embarrassé.

— Je pense bien que ça m'a intéressé ! dit-il à Henry. Je projette une série sur le thème des « énigmes historiques de la Deuxième Guerre Mondiale ». Ben devait être mon premier sujet.

— Votre script était sans doute basé sur les recherches de ma femme ? demanda Henry.

Baggot, furieux, rougit.

— Je m'en suis expliqué avec vous, dit-il. J'ai mis

toute l'affaire dans les mains de mon service de recherche.

— O.K., dit Henry, souriant. Continuez !

— Eh bien, il m'a semblé, d'après ce que disait Sam, que nous risquions d'avoir mis le doigt sur quelque chose de sensationnel. Pour une fois, nous pouvions produire des preuves nouvelles, absolument véridiques, révélées pour la première fois à la télévision... J'étais prêt, et je le suis toujours, à consentir de très gros sacrifices pour m'assurer l'exclusivité.

Henry le regardait, incrédule.

— Vous voudriez que la police supprime des preuves jusqu'à ce que vous puissiez les produire dans votre programme de télévision ?

— Supprimer... ! Non, pas exactement. Disons que vous mettriez la pédale douce. Et puis, Sam m'a fait remarquer que Doucette était mêlée de beaucoup plus près à l'affaire que vous ne le saviez peut-être, et je me suis dit que ce ne serait pas une mauvaise idée de... de la mettre de notre côté, continua Jim.

— J'ai organisé une soirée chez moi. Il me semblait que tous ceux qui étaient mêlés de près ou de loin à l'affaire devaient se réunir. J'ai invité Sam. J'ai téléphoné à Price, qui m'a appris qu'Annie se trouvait à Londres. Annie savait que Doucette serait avec Barbara au Perroquet Bleu. Naturellement, je ne tenais pas à ce que Barbara fourre son nez dans notre petite conspiration. Alors, nous avons envoyé Price extraire discrètement Emmy de cette boîte et l'amener chez moi. Vous savez le reste.

— Oui, dit Henry, je sais le reste.

— Eh bien, dit Annie, notre plan n'a pas marché et, maintenant que j'ai entendu le mobile sordide de Jim, je n'en suis pas tellement fâchée. Vous allez remettre l'enquête entre les mains d'une autorité indépendante, Barbara piquera sa dépression nerveuse, ou passera ses nerfs sur Vic, Jim travaillera comme si de rien n'était à son horrible série, et Emmy aura quelques explications à donner. Pouvons-nous rentrer chez nous, maintenant ?

— Non, dit Henry. Je désire savoir qui, parmi vous, savait que le corps de Ben se trouvait dans l'abri anti-aérien.

Seul, un silence de mort lui répondit.

— Comme vous voudrez. Je sais que Victor savait. Sam et Annie aussi. Je suis assez sûr qu'Arthur Price, Jim Baggot et Sidney Guest n'ont appris cette nouvelle qu'hier. Je ne me trompe pas, non ?

A nouveau, silence à couper au couteau. Henry continua.

— Entre vous trois, Vic, Sam et Annie, vous parliez à mots couverts de cette histoire.

Henry avait pris un air sévère et dynamique, celui du professeur de gymnastique invitant des élèves hésitants à plonger dans la piscine.

— Allons-y ! dit-il. Vous d'abord, Prendergast. Revenons à la soirée du 13 octobre 1943. Qui vous a dit que Ben Guest s'était suicidé dans l'abri ?

Vic ne répondit pas.

— Oh ! dit Henry, impatienté. J'imagine que vous vous êtes plus ou moins engagé sur l'honneur à ne rien dire. Mais ceci est une enquête criminelle, ne l'oubliez pas.

— Après tout, pourquoi pas ! bougonna Vic. C'est Sam qui me l'a dit au téléphone, au carré. Je suis allé le retrouver à l'auberge. Il m'a mis au courant, après quoi j'ai piloté l'avion, comme vous le savez.

— Merci, dit Henry. Monsieur Smith ? Qui vous a parlé de Ben Guest ?

— Annie. Elle m'a téléphoné.

— Comment savait-elle où vous trouver ? Je croyais que vous étiez en permission ?

— En « permission de coucher » simplement. L'autorisation de passer la nuit hors du cantonnement. Ma petite amie était venue me voir !

— C'est Victor qui m'avait mise au courant, dit Annie. J'étais de service à Dymfield. Il m'a téléphoné pour me prévenir. Doucette n'était pas encore revenue au Central.

— C'est un mensonge ! protesta Victor. Je ne vous ai jamais téléphoné.

— Mais si ! C'est vous qui m'avez suggéré d'appeler Sam. Vous étiez dans tous vos états, comme d'habitude.

— Un moment ! dit Henry. Attendez que je comprenne

bien. Smith l'a dit à Victor qui l'a dit à Annie, qui l'a dit à Smith. C'est une vieille histoire bien connue !

Furieux, il frappa la table de sa liasse de notes.

— C'est exactement comme ce que vous m'avez raconté sur ce qui s'est passé hier. Les actions de chacun de vous semblent avoir été déclenchées par quelqu'un d'autre. Mais il a bien fallu que l'affaire commence quelque part ! Et l'on a tué Jo Parker avec une très bonne raison de le faire.

Il y eut un silence choqué. Henry continua :

— Oui, Jo Parker ne s'est pas suicidé. On l'a assassiné. Il a été assassiné parce qu'il était sur le point de découvrir la vérité, que Ben Guest ne s'est pas suicidé. Il a été descendu par la personne qui a lancé cette chaîne dont on essaie de cacher l'origine. Mais j'ai bien l'intention de découvrir qui était cette personne !

Ce fut à ce moment qu'Henry se rendit compte que tous regardaient Emmy. Il se leva.

— C'est tout pour le moment, dit-il brusquement. Je dois vous demander à tous de vous tenir à notre disposition pour d'autres interrogatoires, à mesure que notre enquête progressera.

Henry nota l'adresse du club d'Annie.

— Bon, dit-il. Je prie tous les autres de prévenir mon service si vous avez l'intention de vous déplacer. Nous reprendrons contact bientôt.

Ils restèrent tous immobiles un moment, comme ahuris.

— Vous voulez dire que nous pouvons nous en aller ? demanda Sam. Ça tourne un peu en eau de boudin, votre petite réunion, non ? dit-il, déçu. Pas d'arrestation spectaculaire ? Pas de grand criminel démasqué ?

— Pas aujourd'hui, je regrette, dit Henry, souriant.

— Je serai franc avec vous, dit-il. Vous êtes tous des gens intelligents et je ne peux pas croire qu'aucun de vous protégerait un assassin, même s'il s'agissait d'un vieil ami. Je compte sur vous pour m'aider. Ce qui me manque encore, c'est le mobile du criminel. Si je peux découvrir pourquoi Guest a été tué, je saurai qui l'a tué. Demain, mes hommes passeront Dymfield au peigne fin,

pour la chercher. Mais, je crois que ma preuve viendra de
l'un de vous.

— Vous parlez par énigmes, mon bon Sherlock, dit
Vic. Je n'ai pas compris un mot de votre harangue.

— Dans ce cas, vous avez bien de la chance. dit
Henry. Je suis tout à fait sûr que quelqu'un, ici, a
compris. Je voudrais encore dire deux mots à M. Guest
et à M. Price. Emmy, veux-tu attendre ici avec M. Price ?
Tous les autres peuvent s'en aller.

Le petit groupe silencieux sortit lentement dans le
couloir, puis sur le trottoir. Henry se demanda combien
d'entre eux se douteraient qu'ils étaient pris en filature.

CHAPITRE XII

Dans son bureau, Henry, face au Révérend Sidney, se sentait heureux d'être séparé de lui par une solide table de chêne. Le vieillard, curieusement discret jusque-là, avait retrouvé toute sa colère.

— Cette affaire est vraiment honteuse ! cria-t-il. Pourquoi n'a-t-on pas découvert la vérité depuis des années ? On me tire de ma lointaine campagne pour assister à cette comédie lamentable !

— Je vous ai demandé de rester pour vous parler de votre femme ! coupa Henry.

L'effet fut instantané. On eût cru voir un ballon se dégonfler.

— J'aurais dû m'en douter ! Encore des ennuis, je suppose ?

— Elle est hospitalisée à Sandfields, n'est-ce pas où on la traite pour alcoolisme ?

— Il y a beau temps qu'elle est définitivement incurable. Je me suis plaint de façon répétée d'une surveillance insuffisante. Alors, que se passe-t-il ?

— J'espérais que vous me le diriez, dit Henry.

— L'ennui, soupira le Révérend Sidney, c'est qu'elle s'y entend pour entortiller les gens. C'est ce qu'on me dit, car je ne l'ai pas vue depuis de nombreuses années. Je me contente de payer la note.

— Pourquoi n'allez-vous pas la voir ?

— J'espère que ce que je vous dirai restera entre nous ?

— A moins que cela n'ait un rapport direct avec
l'affaire...

— En confidence, n'est-ce pas ? Ma femme m'a quitté
alors que mon fils Alan n'avait pas deux ans. Elle s'est
enfuie avec un musicien. Ils ont vécu ensemble un certain
nombre d'années et elle a eu un enfant de lui. Ils dési-
raient beaucoup se marier mais je lui ai refusé le divorce.
Je suis un chrétien et j'essaie d'appliquer les principes de
ma religion. Il semble que cette situation ait rendu ma
femme folle ! Elle avait toujours été peu équilibrée. Finalement, elle s'est mise à boire. Son état s'est tellement
détérioré que son amant n'a plus pu y tenir. Il a eu
l'impertinence de m'écrire ! Je ne sais ce qu'il m'a raconté,
que leur enfant avait été très malade et qu'il se sentait
obligé de l'éloigner de June, ma femme. Il me demandait
si je ne voulais pas faire quelque chose « pour aider la
malheureuse ». Mais je suis resté le mari de June et me
sens responsable d'elle. J'ai pris des dispositions pour
qu'on l'hospitalise. Je ne crois pas que personne puisse
m'accuser d'avoir manqué de générosité... Pourquoi sou-
riez-vous ?

— Je ne souriais pas, dit Henry. Veuillez continuer,

— Elle a donc été internée à Sandfields. Les premiers temps, l'hôpital a voulu me faire croire qu'elle était
guérie et l'a renvoyée. Chaque fois, on la leur a ramenée,
ignoblement ivre. Les médecins ont reconnu qu'elle est
incurable. C'est l'affaire de son fils illégitime qui a complètement détraqué la malheureuse.

» Alors, elle s'échappe de l'hôpital, et exploite des
inconnus qui ne se doutent de rien. Elle finit invariable-
ment ramassée par la police, ivre morte et sans le sou. Il
ne me reste plus qu'à payer pour empêcher un scandale.
Vous pouvez imaginer l'effet que cela aurait dans ma
paroisse !

— C'était donc cela, la menace de la lettre anonyme ?

— Précisément. On n'expliquait pas comment la
découverte du corps d'Alan entraînerait la révélation de
cette autre affaire, mais je ne tenais pas à courir de risques.

— Je suppose que le second fils de votre femme porte
le nom de son père ? dit-il.

— Je le suppose, oui.

— Bien sûr que si, puisque vous avez reçu une lettre de lui !

— Je ne vois pas que cela ait la moindre importance, dit-il d'un air gêné.

— C'est extrêmement important, au contraire, dit Henry, si ce nom est bien celui que je pense : Parker. Jeremy Parker ! précisa Henry.

Le Révérend ne bougeait plus. Il faisait de son mieux pour dissimuler son émotion.

— Je ne dis pas cela au hasard, reprit Henry. Je sais. L'autre jour, j'ai vu une photographie de votre fils Alan, prise avant celle dont les chirurgiens se sont servis pour lui reconstituer un visage. Cette photo m'a immédiatement frappé par une sorte d'air de famille. Et puis, je me suis rendu compte que le visage de Ben Guest ressemblait étonnamment à celui de Jo Parker. Les deux demi-frères se ressemblaient beaucoup, bien que l'un fût blond et l'autre brun. Vous avez été stupide de faire mystère de ce nom, dit Henry. Après tout, il y a quantité de Parker... Si bien qu'il est évident que vous saviez qui était Joseph Parker. La question est : savait-il, lui ?

— Je ne suis pas en mesure de répondre à cette question, dit le Révérend.

— Alan savait-il qu'il avait un demi-frère ?

— Je l'imagine. Il insistait toujours pour rendre visite à sa mère, contre mon désir. Comme ma femme était obsédée par cet autre enfant, elle devait sûrement parler de lui à Alan. Bien entendu, Alan et moi n'en avons jamais parlé.

— Bien entendu ! Les deux frères se sont-ils rencontrés, je veux dire, avant la coïncidence qui les a réunis dans la R.A.F. ?

— Pas à ma connaissance.

— Comment connaissiez-vous l'identité de Jo Parker ? Mais vous allez me le dire. Notre entretien n'est pas une conversation mondaine. Il s'agit d'une enquête criminelle.

— J'ai le sens de mes responsabilités, dit le Révérend dignement. Ce garçon était le fils de ma femme, après tout. Peu avant la dernière guerre, Parker — le

père — est entré à nouveau en contact avec moi. Il m'a
avoué qu'il n'avait plus un sou ; on lui avait offert un
emploi en Amérique ; il désirait quitter l'Angleterre mais
il n'avait pas les moyens d'entretenir son fils, alors dans
sa dernière année d'études secondaires. J'ai versé les
fonds nécessaires pour que le garçon termine ses études
et, depuis ce moment, je lui ai fait servir une petite pen-
sion. Heureusement, j'ai certains moyens personnels. J'ai
pris soin de faire en sorte que le garçon suppose que l'argent lui venait de son père naturel. Quand Jeremy Parker est mort, en Amérique, les avoués ont reçu l'ordre de
dire à Joseph que l'argent lui était versé sur la succes-
sion de son père.

Le Révérend avait viré à l'écarlate.

— Vous nous avez dit, reprit Henry, que vous aviez
jeté le questionnaire sans le regarder. Ce n'est pas vrai,
vous l'avez lu. Vous y avez reconnu le nom de Parker,
et vous y avez appris son adresse. Vous saviez qu'il écrivait ce livre.

— Je ne le nie pas. Mais j'affirme que je n'ai jamais
rencontré Joseph Parker. Jamais ! Je connaissais son
adresse et je l'aidais financièrement parce que j'estimais
que c'était mon devoir.

— Très bien, dit Henry. Ce sera tout pour le moment.
Je reprendrai contact avec vous.

— Mais vous ne divulguerez rien de ce que je vous
ai confié ?

— Sauf si c'est absolument nécessaire.

— Je répète que je ne l'ai jamais rencontré. C'était
un mécréant, un bon à rien, au dire de tout le monde. Il
n'a eu que ce qu'il méritait.

⁂

Laissés seuls dans la salle nue où avait eu lieu l'in-
terrogatoire, Emmy et Arthur Price se regardèrent avec
embarras. Price dit enfin :

— Je suis vraiment navré de tout cela, madame
Tibbett.

— Moi aussi, dit Emmy. Pour vous, je veux dire.

— Oh, je vous en prie ! Ne vous faites pas de souci pour moi. Croyez-moi, j'aurais volontiers oublié les événements de cette terrible soirée. Mais vous comprenez la fâcheuse situation dans laquelle je me trouvais ? Je vous ai vraiment vue, sur votre bicyclette... Je ne pense pas que vous m'ayez vu, moi.

— Où étiez-vous ? demanda Emmy.

— C'est-à-dire... il y avait un jeune caporal, à Dymfield, un mécanicien, un membre du personnel au sol. Je m'intéressais à lui... il avait des problèmes financiers...

— Je comprends, dit gentiment Emmy.

— Nous nous sommes retrouvés, ce soir-là, un court moment... Nous étions à proximité de son casernement. J'ai eu une belle peur, quand vous êtes passée. Mais vous ne nous avez pas vus.

— Non, dit Emmy, je ne vous ai pas vus. Je me demande qui vous a vus ?

Price eut un petit sursaut nerveux.

— Vous le savez bien, Price, dit Emmy. Quelqu'un vous a fait chanter, très adroitement.

— Je vous assure, dit Price, que la lettre que j'ai reçue ne faisait absolument pas mention de cet incident. Non, non. On faisait bien des allusions, mais à des faits plus récents.

— J'en suis certaine, assura Emmy. Mais quelqu'un qui vous a connu autrefois pour avoir l'idée de la direction dans laquelle il fallait chercher.

La porte s'ouvrit et le sergent l'informa que l'Inspecteur-chef Tibbett désirait le voir. Price sortit.

— L'Inspecteur-chef pense qu'il n'en aura pas pour longtemps, madame Tibbett, dit le sergent. Il vous propose d'aller l'attendre à la cantine.

— Merci beaucoup, dit Emmy. Voulez-vous dire à mon mari que je serai au café du coin où nous nous retrouvons souvent.

— Très bien, madame Tibbett, dit le sergent, impassible.

Emmy lui adressa un sourire aimable et quitta le

Yard. Dans la rue, elle rencontra une dame qu'elle connaissait un peu et accepta volontiers d'aller prendre un café avec elle.

*

Arthur Price ne causa aucune difficulté à Henry, qui attaqua sans préambule :

— Maintenant, monsieur Price, je veux la vérité. Où étiez-vous samedi dernier, le soir ?

— Je vous l'ai dit, Inspecteur...

— Vous m'avez raconté un tissu de mensonges.

— Vous pouvez vérifier, à mon club.

— Certes, dit Henry, cette partie de votre histoire était vraie. Vous avez bien joué au bridge dans une compagnie fort respectable jusqu'à six heures et demie. Mais, ensuite, vous m'avez raconté des balivernes. Vous espériez qu'on ne pourrait pas les vérifier. Vous vous trompiez.

— Je me suis trompé ? demanda-t-il ingénument.

— Je suppose que vous aviez vu *Boadicea* un autre jour de cette même semaine ? Vous auriez dû prendre la peine de vous assurer que l'on donnait toujours ce film, dit Henry. En réalité, il a quitté l'affiche le vendredi.

— Mon Dieu ! C'était vraiment stupide de ma part ! Je croyais que ces films à grand spectacle passaient dans la même salle pendant des mois entiers. Vous avez dû me trouver idiot, Inspecteur ?

— Je vous trouverai encore plus idiot, si vous ne me dites pas très exactement la vérité, maintenant.

Price avait passé la soirée dans l'appartement d'« un ami » qui était particulièrement désireux que son nom ne soit pas mentionné et c'était pour respecter ses désirs que Price avait, selon son expression, « recouru à une petite ruse innocente ». Naturellement, il n'y avait rien de mal dans cette amitié, si Henry comprenait ce que Price voulait dire. C'était simplement que le jeune homme en question redoutait toute publicité et...

Henry déclara sèchement qu'il comprenait parfaitement mais que Price ne pouvait pas se dispenser d'indiquer ce nom. Il se tortilla, battit des paupières, frotta les verres de ses lunettes, mais finit par donner le nom — un nom qui n'était pas inconnu à Henry. Cette personne ne pouvait avoir aucun rapport avec l'enquête, mais Henry comprenait parfaitement que Price ne désirât pas qu'on ébruitât des relations de cette espèce.

— Je présume, dit Henry, que la lettre anonyme menaçait de dénoncer cette... amitié ?

— Oui. Imaginez-vous cela ? C'est si injuste ! protesta Price, avec une véhémence pathétique. Ce n'est pas comme s'il y avait quelque chose de mal dans nos relations. Je me suis efforcé d'aider ce garçon.

— Je suis certain que vos mobiles sont purement philanthropiques, dit Henry. Mais, à votre place, je ne gaspillerais pas ma bonne volonté auprès de ce jeune homme.

Price regarda attentivement Henry, incapable de savoir si l'Inspecteur se moquait ou non de lui.

Quand Price fut parti, Henry se mit à la recherche d'Emmy. Sur les indications du sergent, il se dirigea vers le café qui était bondé. Henry perdit pas mal de temps à s'assurer qu'Emmy n'était pas là. Il supposa qu'elle s'était lassée d'attendre et qu'elle était allée faire des courses. Il retourna à Scotland Yard, demanda qu'on mette une voiture à sa disposition et s'assura les services du sergent Reynolds pour le reste de la journée.

Un coup de téléphone chez lui le mit carrément de mauvaise humeur. Emmy aurait tout de même dû se rendre compte qu'il se faisait du souci pour elle ! Mais, après la fâcheuse aventure de la nuit précédente, il n'allait pas risquer de déclencher une autre fausse alerte. Emmy ne pouvait pas se trouver en danger, d'ailleurs, puisque tous ses « vieux copains », depuis qu'ils avaient quitté Scotland Yard, étaient restés sous l'œil vigilant de la police. Néanmoins, Henry pestait de devoir quitter Londres sans pouvoir lui dire ce qu'il comptait faire, sinon par un message laissé à son bureau.

Peu avant de quitter le Yard, Henry reçut les premiers rapports des inspecteurs affectés à la filature des suspects. Victor avait pris un taxi et s'était rendu au « Perroquet Bleu ». L'Inspecteur l'avait vu en conversation avec

Mabel, la patronne, qui était sortie peu après avec un sac à provisions.

Annie avait pris un autobus puis s'était rendue, à pied, à son club. Elle se trouvait maintenant dans le salon du club, où elle écrivait des lettres.

Sam Smith avait filé directement au bar le plus proche où une jeune femme l'attendait. Ils avaient pris un verre ensemble puis s'étaient séparés. La jeune femme s'était dirigée à pied vers le West End. Sam était entré dans un immeuble de bains turcs. Il y était encore — « et il n'était sans doute pas près d'en sortir », pensa Henry.

Jim Baggot était monté dans une voiture occupée, par une jeune dame brune fort élégante. Ils s'étaient rendus à un studio d'enregistrement.

Le Révérend était allé à pied à la gare de Liverpool Street et avait pris le train pour rentrer chez lui. Aucun rapport n'avait encore été reçu sur Arthur Price, qui avait quitté Scotland Yard le dernier.

Tous se comportaient donc comme on pouvait s'y attendre, se dit Henry, qui ne trouvait rien de suspect dans leurs mouvements. Il appela Reynolds, se mit au volant de la voiture de police et fila en direction du nord-est.

C'était une journée froide qui sentait la mauvaise saison.

Henry abandonna Reynolds sur la place du village du manoir et suivit des yeux, avec un pincement au cœur d'envie, le large dos du sergent qui disparaissait dans l'auberge où il attendrait le retour d'Henry.

Barbara répondit si rapidement au coup de sonnette d'Henry qu'il se dit qu'elle l'avait guetté. Elle ne se montra pas hostile, plutôt, terriblement nerveuse.

— Où est Vic ? demanda-t-elle immédiatement.

— Toujours à Londres, je suppose, dit Henry. Puis-je entrer ?

Barbara s'effaça pour le laisser passer et referma la porte derrière lui.

— Il est en prison ? demanda-t-elle.

— Bien sûr que non ! protesta Henry. Vous ne vous

inquiétez tout de même pas de ce que nous avions fait de lui ?

— M'inquiéter ? répéta Barbara, qui partit d'un rire rauque. Je suppose que vous ne prenez jamais le temps de réfléchir aux angoisses des proches de ceux que vous envoyez vos policiers tirer de leur lit à l'aube ?

— Je suis désolé, dit Henry. Mais il fallait que je voie votre mari. Je voudrais m'entretenir un moment avec vous.

Barbara l'avait conduit dans le salon. Sur la table, la photographie de Ben Guest souriait à Henry.

— Buvons quelque chose ! dit Barbara, qui paraissait à son aise. Excusez-moi. Je ne suis pas nerveuse, en général, mais... Vous resterez pour déjeuner, n'est-ce pas ? Je n'ai que de la viande froide et de la salade à vous offrir... Maintenant, s'il vous plaît, dites-moi où est Vic et ce qu'il fait ? Pourquoi n'est-il pas avec vous ?

— C'est très aimable à vous de m'inviter à déjeuner, et j'accepte avec plaisir. Où est Victor ? Ma foi, je ne sais pas. Il est venu à une petite conférence que j'avais réunie dans mon bureau, ce matin, mais il a quitté Scotland Yard à onze heures. J'imagine qu'il s'en est allé boire tranquillement un verre et déjeuner quelque part.

— C'est idiot, n'est-ce pas, comme on peut s'inquiéter ? dit-elle. Vic a été... enfin, bizarre, ces derniers temps. Et puis, avec la mort de Jo et toutes ces histoires...

Elle regarda la photo de Ben, détourna les yeux.

— Qu'est-ce que je dois préparer, pour le déjeuner, madame ? demanda une servante.

— Un repas froid, simplement, madame Rudd. Pour deux.

— Dans ce cas, c'est prêt, dit Mme Rudd. Je m'en vais, madame.

Ils déjeunèrent confortablement, tête-à-tête. Après le repas, Barbara installa Henry dans un fauteuil, auprès du feu, et s'en alla préparer le café.

— Ma merveilleuse madame Rudd ne vient que le matin, cria-t-elle.

Il s'était remis à pleuvoir. Barbara revint, avec le café, et s'assit.

— Ainsi, vous désiriez me parler ? dit-elle.

— Oui. (Il lorgnait du côté du guéridon et ajouta :) c'est une vieille photo de votre premier mari, n'est-ce pas ? Prise avant son acicdent, je suppose ?

— Le jour même où il a reçu ses ailes, expliqua Barbara. C'était avant que je fasse sa connaissance. Il devait avoir vingt ans, tout juste.

— Joseph Parker devait avoir dix-sept ou dix-huit ans à cette époque.

Barbara se redressa.

— Quel rapport ?

— Quand avez-vous fait la connaissance de Jo ?

— A Dymfield...

— Oh, non ! dit Henry, impatienté. Vous connaissiez Joseph bien avant cela. Je l'ai compris quand je vous ai vus ici ensemble. Vous avez fait sa connaissance quand il était adjoint au régisseur de votre spectacle, *Summer Song*.

A vrai dire, c'était une simple hypothèse, mais Henry comprit qu'il avait deviné juste. Barbara se figea. Sans lui laisser le temps de répondre, Henry reprit :

— Vous aviez un petit rôle, dans ce spectacle. Vous aviez à peu près dix-huit ans, à l'époque. Vous aimiez bien vous amuser. Joseph Parker était votre bon ami régulier. Mais cela ne vous empêchait pas de fréquenter d'autres hommes. Des soldats, des marins, des aviateurs qui traversaient Londres, en permission. Des aviateurs, surtout. Et puis, Joseph vous a rendu un joli service : il vous a présentée à son demi-frère, le fameux Ben Guest, l'as de la chasse. Vous avez donc fait la conquête de Ben, et de son ami Vic, qui se toquèrent de vous, tous les deux, et devinrent rivaux. Vous avez laissé tomber Joseph, et vous n'avez sans doute plus pensé à lui jusqu'au moment où vous êtes arrivée à Dymfield, en 1943, et où vous l'avez retrouvé, officier subalterne, sous les ordres de votre mari. Joseph ou Ben ont-ils expliqué pourquoi ils ne reconnaissaient pas publiquement leur parenté ?

— Pour que toute cette histoire sordide soit étalée au grand jour ? dit-elle, haussant les épaules.

— Je dois dire que vous ne manquez pas de toupet,

dit Henry. Quand je pense que vous avez essayé de persuader Joseph d'écrire un tissu de mensonges sur les parents de Ben ! Mais je ne crois pas qu'il ait jamais eu l'intention de jouer votre jeu. Saviez-vous qu'il avait envoyé Emmy interviewer le père de Ben ?

— La sale petite crapule ! dit Barbara.

— Revenons un peu en arrière, dit Henry. Ben est tué. Vous épousez Victor. Vous perdez absolument tout contact avec Joseph. Quand vous le retrouvez, lors de la réunion organisée par Price, vous voyez tout de suite qu'il est dans une mauvaise passe et vous décidez de vous servir de lui pour le projet que vous manigancez.

— Vous êtes vraiment malin comme un singe ! dit-elle. Pourriez-vous me dire aussi ce que je manigançais ?

— Une biographie de Ben.

— Et pourquoi pas ?

— La question est plutôt : pourquoi la vouliez-vous ? Ma femme pense que vous êtes mue par un complexe de culpabilité. Pour moi, j'en doute. La raison, à mon avis, était beaucoup plus simple. Vous vouliez établir, une bonne fois, que vous étiez réellement mariée avec Victor... et avec son argent !

— Où voulez-vous en venir ? demanda Barbara.

— Ben avait été porté « disparu, présumé mort ». Avant d'épouser Victor, vous auriez dû vous assurer que votre premier mari avait été déclaré mort, légalement, par un tribunal. Mais vous ne vous êtes pas souciée de cette formalité. J'imagine que Victor s'y est opposé ?

— Exact, dit Barbara. Il n'a pas voulu me laisser faire. Je n'ai jamais compris pourquoi.

— Il avait de bonnes raisons pour ne pas provoquer une enquête judiciaire, dit Henry. Mais vous saviez qu'il y avait des cas de soldats qui réapparaissaient des années après qu'on les ait crus morts et qui faisaient valoir leurs droits. Mais votre mari n'a jamais été déclaré mort légalement. Un livre à sa mémoire aurait renforcé votre position. Ce qui est surprenant, c'est que vous ayez attendu vingt ans pour y penser.

Barbara se tut, pâle comme la mort, les mains agitées.

— Supposons, dit enfin Henry, que je vous dise que

Ben Guest est bien réellement mort, depuis vingt ans, et qu'on peut apporter la preuve formelle de son décès ?

Elle saisit la main d'Henry.

— Est-ce vrai ? Vous me le jurez ? Vous en êtes sûr ?

— Absolument, dit Henry.

De soulagement, Barbara fondit en larmes.

— Dieu merci ! balbutia-t-elle.

— Je suppose que vous avez reçu des lettres prétendant qu'il était vivant ?

— Oui, depuis six mois, environ une par semaine.

— Signées ?

— Non. Tapées à la machine. Je ne pouvais pas être sûre qu'elles étaient de lui, mais je n'osais pas prendre de risques. Il menaçait de revenir si je ne lui envoyais pas d'argent. Mais, s'il est vraiment mort, qui a envoyé ces lettres ? Comment le type qui les a écrites a-t-il pu en savoir autant sur Ben et sur moi ? Au point que j'ai pu les croire authentiques !

— Je crois savoir qui les a envoyées, dit Henry, mais je ne peux pas vous le dire pour le moment. La prochaine fois qu'on vous fera chanter, allez tout droit trouver la police. Si vous aviez fait cela, Joseph serait probablement encore vivant. Votre premier mari est bien mort en 1943, pas tout à fait de la façon que vous aviez imaginée, il est vrai. En fait, j'ai vu son corps.

— Vous avez... quoi ?

— Nous l'avons trouvé hier dans un vieil abri anti-aérien de Dymfield. Vic était au courant et c'est une des raisons pour lesquelles je voulais m'entretenir avec lui ce matin.

— Vic savait cela, hier ? Alors, pourquoi ne me l'a-t-il pas dit ?

Henry regarda Barbara avec un petit sourire ironique.

— Il voulait vous ménager ! Il craignait que cette nouvelle ne vous bouleverse...

De retour au village, Henry passa à la poste, d'où il essaya de téléphoner à Emmy, toujours sans succès. Il appela ensuite son bureau et reçut les derniers rapports sur ses suspects. Sam n'avait pas bougé des bains turcs. Baggot était toujours dans son studio d'enregistrement.

Victor avait repris sa voiture et était en route pour le manoir. Annie s'était enfermée dans sa chambre, à son club. Arthur Price s'était rendu à son bureau de la cité. Le Révérend Sidney était arrivé chez lui et était ressorti pour se promener dans la campagne.

C'est un Tibbett perplexe qui alla reprendre le sergent Reynolds à l'auberge.

**

Les préparatifs demandèrent un certain temps. Il était quatre heures de l'après-midi quand Henry, Reynolds et l'escouade de gros-bras de la police purent se mettre en route. La voiture de Scotland Yard, conduite par Henry, ouvrait la procession ; venaient ensuite deux voitures radio bourrées d'agents à l'air décidé.

Henry fit halte dans un chemin de campagne, à quelque distance de l'entrée de la base aérienne. Il déclara que Reynolds et lui partiraient en avant suivis, peu après, du reste de la troupe.

Ne voulant courir aucun risque, Henry fit signe à Reynolds de rester à l'abri de la haie. Mais ces précautions se révélèrent inutiles. Comme Henry obliquait vers le portail. il fut hélé par une voix jeune et enjouée :

— Ah, vous voici, monsieur !

Tout déconfit, Henry sortit de la haie, suivi par Reynolds. Devant le portail ouvert de Dymfield, le sous-lieutenant Simmonds, souriant, les attendait.

— Je pensais bien que j'aurais des chances de vous voir, annonça-t-il gaiement. Heureusement que vous êtes arrivé à temps. Il doit avoir bientôt terminé, au Central. Une demi-heure plus tard et vous l'auriez manqué.

— Manqué qui ? demanda Henry.

— Eh bien, le capitaine aviateur, je n'ai pas bien compris son nom. Celui qui est venu de votre part au ministère de l'air. Et madame Tibbett, naturellement. Dès que je l'ai vue, elle, j'ai compris que je pouvais aller pour leur ouvrir la base, je veux dire.

— Ma femme s'est présentée au Ministère de l'air ? Quand ?

— Eh bien, vers une heure. Au moment du déjeuner. J'étais seul au bureau.

— Elle était avec un capitaine ?

— C'est cela. Le capitaine m'a dit qu'il avait servi à Dymfield et qu'il vous aidait dans votre enquête. Il voulait jeter un coup d'œil au Central Ops.

— Et vous lui avez donné la clé ?

Simmonds lui jeta un regard de reproche.

— Oh, non, monsieur ! Cela n'aurait pas été réglementaire. Je les ai accompagnés. Je leur ai ouvert le bloc du Central, mais j'ai gardé la clé.

— Vous vous êtes entretenu avec ma femme ?

— Pas exactement. Le capitaine avait sa voiture personnelle, et c'est lui qui a conduit madame Tibbett. Il a dit qu'elle était très fatiguée. J'ai vu qu'elle s'était assoupie, à l'arrière, d'ailleurs. Je suis venu avec ma propre voiture, parce que le capitaine a expliqué ce qu'il avait à faire ici. Il a dit que madame Tibbett resterait encore un peu au Central après son départ. Elle y a tant de souvenirs ; c'est bien compréhensible ! Il a dit qu'il se pourrait que vous reveniez la chercher mais que, dans le cas contraire, je devais la ramener à Londres vers six heures. Le capitaine m'a dit qu'il lui faudrait une demi-heure environ, et cela fait déjà plus de dix minutes qu'il est descendu...

— Ecoutez, Simmonds, dit Henry haletant, je n'ai pas le temps de vous expliquer ce qui se passe, mais c'est extrêmement grave. Prenez votre auto et filez en direction de Whitchurch. Vous verrez deux voitures de police garées sur le bas-côté. Ramenez-les ici aussi vite que vous le pourrez et dites aux hommes de se masser à l'entrée du Bloc Opérations. Expliquez-leur que ce sont mes ordres. Mais dites-leur aussi de ne pas aller plus loin que l'entrée du bloc sans en avoir reçu l'ordre du sergent Reynolds ou de moi-même. C'est clair ? Faites ce que je vous dis ! Venez, Reynolds.

Il partit au pas de course sur l'allée bétonnée. Simmonds resta planté là, bouche bée, à les suivre des yeux. Reynolds, oubliant la déférence qu'il devait à un officier, lui cria :

— Grouillez-vous donc, espèce d'imbécile !

Puis il rejoignit Henry.

La porte métallique noire qui donnait dans le Bloc Opérations était fermée. Tout était silencieux, en dehors du vent qui hurlait dans les arbres. Henry, nerveux, se rendit compte qu'on aurait aussi bien pu livrer une bataille rangée dans cette forteresse souterraine sans que le moindre murmure atteigne le monde extérieur.

A l'intérieur, tout était calme. Au pied des marches cimentées qui descendaient dans cet univers secret, on distinguait une faible lueur : il y avait quelqu'un dans la salle du Central Ops.

Avant de quitter l'air libre et frais, Henry chuchota à Reynolds :

— Restez ici ! Je descendrai seul.

— Monsieur...

— Ne discutez pas ! Il est certainement armé et il peut cueillir comme une fleur les gens qui se présenteront à contre-jour, par l'autre porte. Il faut nous séparer. Attendez les autres ici, puis conduisez-les en bas.

Sans attendre la réponse de Reynolds, il descendit l'escalier, vers l'obscurité.

Sur la dernière marche, il s'immobilisa. A sa gauche, le couloir court qui menait à la salle du Central Ops était faiblement éclairé. La galerie devait être plongée dans l'obscurité. Cette faible lueur devait donc provenir des tubes fluorescents disposés au-dessus de la table de traçage, dans la salle d'opérations. Cela laissait supposer que l'homme était occupé du côté de la table de traçage. Avec un peu de chance, on devait pouvoir l'observer du haut de la galerie, sans se faire voir. Henry, qui osait à peine respirer, tourna l'angle et s'engagea dans le couloir.

La porte battante qui se trouvait au bout du couloir était ouverte. Henry vit l'obscurité de la galerie et, à travers les vitres inclinées des panneaux d'observation, les lumières allumées au-dessus de la table de traçage. A pas de loup, il avança dans le couloir. Le sort du meurtrier — de cet homme qui tentait un dernier coup désespéré pour se sauver en détruisant les preuves qui le dénonçaient en cet endroit — préoccupait peu Henry, pour le moment.

Le Central Ops était cerné et le pauvre diable n'avait pas la moindre chance de s'en tirer. La seule chose qui importait, c'était la présence d'Emmy, « Assoupie à l'arrière de l'auto... »

Cela signifiait presque certainement qu'elle avait été droguée.

CHAPITRE XIII

Tibbett ne se faisait aucune illusion sur les raisons pour lesquelles l'assassin avait amené Emmy. L'homme, une fois qu'il aurait détruit les preuves qui l'accablaient, quitterait la base. L'innocent Simmonds finirait par s'inquiéter pour Emmy et viendrait voir. Il trouverait le corps d'une suicidée. Suicide fort explicable. On venait de retrouver le cadavre de Ben Guest et de découvrir qu'il avait été victime d'un accident ou d'un meurtre. Comble d'ironie, cétait Henry Tibbett qui le retrouvait ! Les bons amis d'Emmy témoigneraient tous qu'elle était complètement toquée du disparu et qu'elle avait été la dernière personne à le voir vivant. Emmy avait voulu faire un pèlerinage sentimental à Dymfield en compagnie d'un vieux collègue et avait mis fin à ses jours.

Quant au meurtre de Jo Parker, Emmy n'avait-elle pas eu quantité de motifs pour le commettre, une fois qu'on la supposait coupable de la mort de Ben ? Henry lui-même pouvait-il être certain qu'elle était bien restée chez elle toute la soirée ? Il y avait un trou de deux heures pendant lesquelles il avait regardé la télévision, tandis qu'elle était censée travailler dans leur chambre, alors qu'il avait pu se convaincre par la suite qu'elle avait très peu travaillé. S'était-elle glissée dans la rue, et avait-elle tué Jo ? Cela paraissait un peu tiré par les cheveux, mais ce n'était pas impossible. Si Henry était arrivé dix minutes plus tard à l'aérodrome... Son sang se glaça — et il en oublia d'avoir peur pour lui.

Il était arrivé à la porte menant à la galerie quand éclata un bruit qui, dans ce silence, parut fracassant. C'était un bourdonnement insistant. Bien sûr, un téléphone ! Dans un Central de ce genre, on devait employer des vibreurs plutôt que des sonneries ordinaires, pour moins déranger le personnel en liaison avec les avions. Henry retint son souffle. Il allait être inévitablement découvert et il faudrait se bagarrer. Il attendit son ennemi, dans l'ombre...

Personne ne vint. Le bourdonnement s'arrêta, puis reprit. Et brusquement, la vérité se fit jour dans l'esprit d'Henry : on aurait aussi bien pu crier à tue-tête dans cette galerie que ceux qui se trouvaient dans la salle du dessous n'auraient absolument rien entendu. Les précautions extraordinaires prises par Henry n'étaient qu'une perte de temps. Il lui suffisait de n'être pas vu... Il s'élança, sans plus s'occuper du bruit qu'il pouvait faire et décrocha le combiné qui s'était remis à bourdonner.

« — Ah, enfin ! dit une voix. C'est bien la table de traçage ? Je commençais à croire que je m'étais trompé de poste. Ici Simmonds, mon capitaine. J'ai pensé que vous aimeriez savoir que l'inspecteur Tibbett est arrivé. J'espère que sa femme va mieux ? Je lui ai trouvé l'air complètement groggy, quand nous sommes entrés... L'Inspecteur m'a demandé d'aller à la rencontre de deux voitures de police qui attendent près d'ici, mais je me suis dit qu'il valait mieux... »

« — Grâce au ciel, dit Henry, vous vous êtes trompé de numéro ! Ici Tibbett. Maintenant, grouillez-vous de faire ce que je vous ai dit, Simmonds ! »

« — Inspecteur Tibbett... Oui. Certainement, monsieur. »

Henry raccrocha. Dissimulé dans l'ombre de la galerie, il regarda la salle, en dessous de lui. Il crut d'abord qu'il ne s'y trouvait personne. Sur la grande table éclairée, les flèches bleues et rouges continuaient à marquer les itinéraires d'avions arrivés depuis longtemps à leur destination. Henry se représenta le Central comme il avait dû être en activité et se dit qu'une personne qui avait à se débarrasser d'un petit objet sans se faire remarquer l'aurait certainement fait en bas, dans la zone obscure extérieure au cercle de lumière de la table de traçage. En effet, une forme bougeait en bas, dans l'ombre.

Au-dessous de lui, dans un angle de la salle souterraine, sous la galerie en surplomb, il distinguait la silhouette d'un homme en uniforme, qui lui tournait le dos et semblait occupé, avec un tournevis, dans le mur, à une trentaine de centimètres au-dessus du sol. Puis Henry vit Emmy, vautrée sur une chaise, dans l'ombre, apparemment plongée dans un sommeil profond.

Il jeta un regard rapide autour de lui et vit l'escalier qui descendait vers la zone de repérage. L'assassin avait pris la précaution de placer Emmy entre lui et la seule entrée de ce terrier. Elle était à portée de sa main et il n'avait qu'à se saisir d'elle pour s'en faire un bouclier.

Henry remonta l'escalier, déboucha à l'air libre. Reynolds s'approcha, anxieux.

— Tout va bien, monsieur ? chuchota-t-il.

— Non, dit Henry. Mais pas besoin de chuchoter. Il ne peut pas entendre. Il est dans une fosse dont l'isolation est parfaite. Ma femme s'y trouve aussi, profondément endormie, droguée.

— Je n'ai vu aucun signe de Simmonds ni des autres voitures.

— Cela ne fait rien. Vous devez les empêcher de descendre, sous n'importe quel prétexte. Faites-les attendre en haut et, quoiqu'il arrive, ne prenez aucune initiative sans mon ordre. Nous ne pouvons sauver ma femme qu'en...

— En le laissant s'échapper ? demanda Reynolds, qui cachait mal sa déception.

— Non, bien sûr. Il la tuerait avant de s'en aller. Mon seul espoir est de descendre et de lui faire croire que je suis seul.

— Je ne vois pas à quoi cela vous avancera, monsieur, dit Reynolds, angoissé. Il vous tuera tous les deux !

— Je ne pense pas, répondit Henry, de façon surprenante. Au fond, c'est un brave gars, vous savez. Très gentil, vrai...

Avant que Reynolds ait pu répondre, Henry avait regagné l'escalier et disparu dans la pénombre.

Henry ouvrit la lourde porte d'une poussée, entra et resta dans l'ombre. Puis la porte se referma derrière lui avec un bruit léger comme un soupir. L'homme qui était accroupi dans l'angle se redressa et se retourna d'un mouvement rapide, effrayé. Henry vit qu'il avait un revolver à la main. Il avança dans la lumière.

— Ce n'est que moi, monsieur Smith, dit Henry. Je vous demande pardon, « capitaine Smith »... Je suis venu chercher Emmy.

Sam Smith restait immobile, et le revolver tremblait dans sa main. Un brave gars...

— Vous croyez que vous n'en avez pas assez fait ? dit Henry. Vous aviez pourtant assez bien réussi à vous faire oublier. Vingt ans !

» Vous avez tué deux hommes, dit-il, mais chaque fois dans un coup de chaleur. Je reconnais que vous nous tenez à votre merci et que rien ne peut vous empêcher de nous descendre tous les deux, Emmy et moi. Mais je ne crois pas que vous le ferez. Vous ne tuerez pas une femme endormie.

— Vous êtes fou ! dit Sam Smith, d'une voix brisée. Où sont vos sbires ?

— Je les ai renvoyés.

— Vous vous imaginez que je vais vous croire ? Ils seront ici dans dix minutes. Ils prendront le Central d'assaut avec des gaz lacrymogènes et des mitraillettes !

— Non, dit Henry. Ils ne sont pas équipés pour cela. Certes, ils sont dans l'enceinte de la base. Je ne le nie pas. Mais je leur ai donné l'ordre de ne rien faire, absolument rien, sans mon autorisation. Vous pouvez sortir par le portail, immédiatement. Personne ne vous arrêtera.

Sam esquissa un curieux demi-sourire.

— Et où irais-je, dites-le moi un peu ?

— Cela, je n'en sais rien, répliqua Henry, avec irritation. C'est votre problème.

Soudain, Sam Smith partit d'un vrai rire. Il posa son

revolver sur la table de traçage, sous les lumières crues des néons.

— Combien ai-je de temps ? demanda-t-il.

— Tant que vous voudrez.

— Vous dites que j'ai tué de sang chaud. C'est vrai. J'espère que vous le croyez. Pourquoi ne pas nous mettre à l'aise, mon vieux ? Asseyons-nous !

La voix de Sam paraissait redevenue normale. Il tira à lui un des fauteuils tournants et fit signe à Henry de l'imiter.

Sam tira un paquet de cigarettes de sa poche et en alluma une. Puis il poussa son paquet vers Henry.

— Je me demande si votre imbécile de flic m'attend toujours devant la porte des bains turcs, dit-il en riant. Si j'étais vous, je le flanquerais à la porte. Se laisser prendre à un truc aussi éculé ! On entre par la porte de devant avec un petit paquet, on se déshabille, on se met en uniforme, et on ressort par la porte de derrière costumé en capitaine aviateur. Il m'a fallu un quart d'heure pour me débarrasser de mon suiveur !

— Oui, je crois que nous avons commis une erreur, dit Henry. Mais pourquoi ne commencez-vous pas par le commencement ?

— Quand ça a-t-il commencé, je me le demande ? A Falconfield, je suppose. Je ne veux pas essayer de me justifier. C'est un sale tour que j'ai joué à Ben. Mais, il faut reconnaître qu'ils m'ont fait souffrir, ces deux-là ! Ben et Barbara... Je suis un gars facile à vivre, Tibbett, mais je n'ai jamais pu supporter qu'on se moque de moi. Qu'on me tourne en dérision. Vous comprenez ce que je veux dire ?

Henry acquiesça.

— Un soir que le vieux Jo Parker était beurré, il m'a raconté que Ben était son demi-frère et il m'a parlé de leur mère, la poivrote... J'ai mis de côté ce renseignement pour m'en servir au bon moment. Maintenant que j'y pense, j'ai attendu vingt ans pour m'en servir. C'est drôle ! Non, le moment où j'ai compris que je tenais mon Guest, c'est quand je me suis rendu compte que malgré ses airs de bravache, il était sérieusement inquiet à l'idée de piloter ce Typhoon. Alors, j'ai pris mon temps. Je n'ai jamais vu un gars aussi nerveux ! Je savais qu'il lui fallait se décider à cinq heures, ce jour-là, d'une façon ou d'une autre. Jusqu'à cinq heures, il pouvait retirer son défi. Vic serait parti faire sa patrouille comme prévu, c'est tout. A cinq heures, si Vic n'avait pas eu d'autres nouvelles de lui, il saurait qu'ils en restaient à ce qu'ils avaient décidé et il mettrait le plan « A » en route, c'est-à-dire qu'il disparaîtrait, laissant Ben se débrouiller seul. Après cinq heures, il serait trop tard, Ben ne pourrait plus battre en retraite sans attirer de graves ennuis à Vic.

« Alors, vers deux heures et demie, j'ai téléphoné à Ben. Je lui ai demandé s'il allait vraiment piloter ce coucou. Il m'a avoué qu'il avait de nouveaux vertiges, comme il en avait parfois et qu'il allait téléphoner à Vic pour lui dire qu'il retirait son défi. Cette histoire l'avait pas mal secoué et il avait demandé à être muté. Alors, je l'ai supplié de n'en rien faire. Je lui ai dit — c'était un mensonge — que j'avais suivi le stage de formation au pilotage des Typhoons et que cela m'amuserait de piloter celui-là à sa place. Il était assez sceptique mais je lui ai dit d'être chic et, comme cela l'arrangeait, il a fini par accepter.

« Je lui ai dit qu'il fallait que nous nous retrouvions quelque part, dans un endroit tranquille, pour régler les détails. Il a proposé l'abri antiaérien désaffecté, à cinq heures. Il se trouve que je m'y suis rendu en avance, et que cela m'a permis de voir plusieurs choses qui m'ont été utiles plus tard. Par exemple Ben embrasser Doucette dans l'abri, alors qu'elle aurait dû être de service, et Price seul avec un beau jeune caporal, derrière un baraquement.

» Je projetais de mettre Guest sur le gril, et je l'ai fait. J'ai été le retrouver dans l'abri et je l'ai laissé raconter des balivernes. Il était tout guilleret, personne ne saurait jamais rien et il s'en irait tranquillement en Ecosse, le lendemain. Et alors, je lui ai asséné le coup. Sec ! Je lui ai dit que je n'avais aucune intention de piloter ce zinc et qu'il n'avait plus qu'à sy mettre lui-même.

» C'était une belle revanche pour toutes les humiliations qu'il m'avait fait subir !

— Vous saviez qu'il y laisserait sa peau, s'il pilotait lui-même ?

— Sûr. Mais il ne l'aurait pas fait. Il se serait dégonflé. En plus, comme il avait trop attendu, Vic n'aurait probablement pas coupé au conseil de guerre. Et Ben n'aurait pas pu souffler mot du rôle que j'avais joué dans l'histoire sans révéler qu'il avait été prêt à me laisser sa place aux commandes du Typhoon. Il était dans un sale pétrin ! Ç'aurait été la fin de Ben Guest, le chevalier des temps modernes, l'archange ! Vous voyez comme mon plan était parfait ? J'avais Ben à ma merci.

— Que s'est-il passé ?

— Quelque chose sur quoi je n'avais pas compté. Il m'a répondu qu'il avait deux mots à me dire... Doucette vous a-t-elle dit que j'étais popotier à Dymfield ?

— Oui, je crois qu'elle me l'a dit.

— Un bon petit job bien douillet, dont personne d'autre ne voulait, et qui me valait de manier des sommes d'argent assez importantes. Il semble que notre commandant Guest avait flairé quelque chose, déjà à Falconfield. Je piquais par-ci par-là quelques livres que j'utilisais « pour mon usage personnel », comme disent les tribunaux. Un très grave délit pour un officier et un gentleman ! Enfin, Ben était mon supérieur, et il avait ordonné au sergent du mess de lui communiquer les livres de compte. Normalement, je m'arrangeais pour maquiller proprement la comptabilité mais, là, je n'en avais pas eu le temps. Ben avait des soupçons depuis quelque temps. Il avait eu l'intention de me fourrer les preuves sous le nez et de me donner la possibilité de rembourser. Mais, quand je l'ai menacé de le traîner dans la boue, pour le coup du Typhoon, il a contre-attaqué ferme. Il avait les livres là avec lui, dans l'abri antiaérien, et il m'a dit que, si je ne pilotais pas ce Typhoon, il me ferait passer en conseil de guerre. Je l'ai menacé du revolver, mais simplement pour lui faire peur. Je n'avais pas de mauvaise intentions. Seu-

lement, il a fondu droit sur moi et ce maudit truc est
parti... Et voilà. Ben était étendu raide mort devant moi.

« J'avoue que, pendant un moment, j'ai été paniqué.
Je ne savais que faire. J'ai d'abord fourré les maudits
registres dans mon blouson. Puis j'ai eu une inspiration :
j'ai filé précipitamment à l'auberge et j'ai téléphoné à Vic
qui attendait les événements dans l'appartement de Barbara. Je lui ai demandé de venir à l'auberge. Après tout,
nous avions le temps jusqu'à six heures. J'ai raconté à
Vic une histoire qui n'était pas très éloignée de la vérité :
que Ben m'avait supplié de prendre sa place dans le zinc ;
que j'avais accepté de le retrouver à Dymfield pour en
discuter mais que je m'étais rendu compte que j'en étais
incapable ; que, lorsque j'avais refusé, il avait perdu les
pédales et avait sorti son revolver. Et qu'il s'était fait
sauter le caisson. J'ai dit qu'il était complètement saoul,
tout comme il était saoul, déjà, quand il avait eu son
accident. J'ai dit à Vic où se trouvait le corps. Je ne sais
pas s'il y est allé mais je sais qu'il est intervenu pour
faire maçonner discrètement l'entrée de l'abri.

— Quelle a été la réaction de Victor ? demanda
Henry.

Smith partit d'un rire assez déplaisant.

— Il a réagi exactement comme je l'avais escompté.
Il n'a pensé qu'à cette idiote de Barbara. Il disait qu'elle
ne s'en remettrait jamais, qu'elle ferait retomber tout le
blâme sur lui. C'était ce que je désirais. J'ai fait remarquer
qu'il avait encore le temps de sortir l'avion lui-même, de
mettre le cap sur la mer et de sauter en parachute. On
croirait que Ben s'était suicidé de façon chevaleresque et
cela aiderait la veuve à supporter le coup. Il a accepté.

Sam Smith se pencha en avant et frappa la table du
plat de la main.

— Il a accepté, comme je vous le dis ! J'ai toujours
soutenu que ce type-là était un simple d'esprit, complètement timbré, en plus. J'ai dit à Vic que j'irais au Central suivre ce qu'il ferait. Il devait crier « Taïaut » au
moment de sauter en parachute, si bien que, si je ne le
voyais pas revenir, je saurais en gros où il fallait le
chercher pour lui porter les premiers secours. Heureuse-

ment pour lui, cela n'a pas été nécessaire, car il est inutile de vous dire que je me serais bien gardé de me mouiller pour le tirer de là.

« Vic est donc parti. Ensuite, j'ai téléphoné à Annie. Simplement pour embrouiller un peu l'affaire. A mon avis, lorsqu'il y a du vilain, on a tout intérêt à mettre le plus de monde possible dans le coup. Il m'a suffi de prendre un accent snob et d'appeler Annie « contrôleuse de mon cœur ». Aujourd'hui encore, Annie est persuadée que c'est à Vic qu'elle a parlé. J'ai trouvé astucieux de lui suggérer de me téléphoner, à moi, pour m'apprendre la nouvelle. Et elle l'a fait, la chère idiote ! Tout cela a marché et je me suis débrouillé comme un chef.

— Mais vous aviez toujours connu ces livres de comptes ? fit remarquer Henry.

— Oui, ils sont ici, si vous voulez les voir.

Sam poussa au travers de la table deux forts carnets cartonnés, très poussièreux.

— Vous les aviez cachés ici ?

— Que pouvais-je faire d'autre ? Je ne pouvais pas les jeter dans la corbeille à papiers. Je me suis dit qu'ils seraient plus en sécurité ici, dans le coin le plus sombre possible. Alors, je les ai fourrés dans la gaine de ventilation. Il faut dire qu'il y avait toute une escadrille de bombardiers qui revenaient d'un raid sur Berlin. Il m'a fallu vingt minutes aujourd'hui pour retirer cette salle grille, tellement elle est rouillée.

— Dommage qu'il ait fallu aussi que vous abattiez Joseph ! dit Henry.

— Je n'avais pas cru que j'en arriverais là.

— Vous semblez pourtant vous y être bien préparé ? Vous aviez multiplié les précautions pour vous ménager un alibi, avec ce voyage à Paris. Vous aviez envoyé votre femme en France par le train, tandis que vous preniez vous-même un des derniers avions...

— Je voulais simplement parler à Joseph, lui faire entendre raison. Ce que vous appelez me ménager un alibi n'était qu'une précaution automatique, pour un homme comme moi. Vous ne pouvez pas comprendre.

Vous n'avez pas toujours mené comme moi une existence à la limite de la légalité.

— Sans doute, dit Henry. Mais cela n'a-t-il pas paru louche à votre femme ? Vous faisiez d'elle votre complice. Que lui aviez-vous donc raconté ?

— Je n'ai eu qu'à lui dire que ça pouvait nous rapporter du fric, dit Smith. Marlene a une bonne nature confiante. Tant que je lui rapporte des sous, elle ne me pose pas de questions. Elle n'en a pas posé quand je lui ai demandé de mettre les lettres à la poste, de téléphoner au vieux Guest, ou même de cueillir Doucette à la sortie du Yard et de fourrer de la drogue dans son café. Une fille utile, Marlene !

— Revenons à Jo Parker. Le prétexte de votre visite était de lui emprunter de l'argent ?

— Exact ! J'avais terminé ma réponse au questionnaire par la demande d'un petit prêt, pensant qu'il s'étonnerait moins de me voir à sa porte. Doucette m'avait inspiré une sainte frousse quand elle m'avait raconté que Joseph cherchait des mystères dans la mort de Ben et qu'il voulait visiter Dymfield. Qu'est-ce qui a bien pu prendre à Barbara, vraiment ?

— Il y a une sorte de justice immanente, dans cette histoire, constata Henry. Vous avez été trop avide, vous n'auriez pas dû faire chanter Barbara en lui faisant croire que Ben était toujours vivant. Ce livre, c'était la façon qu'elle avait trouvée de prouver qu'il était bien mort.

— Oui, dit Sam, j'ai commis des erreurs ! Si j'avais tout avoué, carrément, au moment de la mort de Ben, en expliquant que c'était un accident, je m'en serais probablement tiré. Mais comment vouliez-vous que j'accepte que tout soit découvert, après tant d'années d'impunité ? Or je savais que ni Vic ni Annie ne lèveraient le petit doigt pour m'aider s'ils avaient le moindre soupçon de la vérité, je veux dire, s'ils apprenaient que Ben ne s'était pas suicidé. Je n'aurais jamais imaginé que j'en viendrais un jour à reconnaître que l'honnêteté est peut-être la politique la plus habile !

« Enfin, j'ai été voir Joseph. J'ai essayé gentiment de l'amener à renoncer à ce livre. Seulement, il avait reçu une

offre de Baggot, pour la télévision, et cela lui était monté
à la tête. Quand j'ai vu que je n'arriverais à rien par la
douceur, j'ai fait de discrètes allusions à sa mère. Ça l'a
rendu furieux. Il s'est mis à me débiter des injures... Enfin,
nous nous sommes bagarrés et je l'ai frappé. Sec, je le
reconnais. Il était sonné. Il s'est évanoui, comme une
fleur. C'est là que j'ai eu l'idée. Il m'a paru facile de
faire en sorte qu'il ne se réveille plus ! Je l'ai installé dans
sa cuisine, jai fermé hermétiquement les ouvertures de la
pièce et j'ai ouvert le gaz. Puis j'ai pris l'avion pour Paris
et j'ai retrouvé Marlene pour le dîner. J'ai été rudement
étonné de voir que vous vous posiez des questions à propos de ce suicide parfaitement banal. Quand j'ai compris
que rien ne vous empêcherait de vous rendre à Dymfield
et de déterrer le pauvre Guest, je me suis dit qu'il ne me
restait plus qu'à essayer de vous faire voir du pays.

— Pour cela, vous avez réussi, soupira Henry. Comment avez-vous su quand j'irais à Dymfield ?

— Vous l'avez dit à Barbara, qui l'a répété à Vic, de
qui je le tiens. Ces derniers temps, Vic ne tenait plus en
place. Il ne cessait pas de me téléphoner. J'ai recouru à la
même tactique : semer la confusion et mettre autant de
gens que possible dans le coup... Les lettres, c'était amusant, aussi. Dommage que j'aie eu si peu de temps pour
fignoler celle que je me suis envoyée à moi-même. J'avoue
que je l'ai un peu bâclée.

— C'est aussi mon avis, dit Henry. Et puis, vous avez
commis une erreur grossière quand vous avez dit à
Emmy que vous saviez que Ben devait partir pour l'Ecosse
le lendemain du jour où il est mort. Si vous saviez cela,
c'est forcément que vous vous étiez entretenu avec lui
après elle. Alors, je vous ai tendu ce piège. Je ne me doutais pas que vous enlèveriez ma femme, naturellement.

— Je croyais que Doucette constituait une assez
bonne arme pour moi, soupira Smith. Je savais que vous
ne voudriez pas qu'on la traîne dans la boue. J'espère
que je n'aurais pas été forcé de lui faire du mal.

— Vous espériez ne pas être forcé de faire du mal
à Joseph, aussi.

— C'est vrai. Dommage ! J'ai complètement raté mon

coup. Je ne suis décidément qu'une pauvre cloche. Je n'ai jamais rien pu réussir, même pas dans la bagnole d'occasion. Le premier coup, Ben... ça s'est passé comme une fleur. Le second, Joseph... c'était déjà plus difficile. Le troisième, Doucette... Un désastre. Je me serais mieux trouvé de faire le mort. Trop tard, maintenant, bien sûr !

Il y eut un long silence. Henry ne bougeait pas.

Henry ne vit pas Sam prendre le revolver, tant son mouvement avait été rapide. Le coup de feu parut étrangement discret dans cette cave insonorisée, les échos s'amortissant immédiatement sur les murs capitonnés. Sam Smith n'avait pas raté son coup, cette fois. Il s'était affaissé sur la table et le sang qui coulait de sa tempe s'avançait en un ruisselet écarlate comme l'itinéraire d'un avion ennemi en direction de la côte. Henry se leva. Emmy bougea, gémissant dans son sommeil.

Henry resta un moment les yeux baissés sur Sam. Un pauvre homme, pathétique, bambocheur, amoral, criminel, gentil, drôle. Un pilote courageux. Un escroc, un assassin, un homme...

Il prit Emmy dans ses bras, la chargea sur son épaule et monta l'escalier étroit qui débouchait dans le vent et le soleil.

FIN

Achevé d'imprimer
le 13 septembre 1979
sur les presses
de l'imprimerie Cino del Duca,
18, rue de Folin, à Biarritz.
N° 381.

Dépôt légal n° 397.   4ᵉ trimestre 1979.